HEYNE BÜCHER

SCIENCE FICTION

Herausgegeben
von Wolfgang Jeschke

Von Michael Moorcock erschienen außerdem in der Reihe
HEYNE SCIENCE FICTION & FANTASY:

Miß Brunners letztes Programm (06/3348)
INRI oder: Die Reise mit der Zeitmaschine (06/3399)
Die Zeitmenagerie (06/3492)
Gloriana oder die unerfüllte Königin (06/3808)

Elric-Zyklus:
Elric von Melniboné (06/3643)
Die See des Schicksals (06/3657)
Der Zauber des weißen Wolfs (06/3692)
Der verzauberte Turm (06/3727)
Im Banne des schwarzen Schwertes (06/3753)
Sturmbringer (06/3782)

Die Abenteuer Captain Oswald Bastables:
Der Herr der Lüfte (06/3876)
Der Land-Leviathan (06/3903)
Der Stahl-Zar (in Vorb.)

MICHAEL MOORCOCK

DER LAND-LEVIATHAN

2. Band der Abenteuer Captain Oswald Bastables

Science Fiction-Roman

Deutsche Erstveröffentlichung

WILHELM HEYNE VERLAG
MÜNCHEN

HEYNE-BUCH Nr. 06/3903
im Wilhelm Heyne Verlag, München

Titel der englischen Originalausgabe
THE LAND LEVIATHAN
Deutsche Übersetzung von Sylvia Pukallus
Das Umschlagbild schuf Paul Lehr
Die Illustrationen im Text zeichnete Themistokles Kanellakis

Redaktion: Wolfgang Jeschke

Printed in Germany 1982
Umschlaggestaltung: Atelier Heinrichs & Schütz, München
Gesamtherstellung: Mohndruck, Graphische Betriebe GmbH, Gütersloh

ISBN 3-453-30827-1

INHALT

Einführung

Mein Großvater, der relativ jung starb – er hatte sich im Ersten Weltkrieg freiwillig an die Front gemeldet, war schwer verwundet worden und erholte sich nie ganz davon – wurde in seinen letzten Lebensjahren immer verschlossener und menschenfeindlicher, so daß die Entdeckung einer kleinen Stahlkassette zwischen seinen Hinterlassenschaften nicht die geringste Neugier bei seinen Erben erweckte, die sie, als sie feststellten, daß sie sie nicht öffnen konnten (ein Schlüssel dazu tauchte niemals auf), einfach mit seinen Papieren fortstellten und vergaßen. Die Kassette ruhte fast fünfzig Jahre lang in der Mansarde unseres Hauses in Yorkshire und befände sich zweifellos noch immer dort, hätte ich nicht jenes Manuskript entdeckt, das ich vor einigen Jahren unter dem Titel »Der Herr der Lüfte« veröffentlicht habe. Nach dem Erscheinen des Buches erhielt ich viele interessante Briefe von Menschen, die mich fragten, ob es sich lediglich um eine erfundene Geschichte handelte oder ob ich in der beschriebenen Weise dazu gekommen sei. Ich war von Bastables Erzählung (und der meines Großvaters) vollkommen überzeugt, obgleich ich manchmal die gleiche Frustration empfand wie mein Großvater, als dieser versuchte, Leute von *seiner* Geschichte zu überzeugen, und unwillkürlich grübelte ich gelegentlich nach über das Mysterium des Verschwindens des jungen Mannes, nachdem er so lange Stunden im Gespräch mit meinem Großvater auf Rowe Island in den ersten Jahren unseres Jahrhunderts zugebracht hatte. Wie sich herausstellte, sollte ich mich bald im Besitz des bestmöglichen Beweises für die Glaubwürdigkeit meines Großvaters, wenn nicht gar Bastables befinden.

Den vergangenen Sommer verbrachte ich in Yorkshire, wo wir ein Haus mit Ausblick auf das Moor von West Riding besitzen, und da ich außer langen Spaziergängen und Kletterpartien nichts zu tun hatte, machte ich mich daran, die restliche Habe meines Großvaters durchzusehen, und stieß dabei schließlich auf die Stahlkassette, die man in die Ecke unter einer Dachkante in einer unserer zahlreichen Mansarden gesteckt hatte. Die Kassette befand sich hinter den vermodernden Überresten eines geschnitzten Holzwolfes, der mir als Kind stets großen Schrecken eingejagt hatte – vielleicht war das der Grund, daß ich nicht früher darauf gestoßen war. Als ich das Tier zur Seite schob, schien es mich aus staubigen Augen verletzt anzustarren, ehe es langsam zur Seite kippte und mit einem gedämpften Bums auf einen Stapel vergilbter Zeitschriften fiel, die ein anderer meiner Verwandten aus unerfindlichen Gründen einmal des Aufbewahrens für wert hielt. Es war, als habe der Wolf die Kassette seit Anbeginn der Zeiten gehütet, und ich hatte ein wenig das Gefühl, in geweihtes Gebiet einzudringen, so wie ein beutehungriger viktorianischer Archäologe dies auf seinem Weg in ein ägyptisches Königsgrab empfunden haben mochte!

Die Kassette war etwa zwanzig Zentimeter breit und sechzig Zentimeter lang und bestand aus dickem Stahl. Außen hatte sich ein wenig Rost angesetzt, und der Griff lockerte sich nicht, als ich daran rüttelte. Ich durchsuchte das Haus nach Schlüsseln, die in das Schloß passen mochten, und fand fast zwanzig, doch keiner wollte passen. Inzwischen war meine Neugier voll angestachelt, und ich schaffte die Kassette die Treppen hinab in meine Werkstatt, wo ich sie aufzuknacken versuchte. Alles, was ich erreichte, war, daß ich ein paar Meißel abbrach und das Blatt meiner Metallsäge verbog, daß ich schließlich einen Schlosser in Leeds anrufen und ihn um Hilfe bitten mußte, um das Ding zu öffnen. Ich war inzwischen auf pessimistische Weise überzeugt, daß die Kassette lediglich ein paar ungültige Wertpapiere oder auch gar nichts enthielt, aber ich wußte, daß ich keine Ruhe finden würde, ehe sie *offen war.* Schließlich kam der Schlosser, und er benötigte nur kurze Zeit, um die Kassette zu öffnen.

Ich erinnere mich noch gut an den sarkastischen Blick, als der Inhalt zum ersten Mal seit sechzig Jahren ans Tageslicht kam. Ganz offensichtlich dachte er, ich hätte mein Geld verschwendet, denn es befand sich keinerlei Familienschmuck darin, lediglich ein Stoß dicht beschriebener Blätter im Kanzleiformat, die erste

Anzeichen des Alters trugen. Die Handschrift war nicht einmal die meines Großvaters, und ich empfand eine vage Enttäuschung, denn offenbar hatte ich gehofft, auf Unterlagen zu stoßen, die mir mehr von den Erlebnissen Bastables und meines Großvaters enthüllen würden, nachdem der letztere nach China aufgebrochen war, um das Tal des Morgens zu suchen, wo er Bastable vermutet hatte.

Der Schlosser warf mir beim Gehen einen mitleidvollen Blick zu und erklärte, seine Firma würde mir die Rechnung zusenden, worauf ich seufzte, mir eine Kanne Kaffee machte und mich daran begab, die Bögen durchzublättern.

Da erst begriff ich, daß ich etwas viel Aufschlußreicheres gefunden hatte, als ich zu entdecken gehofft hatte (und wie sich herausstellte, etwas weit Verwunderlicheres!) – *denn diese Seiten waren Bastables eigene Aufzeichnungen!* Hier lag aus seiner eigenen Feder ein Bericht seiner Erlebnisse vor, nachdem er sich von meinem Großvater getrennt hatte. Es war sogar eine kurze Nachricht von Bastable an ihn beigefügt:

Moorcock, ich hoffe, daß Sie dies Päckchen erhalten. Machen Sie damit, was Sie wollen. Ich will mein Glück noch einmal versuchen. Sollte es mir nicht gelingen, so bezweifle ich, daß ich die Kraft besitze, mein Leben (falls es überhaupt das meine ist) fortzuführen. Herzlichst – Bastable

Daran angeheftet waren einige Blätter mit der flüssigen Handschrift meines Großvaters, die ich in den Text eingliedere; sie stellen den ersten Abschnitt dar.

Dieser erste Teil spricht für sich selbst. Ich muß überhaupt wenig hinzufügen. Lesen Sie alles weitere und machen Sie sich selbst ein Bild von seiner Echtheit.

Michael Moorcock
Ladbroke Grove
September 1973

Vorwort

Auf der Suche nach Oswald Bastable

Sollte ich jemals einen Reisebericht verfassen, so bin ich überzeugt, wie eigentümlich die beschriebenen Ereignisse auch wären, ich hätte niemals solche Schwierigkeiten, ihn bei einem Verleger unterzubringen, wie bei dem Versuch, Oswald Bastables seltsame Erzählungen von seinem Besuch der Zukunft im Jahre 1973 in Druck zu geben. Das Ungewöhnliche bringt die Menschen nicht aus der Fassung, solange es in einem annehmbaren Kontext steht. Ein Buch, das die Entdeckung einer vierbeinigen, dreiäugigen Menschenrasse von außergewöhnlicher Intelligenz und übernatürlichen Kräften in Tibet als Tatsache darstellte, würde von einem großen Teil der Leserschaft durchaus geglaubt. Hätte ich Bastables Geschichte als Roman ausgegeben, ich bin sicher, die Kritiker hätten mich für meine bemerkenswerte Phantasie gelobt, und ein breites Publikum hätte ihn verschlungen in der Überzeugung, für sein gutes Geld ein spannendes Buch erworben zu haben – um es sogleich wieder zu vergessen.

Vielleicht hätte ich dies tun sollen, aber ich war – zweifellos völlig irrational – der Auffassung, daß es meine Pflicht sei, Bastables Bericht, so wie er war, zu publizieren.

Wollte ich mit meiner Schreiberei Geld verdienen, so könnte ich ein ganzes Buch mit sensationellen Anekdoten von meinen Chinareisen verfassen – China, das sowohl durch inneren wie äußeren Druck gespalten ist, wo eine wirkliche Gesetzgebung sich nur in den von fremden Mächten verwalteten Gebieten findet und wo ein breites Spektrum von Revolutionären und Propheten wunderlicher politischer und religiöser Ideen beständig um einen größeren Anteil dieses weiten und altehrwürdigen Landes streitet; aber mein Ziel ist nicht, Geld aus Bastables Geschichte zu schlagen. Ich meine nur, daß es meine Pflicht ist, mein Wort zu halten und mein Bestes zu tun, sie einer breiten Öffentlichkeit zugänglich zu machen.

Nun, da ich mit gewisser Erleichterung nach England zurückgekehrt bin, sehe ich Chinas Chancen, aus eigener Kraft das Chaos und die fremde Ausbeutung zu überwinden, etwas optimistischer. Eine Revolution hatte den Erfolg, den letzten der Manchus abzusetzen und unter Sun Yat-sen eine Republik zu errichten, der den Eindruck eines vernünftigen, gemäßigten Führers macht; ein Mann, der offenbar eine Menge aus der politischen Geschichte Europas gelernt hat, aber sich nicht damit zufrieden geben will, die Gebräuche des Westens zu imitieren. Möglicherweise besteht nun Hoffnung für China. Doch es ist nicht meine Aufgabe, über Chinas politische Zukunft zu spekulieren, sondern aufzuzeichnen, wie ich nach Bastables recht vager Beschreibung zum Tal des Morgens reiste. Ich hatte erraten, daß es irgendwo in der Provinz Shantung nördlich von Wuchang (welches selbstverständlich zu Hupeh gehört) lag. Mein Plan bestand darin, mich so direkt wie möglich nach Shantung zu begeben, um dann ins Landesinnere vorzustoßen. Ich zog alle Atlanten und geographische Lexika zu Rate, sprach mit Freunden, die als Missionare in jenem Teil Chinas tätig gewesen waren und gelangte zu einer recht präzisen Vorstellung, wo ich das Tal finden konnte – falls es überhaupt existierte.

Und doch hatte ich noch eine gewisse Scheu, zu jener vermutlich langen und anstrengenden Expedition aufzubrechen. Obwohl ich Bastable absolut geglaubt hatte, besaß ich nicht den geringsten Beweis, der meine Theorie hätte untermauern können, daß er ins Tal des Morgens zurückgekehrt war, wo 1973 die von General Shaw, dem Herrn der Lüfte, erbaute utopische Stadt namens Ch'ing Che'eng Ta-chia (oder grob übersetzt: Stadt der Morgendämmerung) liegen sollte. Selbst wenn er ursprünglich dorthingereist war – und nichts gefunden hatte –, so hatte er gut in der Weite des asiatischen Kontinents verschwinden und ebenso gut bei einem der unbedeutenderen Kriege oder einer der Unruhen, die ständig jene armen und zerstrittenen Länder erschütterten, ums Leben kommen können.

Deshalb führte ich mein normales Leben weiter und verdrängte die ganze erstaunliche Angelegenheit von Bastable so weit es nur ging, obgleich ich sein Originalmanuskript getreulich an einen weiteren Verleger schickte, sobald es vom letzten zurückkam. Darüberhinaus schrieb ich zwei Briefe an die *Times* in der Hoffnung, daß mein Bericht von meiner Begegnung mit Bastable diese oder irgendeine andere Zeitschrift interessieren würde, doch weder diese Briefe wurden veröffentlicht, noch stießen wir bei Monatsschriften wie *Strand* auf Gegenliebe, die seitenweise voll sind von wildesten und unwahrscheinlichsten Vorhersagen desssen, was uns die Zukunft bringen wird. Ich zog es sogar in Erwägung, H.G. Wells zu schreiben, dessen Bücher *Anticipations* und *The Discovery of the Future* ein paar Jahre zuvor so großen Wirbel verursacht hatten, doch Mr. Wells, den ich für einen Vollblut-Sozialisten ansehe, hätte Bastables Geschichte vermutlich für zu abwegig in seinen Anschauungen gehalten und mich ebenso munter ignoriert wie alle anderen.

Zu jener Zeit etwa kam mir dann zu Ohren, daß ich mir allmählich einen Ruf als komischen Kauz einhandelte. Einen solchen Ruf konnte ich mir meiner Meinung nach schwerlich leisten, so daß ich schließlich gezwungen war, zu einer Entscheidung zu kommen. Seit mehreren Monaten hatte ich in meinem Club in London eine etwas eigentümliche Atmosphäre registriert. Leute, die ich seit Jahren kannte, schienen abgeneigt, eine Zeit des Tages mit mir zu verbringen, andere warfen mir manchmal eindeutig düstere Blicke zu. Dies irritierte mich beides nicht sonderlich, bis ein alter Freund mir schließlich die Natur des Geheimnisses offenbarte, der seinerseits ebenfalls Verleger war, jedoch völlig auf Gedichte und Romane spezialisiert, so daß ich niemals die Gelegenheit gehabt hatte, ihm Bastables Manuskript anzubieten. Er wußte natürlich davon und war anfänglich in der Lage gewesen, mir ein oder zwei Verleger zu nennen, die Interesse hätten zeigen können. Nun jedoch trat er in der Bibliothek des Clubs an mich heran, wo ich mich nach dem Essen zurückgezogen hatte, um eine halbe Stunde zu lesen. Er lenkte meine Aufmerksamkeit mit einem diskreten Hüsteln auf sich.

»Hoffe, Sie nehmen mir die Störung nicht übel, Moorcock.«

»Keineswegs.« Ich wies auf einen Sessel neben mir. »Ich wollte in der Tat auch ein paar Worte mit Ihnen reden, alter Freund. Ich habe immer noch Schwierigkeiten, das Manuskript unterzubringen, von dem ich Ihnen erzählt hatte . . .«

Er ließ meine Einladung, Platz zu nehmen, unbeachtet und blieb stehen.

»Genau darüber wollte ich auch mit Ihnen sprechen. Ich habe schon seit ein, zwei Monaten die Absicht, mich mit Ihnen zu unterhalten, aber, um die Wahrheit zu sagen, ich hatte keine Vorstellung, wie ich mich Ihnen verständlich machen sollte. Es muß wie eine Einmischung klingen, und ich wäre mehr als dankbar, wenn Sie das, was ich zu sagen habe, so aufnehmen würden, wie es gemeint ist.«

Er wirkte außerordentlich verlegen und wand sich wie ein Schuljunge. Ich glaubte sogar, eine leichte Rötung seiner Wangen zu erkennen.

Ich lachte.

»Sie machen mich ungemein neugierig, mein Freund. Worum handelt es sich denn?«

»Sie werden mir doch nicht böse sein . . . nein – Sie haben allen Grund, böse zu sein. Nicht, daß ich glaube . . .«

»Nun kommen Sie schon, heraus damit!« Ich legte mein Buch fort und lächelte ihn an. »Wir sind doch alte Freunde, Sie und ich.«

»Nun, Moorcock, es geht um Bastables Manuskript. Ein Haufen Leute – natürlich vor allem aus dem Verlagswesen, von denen aber eine ansehnliche Reihe Clubmitglieder sind – nun, die glauben, sie seien von dem Burschen, der Ihnen die Geschichte erzählt hat, auf den Arm genommen worden.«

»Auf den Arm genommen worden?« Ich zog die Augenbrauen hoch.

Er blickte mit jämmerlichem Gesichtsausdruck zu Boden. »Oder Schlimmeres noch.«

»Ich meine, Sie sollten mir lieber sagen, was geredet wird.« Ich runzelte die Stirn. »Ich bin überzeugt, daß Sie es gut meinen, und versichere Ihnen, daß ich alles, was Sie zu sagen haben, nicht böse nehmen werde. Ich kenne Sie zu lange, um beleidigt zu sein.«

Er war offensichtlich erleichtert, trat heran und setzte sich in den Sessel neben mir. »Also«, hob er an, »die meisten glauben, Sie seien das Opfer eines Schabernacks. Aber ein paar meinen, Sie seien ein wenig . . . nun ja, ein wenig exzentrisch geworden. Wie jene Burschen, die ständig das Ende der Welt vorhersagen, mit Sternenschiffen in Verbindung stehen und so weiter. Sie wissen vermutlich, was ich meine.«

Das Lächeln, das ich darauf zur Antwort gab, muß ihm ein wenig düster erschienen sein. »Ich weiß genau, was Sie meinen. Ich hatte das selbst in Erwägung gezogen. Jemandem, der Bastable niemals kennengelernt hat, muß das als ziemlich abstruse Geschichte vorkommen. Nun, da Sie es erwähnen, bin ich nicht überrascht, in halb London als Narr dazustehen. Warum sollten die Leute das auch nicht von mir glauben? Ich wäre versucht, ähnliches zu denken, wenn Sie mit einer solchen Geschichte wie Bastables zu mir kämen. So wie die Dinge liegen, waren Sie außergewöhnlich langmütig mit mir!«

Er lächelte auf meinen Scherz nur schwach. Ich fuhr fort: »Sie halten mich also für einen Irrenhaus-Kandidaten. Nun, ich habe natürlich absolut keinen Beweis für das Gegenteil. Wenn ich nur Bastable selbst ausfindig machen könnte! Dann könnten die Leute sich selbst ein Urteil über seine Geschichte bilden.«

»Es *ist* zu einer Art fixen Idee geworden«, meinte mein Freund wohlwollend. »Vielleicht wäre es besser, die ganze Sache in Vergessenheit geraten zu lassen?«

»Sie haben recht – es ist eine fixe Idee. Ich glaube nun einmal, daß Bastable die Wahrheit gesprochen hat.«

»Wie dem auch sei . . .«

»Sie meinen, ich soll meine Bemühungen, die Erzählung in Druck zu bekommen, aufgeben.«

Ein Funken Sorge stand in seinem Blick. »Es gibt keinen einzigen Verleger in London, mein Alter, der sie jetzt noch herausbringen würde. Die müssen an *ihren* Ruf denken. Jeder, der es annehmen würde, wäre Zielscheibe des Spotts. Deshalb haben Sie so große Schwierigkeiten, es unterzubringen. Geben Sie es auf, Bastable, um Ihrer selbst und aller anderen willen.«

»Vielleicht haben Sie recht«, seufzte ich. »Aber wenn ich eine Art Beweis auftreiben könnte, dann würden sie möglicherweise nicht mehr über mich lachen.«

»Wie sollten Sie einen Beweis finden, der die überzeugt?«

»Ich könnte in China nach Bastable suchen und ihm von den Schwierigkeiten erzählen, die ich mir mit ihm eingehandelt habe. Ich könnte hoffen, daß er mich nach London begleitet, um selbst mit den Leuten zu reden. Ich könnte ihm die ganze Sache übertragen, daß er sich selbst um sein Manuskript kümmert. Was würden Sie davon halten?«

Er zuckte mit den Schultern und machte eine Handbewegung. »Es wäre zugegebenermaßen besser als nichts.«

»Aber Ihrer Meinung nach sollte ich lieber alles vergessen. Sie meinen, ich sollte das Manuskript verbrennen und es damit ein für allemal bewenden lassen?«

»Ja, das ist meine Meinung. Zu Ihrem eigenen Wohl, Bastable – und dem Ihrer Familie. Sie vergeuden so viel von Ihrer Zeit – von Ihrem Geld ganz zu schweigen.«

»Ich weiß, daß Ihnen mein Wohl am Herzen liegt«, sagte ich zu ihm, »aber ich habe Bastable ein Versprechen gegeben (auch wenn er es nie gehört hat), und ich habe vor, es zu halten, soweit ich es vermag. Trotzdem bin ich froh, daß Sie mich angesprochen haben. Es hat des Mutes bedurft, und ich weiß zu schätzen, daß Sie es in bester Absicht taten. Jedenfalls werde ich die ganze Sache überdenken.«

»Ja«, antwortete er eifrig, »lassen Sie es sich noch einmal durch den Kopf gehen. Es hat keinen Sinn, eine verlorene Schlacht zu führen, wie? Sie haben das sehr anständig aufgenommen, Moorcock. Ich hatte Angst, Sie würden mich am Ohr packen und hinauswerfen. Sie wären ganz und gar nicht im Unrecht gewesen.«

Wieder mußte ich lachen. »So verrückt bin ich auch wieder nicht, wie Sie sehen. Ich habe nicht meinen ganzen gesunden Menschenverstand eingebüßt. Aber zweifellos würde jeder mit gesundem Menschenverstand, der mir zuhört, mich für verrückt erklären. Ob *ich* allerdings über ausreichend gesunden Menschenverstand verfüge, meine fixe Idee zu überwinden, ist eine andere Frage.«

Er stand auf. »Reden wir nicht mehr davon. Darf ich Sie zu einem Drink einladen?«

Im Augenblick war es politisches Gebot, seine Einladung anzunehmen, damit er nicht denken mochte, ich wäre letztlich doch beleidigt. »Ich würde gerne einen trinken«, antwortete ich. »Ich hoffe, die anderen Mitglieder haben nicht Angst, daß ich mit einem Fleischermesser Amok laufe!«

Als wir die Bibliothek verließen, legte er mir die Hand auf die Schulter, seine Stimme klang erleichtert. »Ich glaube kaum. Obwohl vor ein oder zwei Wochen einmal die Rede davon war, den Wassersyphon an die Kette zu legen.«

Danach kehrte ich nur noch einmal in den Club zurück, und es war ganz offensichtlich, wie sehr sich die Atmosphäre gebessert hatte. Ich beschloß damals und dort, alle augenblicklichen Versuche aufzugeben, Bastables Geschichte zu veröffentlichen, und begann, konkrete Pläne für eine Chinareise zu schmieden.

So stand ich an einem strahlenden Herbstvormittag im Büro der *Peninsular & Oriental Steam Navigation Company* und buchte die frühstmögliche Passage auf einem Schiff namens *Mother Gangá,* das, wie ich mir dachte, nicht das stolzeste Schiff dieser Linie war, wohl aber das erste, das Weihaiwei anlaufen sollte, eine Stadt an der Küste jenes Teils von Shantung, der 1898 unter britische Verwaltung gekommen war. Ich hielt es für das einzig Sinnvolle, meine Reise in einem relativ freundlichen Land zu beginnen, wo ich mir detaillierten Rat einholen und Hilfe suchen konnte, ehe ich ins Landesinnere vorstieß.

Die *Mother Gangá* ließ sich Zeit. Sie war ein altes Schiff und offensichtlich zu dem Schluß gelangt, daß nichts in der Welt so dringend war, daß es sie zur Eile antreiben konnte. Sie lief jeden möglichen Hafen an, um einen Teil der Ladung aus- und andere Fracht zuzuladen, denn sie war kein ausgesprochenes Passagierschiff, sondern ein Frachter, der auch Passagiere mitnahm. Es war leicht einzusehen, warum sie Teile ihrer Ladung loswerden wollte (die völlig wertlos schienen), jedoch nur schwer begreiflich, warum die Händler in diesen kleinen, düsteren Häfen bereit waren, Dinge von Wert dagegen einzutauschen.

Ich hatte damit gerechnet, daß die Reise lange dauern würde und brachte die meiste Zeit damit zu, meine Pläne auszuarbeiten und meine Kurzschriftaufzeichnungen durchzusehen, ob Bastable mir noch irgend etwas erzählt hatte, das Aufschluß geben konnte über seinen Verbleib. Ich fand nur wenig, doch bis ich von Bord ging, war ich in guter körperlicher Verfassung (dank meiner Gewohnheit, jeden Tag auf dem Schiff zu trainieren), ausgeruht und bereit für die Strapazen, die gewiß vor mir lagen.

Mit Strapazen hatte ich gerechnet, was ich jedoch nicht erwartet hatte, waren die Schönheit und die Vielfalt auch dieses relativ unbedeutenden Teils Chinas. Sie überwältigten mich, als ich auf Deck ging, um die Entladung meiner Koffer zu überwachen, und ich glaube, es nahm mir den Atem.

Ein blaßblauer Himmel hing über einer Stadt, in der Rot-, Gold- und Weißtönungen vorherrschten – eine Mischung alter, chinesischer Pagoden und Bogengänge und neuzeitlicher europäischer Bauten. Doch selbst diese modernen Gebäude besaßen in diesem Licht einen gewissen Zauber, denn sie waren aus hiesigem Gestein errichtet, dessen Quarzpartikel in der Sonne glitzerten. Die europäischen Bauten beherrschten den Hafen, wo viele Handelsgesellschaften ihre Niederlassungen und Lagerhäuser hatten; an die zwanzig Flaggen verschiedener westlicher Nationen flatterten an den Fahnenstangen, die in die Straße hineinragten, während die Namen der diversen Gesellschaften in ihren heimatlichen Schriften erstrahlten und häufig auch in die wundervollen chinesischen Schriftzeichen übersetzt waren in Schwarz, Silber und Scharlachrot.

Chinesische Beamte in wehenden Gewändern schoben sich mit sichtlichen Schwierigkeiten durch die Reihen schwitzender, fast nackter Kulis, zwischen britischen und chinesischen Polizisten, Soldaten und Europäern in weißen Anzügen und Seeleuten aus einem Dutzend verschiedener Länder hindurch – sie alle mischten sich selbstverständlich und ohne äußerliche Anzeichen des Unbehagens miteinander in einem, wie es mir als Neuankömmling vorkam, riesigen traumartigen Rugbyknäuel.

Ein Chinesenjunge mit Zopf nahm mich ins Schlepptau, als ich das Schiff verließ, führte mich durch das Gedränge, organisierte mir eine Rikscha und lud mich und mein Gepäck ein, bis das Weidengeflecht ächzte. Ich legte ein, wie ich glaubte, angemessenes Entgeld in die ausgestreckte Hand, worüber er hocherfreut schien, denn er grinste und verbeugte sich viele Male, wobei er immer wieder die Worte »Gottes Segen, Gottes Segen« murmelte, ehe er dem Chinesen zwischen den Rikschastangen erklärte, daß ich zum Hotel Grasmere wollte, das die Schiffahrtsgesellschaft als das beste Hotel in Weihaiwei empfahl.

Mit einem Ruck setzte die Rikscha sich in Bewegung, und ich registrierte erst einige Augenblicke später erstaunt, daß sie von einem schmächtigen Mädchen gezogen wurde, das kaum älter als sechzehn war. Es legte eine beachtliche Geschwindigkeit an den Tag, als es mich durch die engen, betriebsamen Straßen der Stadt fuhr und innerhalb von zwanzig Minuten vor dem Grasmere absetzte.

Wieder wurde meine Gabe mit nahezu euphorischer Begeisterung aufgenommen, und es kam mir in den Sinn, daß ich vielleicht übertrieben großzügig war und eine minimale Summe in Shantung lange für den durchschnittlichen chinesischen Lebensunterhalt ausreichte.

Das Hotel war besser, als ich erwartet hatte, der Service ausgezeichnet und die Einrichtung ziemlich modern. Die freundlichen, komfortablen Zimmer lagen zu einem exotischen chinesischen Garten hin, voll mit vielen kleinen, zarten Skulpturen, prächtig bunten Blumen und Laubwerk in zwanzig verschiedenen Grünschattierungen, daß das Ganze wie ein von einem symbolistischen Künstler phantasievoll gemalter Dschungel aussah. Der Duft der Blüten war, insbesondere morgens und abends, überwältigend. Elektrische Ventilatoren (die von den kürzlich erstellten, hoteleigenen Generatoren gespeist wurden) kühlten die Räume, Jalousien an den Fenstern hielten die größeren Insekten fern. Ich bedauerte fast, daß ich nur kurze Zeit im Hotel bleiben sollte.

Am Morgen nach meiner Ankunft stattete ich dem Britischen Konsul einen Besuch ab, einem jungen Schnösel, der vermutlich Sproß einer unserer besseren Familien war. Ein wenig schlaff und geckenhaft machte er den Eindruck, von China und allem Chinesischen zu Tode gelangweilt zu sein, doch sein Ratschlag kam mir vernünftig vor, und er vermittelte mir die Bekanntschaft eines Einheimischen, der regelmäßig Handelsreisen ins Hinterland der Provinz unternahm und gegen eine entsprechende Summe bereit war, mich den ganzen Weg bis zum Tal der Morgendämmerung zu begleiten.

Bei diesem Burschen handelte es sich um einen hochgewachsenen, leicht gebeugten Chinesen in den frühen mittleren Jahren, der sich mit höchster Würde betrug und selbst in einfachen Baumwollkleidern schlichtester Machart (zumindest bei mir) den Eindruck zu erwecken verstand, daß er nicht immer nur ein einfacher Kaufmann gewesen war. Unwillkürlich mußte ich an die aristokratischen Händler-Abenteurer früherer europäischer Zeiten denken, und tatsächlich stellte sich bald heraus, daß Mr. Kan-fon ein einzigartig gutes Französisch und Englisch sprach, ziemlich gut Deutsch und Spanisch konnte und sich auf Holländisch zu verständigen wußte. Ich erriet auch, daß er ordentliche Japanischkenntnisse besaß. Darüber hinaus hatte er in all diesen Sprachen viel gelesen und war, von Englisch abgesehen, weit vertrauter mit den jeweiligen Nationalliteraturen als ich. Er war, wie er mir erzählte, von einem europäischen Missionar erzogen worden, der ihm viel seines Wissens beigebracht hatte, doch ich fand diese Erklärung unzureichend, war aber natürlich zu höflich, ihn darauf hinzuweisen. Ich schätzte ihn entweder als entehrten Adligen (vielleicht aus Peking) oder als jüngeren Sohn einer verarmten Familie ein. Die Hofintrigen der Manchus und ihrer Anhänger waren nur allzu bekannt, und es war sehr gut möglich, daß er eine Zeitlang in Peking ein politisches Spiel gespielt und verloren hatte. Es ging mich jedoch nichts an, wenn er seine Vergangenheit oder seine Herkunft verheimlichen wollte, und ich war erleichtert, daß ich in Gesellschaft eines gebildeten Begleiters reisen würde, dessen Englisch fast so flüssig war wie das meine (ich hatte insgeheim schon Angst gehabt, wie ich mich mit einem Führer in der Wildnis Chinas verständigen sollte, denn meine Kenntnisse in Mandarin oder Kantonesisch waren niemals besonders gut gewesen).

Mr. Lu erzählte mir, daß seine kleine Karawane Weihaiwei erst in einigen Tagen verlassen würde, so daß ich bereitwillig die restliche Woche in der Stadt zubrachte und meine Zeit nicht vergeudete (wie ich glaubte!), sondern mich beharrlich nach jedem erkundigte, der Bastable hieß oder seiner Beschreibung entsprach und hier gewesen war. Ich bekam keinerlei brauchbare Hinweise, empfand jedoch zumindest Befriedigung darüber, daß ich nicht den lächerlichen Fehler begangen hatte, auf die Suche nach einem Mann aufzubrechen, der vielleicht im Hotelzimmer nebenan wohnte!

Am Ende der Woche nahm ich eine Rikscha zu Mr. Lus großem und weiträumigen Handelshaus fast im Herzen der Altstadt und führte alles Notwendige für die lange Reise mit. Die übrige Reisegesellschaft hatte sich schon versammelt. Sie erwarteten mich in einem geräumigen Stallhof, der mich ein wenig an den Hof eines mittelalterlichen englischen Gasthauses erinnerte. Reitpferde und Lasttiere wurden beladen und in Geschirr gelegt, ihre Hufe stampften den Boden zu Schlamm. Chinesen in fester Reisekleidung aus schweren Baumwoll-, Wollstoffen und Leder verständigten sich mit Rufen, während sie arbeiteten, und mir fiel auf, daß bis auf Lu Kan-fon jeder ein modernes Gewehr über der Schulter und mindestens einen Patronengurt über der Brust trug.

Lu sah mich und kam herüber, um seine Diener anzuweisen, wie mein Gepäck auf die Lastpferde zu verteilen war; er entschuldigte sich wegen des Durcheinanders und des Pferdes, das ich reiten sollte (das Tier war völlig in Ordnung). Ich wies auf die Waffen, die die Männer trugen.

»Wie ich sehe, rechnen Sie mit Schwierigkeiten, Mr. Lu.«

Er zuckte leicht die Schultern. »Heutzutage muß man immer mit Schwierigkeiten rechnen, Mr. Moorcock. Diese Gewehre sollten jedoch dafür sorgen, daß sie uns erspart bleiben!«

Es beruhigte mich, daß die Reiter uns begleiten sollten. Außerhalb der Stadt hätte ich sie gut mit den Banditen verwechseln können, deren Auftauchen wir fürchteten. Ich dachte, daß ich ziemlich aus der Fassung geraten würde, sollten wir Banditen über den Weg laufen, die nur halb so verwegen wie unsere Männer aussahen!

Schließlich brachen wir auf, Mr. Lu ritt an der Spitze der Karawane. Wir zogen durch die dichtgedrängten, wimmelnden Straßen und kamen nur sehr langsam voran, denn offensichtlich bestand keinerlei Vorfahrtsregelung, jeder nahm seine Chance wahr. Ich hatte geglaubt, wir würden auf die Tore der Altstadt zureiten, stattdessen hielten wir auf die modernen Viertel zu und gelangten schließlich an den Bahnhof (der bis auf die chinesischen Beschriftungen Stein für Stein aus London hätte importiert sein können), und ich stellte fest, daß wir durch einen Bogen und auf eines der Gleise zuritten, wo ein Zug wartete.

Mr. Lu genoß meine Überraschung, denn er lächelte still vor sich hin und sagte: »Die erste Etappe erfolgt per Zug – doch für den Fall, daß der Zug auf ein Hindernis stoßen sollte, haben wir unsere Pferde dabei. Sie nennen das vielleicht eine Versicherung?«

Ich lächelte zurück. »Wahrscheinlich.«

Pferde und Reiter stiegen direkt in die wartenden Güterwaggons. Ich erfuhr von Mr. Lu, daß unsere Begleiter mit ihren Tieren reisten, während wir ein Stück weiter am Zug entlang gingen, wo ein Erster-Klasse-Abteil für uns vorbereitet worden war (Mr. Lu schien beachtlichen Einfluß zu besitzen bei der Eisenbahngesellschaft, und ich nahm an, daß er diese Strecke recht häufig fuhr.).

Wir nahmen in einem Waggon Platz, hinter dem sich die meisten britischen Eisenbahnwagen hätten verstecken müssen. Sofort servierte man uns Tee und leichte Erfrischungen.

Dann erst verriet mir Mr. Lu, dem es Spaß machte, mich ein wenig im unklaren zu lassen, wohin der Zug fuhr.

»Mit etwas Glück sollten wir es bis Nanking schaffen«, erzählte er mir. »Unter gewöhnlichen Umständen dürfte die Reise nicht mehr als drei Tage in Anspruch nehmen, aber wir müssen uns auf einige Verzögerungen gefaßt machen.«

»Was verursacht gewöhnlich solche Verzögerungen?« Ich nippte an dem köstlichen Tee.

»Oh, es gibt viele Ursachen.« Er zuckte die Achseln. »Banditen sprengen die Gleise. Bauern nutzen Schwellen und Schienen für ihre eigenen Zwecke. Dann die generelle Unfähigkeit der Eisenbahnangestellten – und das ist vermutlich sogar die größte Schwierigkeit!«

Diese Unfähigkeit sollte bald zutage treten. Unser Zug sollte um Mittag losfahren, doch es war kurz nach vier, als wir endlich den Bahnhof verließen. Doch alle Ungeduld, die ich empfunden haben mochte, verflog angesichts der Landschaft, die ich zu sehen bekam, sobald die Stadt hinter uns lag. Weite Flächen platter Reisfelder, gelegentlich von einem niedrigen Hügel unterbrochen, um den sich ein Dorf schmiegte, schimmerten im weichen Licht der chinesischen Sonne. Hier wurde der wahre, unveränderliche Reichtum Chinas offenkundig: sein Reis. Der Wert von Silber kann Schwankungen unterworfen sein; Industrien konnten untergehen und gedeihen, ganz nach den Launen der restlichen Welt; Städte und Staaten erblühten und verfielen; Eroberer kamen und gingen, doch Chinas Reis und sein tapferes Bauerntum waren unvergänglich. Jedenfalls kam es mir damals so vor. Nie zuvor hatte ich Landwirtschaft in einem solchen Maßstab gesehen. Kilometerweit in alle Richtungen erstreckten sich Felder, vorwiegend in Grün und Gelb, unterbrochen von niedrigen Erddeichen und etwas breiteren, silbernen Bändern, den Bewässerungskanälen, und über all dem strahlte der weite, dunstige, blaue Himmel, an dem vereinzelt ein paar blasse Wolkenfetzen hingen.

Der Zug ratterte weiter, und obwohl die Landschaft sich kaum veränderte, war es keineswegs langweilig. Es gab immer irgend etwas zu sehen – eine kleine Gruppe spärlich bekleideter Bauern mit breitrandigen Strohhüten und Zöpfen winkten dem Zug fröhlich zu (ich winkte immer zurück!) – ein Sampan, der langsam seinen Weg den Kanal hinauf nahm – eine alte Brücke, die wie ein vollkommenes Kunstwerk auf mich wirkte und doch nur eine ganz gewöhnliche Brücke für eine Straße zwischen zwei winzigen Ortschaften darstellte. Manchmal sah ich auch Pagoden, kleine mit Mauern befestigte Städte (manche eigentlich schon Ruinen) mit jenen reich verzierten Toren mit mehreren Dächern übereinander, wie sie für die chinesische Architektur typisch sind, Häuser mit grünen und roten Ziegeln geschmückt, mit Keramikstandbildern, Bronzearbeiten und Spiegelglas, das manche aussehen ließ, als würde sie in einem eigentümlichen, silbernen Feuer brennen. Wenn der Zug, was häufig geschah, mit einem plötzlichen Ruck zum Stehen kam, hatte ich viel Gelegenheit, all diese Dinge im Detail zu studieren. Am dritten Tag, als wir etwas über die Hälfte der Strecke nach Nanking zurückgelegt hatten, bemerkte ich bedeutsame Veränderungen im Verhalten der Menschen in den Orten und Dörfern, durch die wir fuhren. Die Bauern winkten nur selten dem Zug zu und neigten dazu, uns abschätzig, wenn nicht gar mit offenem Mißtrauen zu beäugen. Darüber hinaus wurde bald offenkundig, daß sich hier viele Menschen befanden, die hier nicht zuhause waren. Ich sah auf den Straßen, an denen wir vorüberfuhren, einige Abteilun-

gen Kavallerie und glaubte einmal, eine Truppe Infanterie durch die Reisfelder marschieren zu sehen. Außerdem hatte es den Anschein, als gelte hier zumindest das Kriegsrecht – öfters sah ich, wie Bauern angehalten, befragt und von Männern in Uniform durchsucht wurden. Ich hatte keinen Zweifel daran, daß um diesen Teil Chinas gekämpft wurde, den verschiedenen Uniformen nach vermutlich von mindestens drei Parteien, darunter auch der Zentralregierung. Ich hatte Gerüchte von kleinen Kriegsherren gehört, die in den vergangenen Jahren aufgetaucht waren und alle möglichen Ehren, Titel und Rechte beanspruchten – jeder behauptete, Gesetz und Ordnung zu repräsentieren, keiner gäbe jemals zu, kaum mehr als ein kleiner, raffgieriger Bandit zu sein –, nun sah es aus, als sollte ich Zeuge für die Wahrhaftigkeit solcher Berichte werden. Die lange Reise nach Nanking verlief jedoch ohne Zwischenfälle, und wir verließen den Zug mit einer gewissen Erleichterung.

Nanking ist eine große und wunderschöne Stadt (wenn auch hier und da etwas baufällig) und verdient eine ausführlichere Beschreibung, als ich ihr hier aus Platzgründen widmen kann. Sie ist die Hauptstadt der Provinz Kiangsu und eine der größten Städte Chinas (sie war gelegentlich auch Hauptstadt des Landes gewesen). Sie liegt am Fuße einer eindrucksvollen Bergkette, deren Hänge dicht bewaldet und in Terrassenform üppig bebaut sind. Nanking wurde an den Ufern des gewaltigen Jangtse-Kiang erbaut. Es ist eine der ältesten und gleichzeitig eine der modernsten Städte Chinas – in idealer Lage für den Handel, umgeben von einem der fruchtbarsten Landstriche der Erde und mit einer Reihe blühender Industrien. Seine Finanzleute sind berühmt für ihren Reichtum und ihre Macht. Nankings Küche hat den besten Ruf. Im Gegensatz zu den meisten anderen chinesischen Städten verlaufen Nankings Schutzwälle unregelmäßig, ziehen sich vom Fluß aus am Ufer des Xuan-wu-Sees entlang zum Hügel des Blütenregens. Schiffsdocks und Marktplätze liegen im Westen der Stadt zwischen Wällen und Fluß. Auch hier findet man eine eigenwillige Mischung von älterer chinesischer Architektur – eindrucksvolle, komplizierte Bauwerke, mit kunstvollen Keramikarbeiten geschmückt – und modernere Bauten, einige recht langweilig, andere hingegen wahre Wunderwerke spät viktorianischer Gotik, die in Europa inzwischen glücklicherweise zugunsten der graziöseren Baukunst der Art-Nouveau-Bewegungen verschwindet. Auf dem Fluß herrschte reger Schiffsverkehr: Sampans, Dschunken und Dampfer zu allen möglichen Zwecken – als Vergnügungsschiffe, Handels- und Militärschiffe und so weiter. In der Stadt gibt es eine Pferderennbahn, und eine Unzahl von Gärten, manche groß und üppig, andere klein und schlicht. Es gibt eine Vielzahl von Museen, Bibliotheken, Schulen und Kunstgalerien, Konsulate aller europäischen Großmächte, luxuriöse Hotels, Tempel, Paläste und breite, baumbestandene Prachtstraßen. Ich bedauerte sehr, daß unser Aufenthalt hier nicht länger währen sollte und nutzte die Zeit so gut wie möglich, während Mr. Lu seinen Geschäften nachging, und besichtigte so viel Interessantes in der Stadt, wie ich nur schaffen konnte. Ich sprach auch kurz beim Britischen Konsulat vor, um es über meine Schritte zu unterrichten, nach Bastable zu fragen und etwas Geld abzuholen, das ich mir telegrafisch hatte hierher übermitteln lassen.

Die zweite Reiseetappe erfolgte mit dem Dampfschiff, die Pferde waren noch immer nicht benutzt worden. Ich begann die Tiere zu beneiden – sie schienen völlig unausgelastet zu sein, wie ich es noch niemals erlebt hatte. Im Laderraum des großen Schaufelraddampfers hatte man Ställe für sie vorbereitet, und sie schienen gerne in ihre engen Unterkünfte zu gehen, während Lu und ich uns in die Einzelkabinen für Kaufleute zurückzogen, wo sogleich das Mittagessen serviert wurde. Der Dampfer legte planmäßig ab, und bald befanden wir uns auf dem mächtigen Jangtse-Kiang unterwegs nach Wuhan, unserem nächsten Ziel und Rastplatz. Ich grämte mich etwas, daß die Reise so große Umwege nahm, doch Mr. Lu versicherte mir, daß dies die sicherste Route war, welche die größte Wahrscheinlichkeit bot, daß ich mein Ziel erreichte, denn besonders dieser Teil Chinas war politisch äußerst instabil. Zudem hatte er erfahren, daß Gerüchten zufolge General Zhang Xun auf die Stadt vorrücken sollte und daß es in den Randgebieten möglicherweise zu schweren Kämpfen kommen konnte. Ich hatte wohl bemerkt, daß eine große Zahl Soldaten die Straßen um das Zentrum besetzt hielt, und glaubte ihm gerne, daß wir beinahe in einen Krieg verwickelt worden wären.

Zu jedem anderen Zeitpunkt wäre ich mit Freuden geblieben, um der Auseinandersetzung beizuwohnen, aber es war mir wichtig, Bastable aufzuspüren, und ich konnte es nicht riskieren, einen so sachkundigen Führer und Reisebegleiter wie Lu Kan-fon zu verlieren. Ich hatte einiges über General Zhang Xun gehört und schätzte ihn als einen Halunken reinsten Wassers ein, dessen Männer in allen Teilen der Provinz schreckliche Verwüstungen verursacht hatten, alles stahlen, was sie zwischen die Finger bekamen, Dörfer niederbrannten, Frauen belästigten usw.

Bald war Nanking mit seinen Problemen außer Sicht, und es schien zeitweise, als seien wir das einzige Fahrzeug weit und breit, denn als der Fluß breiter wurde, sahen wir immer weniger Schiffe. Die Schaufeln des Dampfers schoben uns langsam aber sicher mit ermutigendem und gleichmäßigem Rhythmus weiter. Der Rauch aus unserem Schornstein hing tief über dem Wasser hinter uns, das manchmal tief und blau, dann wieder seicht und gelb war. Zu beiden Seiten des Flusses erstreckten sich nun Hügel, und die Vielfalt der Grünschattierungen stellte selbst die liebliche englische Landschaft in den Schatten. Tatsächlich wurde ich um so stärker an England erinnert, je mehr ich von China sah. Der einzige Unterschied bestand im Maßstab. Wo man in England anderthalb bis zwei Kilometer weit einen Landstrich überblickt hätte, waren es hier in China dreißig! Wie auch in England hatte man hier den Eindruck, daß die Landschaft seit Anbeginn der Zeiten gehegt und bebaut worden war, jedoch auf eine rücksichtsvollere Weise, die vor dem natürlichen Erscheinungsbild Achtung wahrte.

Am dritten Tag unserer Reise flußaufwärts ereignete sich der erste schwere Zwischenfall. Ich lehnte mich über die Reeling des Schiffes, sah zum Westufer hinüber, welches näher lag, und genoß meine erste Pfeife dieses Tages, als ich plötzlich einen lauten Knall vernahm und in der Richtung, aus der das Geräusch gekommen war, eine weiße Rauchwolke erblickte. Als ich genauer hinschaute, konnte ich sieben mit Gewehren bewaffnete Reiter erkennen. Weitere Schüsse folgten, und ich hörte etwas durch die Takelage über meinem Kopf pfeifen. Ich begriff, daß wir beschossen wurden und rannte hastig das Deck entlang bis zum Ruderhaus, um den holländischen Kapitän des Schiffes zu warnen.

Der alte Skipper Cornelius lächelte mir zu, als ich ihm erzählte, was geschah.

»Am besten bleiben Sie drinnen, *Meinherr«,* sagte er und paffte träge an seiner Pfeife, Schweiß rann über sein breites, rotes Gesicht, denn im Ruderhaus regte sich kein Lüftchen.

»Sollten wir nicht weiter auf die Flußmitte zuhalten?« erkundigte ich mich. »Wir befinden uns bestimmt in gewisser Gefahr.«

»O ja, wir befinden uns sicher in Gefahr, aber weiter in der Mitte des Stromes ist die Gefahr weit größer. Die Strömungen – sie sind dort sehr stark, Sir. Hoffen wir eben, daß nichts Wichtiges getroffen wird. In letzter Zeit schießen die immer auf uns. Jedes Dampfschiff wird für ein Militärfahrzeug gehalten.«

»Wer sind diese Leute? Können wir sie nicht bei der nächsten Obrigkeit anzeigen?«

»Es wäre gut möglich, daß *sie* die Obrigkeit sind, *Meinherr.«* Cornelius lachte und klopfte mir auf die Schulter . . . »Machen Sie sich keine Sorgen, ja?«

Ich hielt mich an seinen Rat. Schließlich blieb mir nicht viel anderes übrig! Und bald war die Gefahr vorüber.

Im Lauf der beiden folgenden Tagen widerfuhr uns nichts Vergleichbares. Einmal sah ich eine ganze Siedlung brennen. Unheimliche, rote Flammen erhellten die Dämmerung, dicker, schwerer Rauch zog über den Fluß und vermengte sich mit dem aus unserem Schornstein. Ich sah, wie panikerfüllte Menschen versuchten, sich in Sampans zu drängen, während andere uns vom Ufer aus zuriefen, damit wir ihnen zu Hilfe kämen, doch der Kapitän wollte nichts davon wissen und behauptete, es wäre Selbstmord, anzuhalten, weil wir dann überwältigt würden. Ich verstand seine Überlegung, doch empfand eine schreckliche Qual, denn wir fuhren nahe genug vorüber, daß man mit dem Feldstecher die furchtverzerrten Gesichter von Frauen und Kindern erkennen konnte. Viele Frauen standen bis zur Hüfte im Wasser, hielten ihre Kinder an sich gepreßt und riefen um Hilfe. Am folgenden Morgen sah ich mehrere Abteilungen Kavallerie in den Uniformen der Zentralregierung reiten, als sei der Teufel hinter ihnen her, während hinter ihnen irreguläre Verbündete oder Verfolger herritten – was von beidem, war schwer zu entscheiden. Am Nachmittag beobachtete ich, wie Sechser-Pferdegespanne Feldartillerie über eine riesige Brücke zogen, die eine besonders schmale Stelle des Jangtse-Kiang überspannte. Die Abteilung war offensichtlich in ein schweres Gefecht verwickelt gewesen, denn die Soldaten waren erschöpft, verwundet und hatten Verbrennungen erlitten, Schlamm klebte an Rädern und Gewehrläufen, und es gab Anzeichen, daß die Waffen bis zur Grenze ihrer Belastbarkeit benutzt worden waren (ich sah nur einen Munitionstender, der andere war wohl leer zurückgelassen worden). Vor dem roten Schein der untergehenden Sonne sah die Abteilung aus, als sei sie direkt aus der Hölle zurückgekehrt.

Ich war froh, als wir Wuchang erreichten, sah jedoch unserer nächsten Reiseetappe etwas beunruhigt entgegen, die nun zu Pferde über Land erfolgen sollte; sie würde ein Stück am Fluß zurückführen und dann die Richtung nach Shancheng nehmen – sofern wir nicht einen Zug bis Kwang Shui bekamen. Dies war unsere ursprüngliche Absicht gewesen, doch waren uns Gerüchte zu Ohren gekommen, wonach Banditen die Bahnlinie nach Kwang Shui gesprengt haben sollen.

Wuchang liegt an der Mündung des Han Ho in den Jangtse-Kiang. Es gehört zu den drei dicht beieinanderliegenden Städten, deren schönste es zugleich ist, Hanyang und Hankow nehmen allmählich einen vage europäischen Charakter an und widmen sich in zunehmendem Maße Industrie und Schiffsbau. Doch in Wuchang legten wir keine wirkliche Pause ein. Das Kriegsrecht war ausgerufen worden, und eine düstere Stimmung hing über der Stadt. Außerdem hatte es zu regnen begonnen – ein feiner Nieselregen, der irgendwie durch alle Kleider drang und einen bis auf die Knochen auskühlte. Die verschiedenen Beamten, die bei unserer Ankunft am Dock auftauchten, sahen übereifrig unsere Papiere an, durchwühlten unser Gepäck und verdächtigten uns zweifellos, irgendwelche Revolutionäre oder Banditen zu sein. Die besseren Hotels waren fast alle von ranghohen Offizieren besetzt worden, und wir waren schließlich gezwungen, in einem nicht allzu sauberen Gasthof in Nähe der Kais abzusteigen, und selbst hier liefen genug Soldaten herum, die unsere Nachtruhe mit ihren lautstarken Zechgelagen störten. Ich bedauerte jede Stadt, zu deren Verteidigung sie beordert wurden!

Mr. Lu verschwand sehr früh am Morgen und kehrte zurück, während ich ein ungenießbares Frühstück aus Reis und irgendwelchem Fleisch zu mir nahm, das man mir mit vielen Entschuldigungen unseres Wirtes serviert hatte. Er hätte nichts anderes, sagte er, die Soldaten hatten alles verschlungen – und keiner bezahlte ihn dafür.

Mr. Lu schien sehr zufrieden und nahm bald die Gelegenheit wahr, mich wissen zu lassen, daß es ihm gelungen sei, eine Passage für uns im nächsten Zug, der Wuchang verließ, zu ergattern. Der Zug war hauptsächlich Truppentransportmittel, jedoch sollte eine Reihe Güterwagen angekuppelt werden. Falls mir die Unbequemlichkeit, zusammen mit Reitern und Pferden zu fahren, nichts ausmachte, konnte es sogleich losgehen.

Ich stimmte gerne zu, wir lasen unser Gepäck zusammen und gesellten uns zum Rest der Reisegesellschaft am anderen Ende der Stadt, wo die Männer gelagert und an ihre Tiere geschmiegt im Freien geschlafen hatten. Sie sahen mürrisch aus, hatten rotgeränderte Augen und beschimpften einander, während sie die Tiere sattelten und das Gepäck für die Lastpferde fertig machten.

Wir begaben uns in ziemlicher Eile zum Bahnhof, denn wir hatten recht wenig Zeit. Mr. Lu erklärte, daß ein Truppentransport wahrscheinlich pünktlich abfahren würde – oder möglicherweise sogar vorzeitig, sofern alles fertig war. Die Armee konnte eine solche Entscheidung fällen.

Wir gelangten an den Bahnhof, und der Zug stand noch da – mit einer der gewaltigsten Lokomotiven, die ich jemals gesehen hatte. Sie gehörte keiner der mir bekannten Typen an, war hellblau und orangefarben bemalt und stieß mehr Feuer und Rauch aus als Siegfrieds Drache.

Wir drängten uns in die Güterwaggons; die Türen wurden geschlossen, mit einem Ruck fuhren wir an und bangten um unser Leben, als der Zug Tempo zulegte.

Später gelang es uns, eine der Schiebetüren etwas zu öffnen, daß wir hinausschauen konnten. Wir befanden uns in einem hohen Bergland, der Zug schlängelte sich mit steter Geschwindigkeit durch eine der reizvollsten Gegenden empor, die ich jemals zu Gesicht bekommen habe. Sehr, sehr alte Berge, grünende Bäume – genau das Bild jener chinesischen Malereien, die so formalisiert wirken, bis man das Original dessen, was der Künstler wiedergibt, gesehen hat. Und dann begreift man, daß in China die Natur selbst formalisiert ist, weil das Land schon so lange bewohnt ist, daß es kaum einen Grashalm gibt, wie entfernt der Fleck, wo er wächst, auch sein mag, der nicht auf irgendeine Weise unter dem Einfluß des Menschen steht. Und weder hier noch in anderen Teilen Chinas büßt die Wildnis dadurch an Ausdruckskraft ein; sie wird höchstens noch eindrucksvoller. Mr. Lu genoß mit mir den Anblick (obwohl er gegenüber meinen Oh- und Ah-Rufen eine fast gönnerhafte Besitzerhaltung einnahm).

»Ich hatte schon damit gerechnet, an China Gefallen zu finden«, erklärte ich ihm. »Aber ich bin mehr als entzückt, ich bin überwältigt – und mir ist der Glaube an die Schönheit der Natur für immer wiedergegeben!«

Mr. Lu entgegnete nichts, doch kurz danach zog er ein Zigarettenetui heraus und bemerkte, während er mir eine feine, türkische Zigarette anbot, daß selbst die Natur, wo sie den Eindruck völliger Unversehrbarkeit erweckte, von den Werken des Menschen bedroht sei.

Ich hatte gerade an Bastable und seine Beschreibung der Bombe gedacht, die ihn in seine eigene Zeit zurückgeschleudert hatte, und ich muß gestehen, daß ich Mr. Lu einen scharfen Blick zuwarf und mich fragte, ob er mehr von Bastable wußte, als er vorgab, doch er fügte seiner Äußerung nichts hinzu, und ich beschloß, sie als philosophischen Gedanken hinzunehmen.

Ich nickte und nahm die Zigarette an. »Das ist wahr. Ich hoffe aufrichtig, daß dieser Bürgerkrieg nicht zuviel ihres Landes verwüstet«, sagte ich und beugte mich nach vorn, um ihm Feuer zu geben. Der Zug schwankte in einer Kurve und gab nun den Blick auf einen Wald in den zartesten Grüntönen, die ich je gesehen hatte, frei. »Denn ich habe wirklich mein Herz an China verloren.«

»Unglücklicherweise«, meinte Mr. Lu trocken aber gut gelaunt, »sind Sie nicht der einzige Europäer, der so hingerissen ist. Aber muß man immer Schritte unternehmen, um zu besitzen, was man liebt, Mr. Moorcock?«

Ich akzeptierte seinen Standpunkt. »Ich heiße die Chinapolitik meiner Regierung nicht gut«, gestand ich ihm. »Aber Sie müssen zugeben, daß in den britisch verwalteten Teilen Chinas mehr Recht und Ordnung herrscht als in anderen. Wie dem auch sei, die Chinesische Frage bleibt ziemlich verzwickt . . .«

»Es gäbe keine Chinesische Frage, Mr. Moorcock«, sagte Mr. Lu mit dem Anflug eines Lächelns, »wären da nicht die Japaner und Europäer. Wer hat denn die massiven Opiumimporte in unser Land angekurbelt? Wer war verantwortlich für die Abwertung unserer Währung? Dies waren keine innenpolitisch bedingten Schwierigkeiten.«

»Vermutlich nicht. Aber . . .«

»Aber ich kann mich auch täuschen. Wer soll das wissen?«

»Man kann nicht behaupten, daß die Manchus unbestechlich seien«, entgegnete ich und lächelte ihn meinerseits an.

Sein Lächeln wurde zu einem breiten Grinsen, er lehnte sich zurück an die Wand, winkte mit der Hand, in der er die Zigarette hielt und ließ es bei diesem letzten Argument meinerseits bewenden. Ich glaube, daß es mehr eine graziöse Geste war als eine wirkliche Übereinstimmung mit der Auffassung, die ich vertreten hatte.

Der Zug behielt den Rest des Tages gleichmäßig seine Geschwindigkeit bei bis in die Nacht. Wir schliefen, so gut wir konnten, auf dem holperndem Boden des Waggons, ständig in der Gefahr, daß sich eines der Tiere losriß und uns trat. Es war kurz vor Morgendämmerung als der Zug plötzlich kreischend zum Stehen kam, so daß die Pferde sich ängstlich aufbäumten, stampften und schnaubten und unsere Männer mit Gewehren in den Händen aufsprangen.

Dem Lärm der Bremsung folgte eine eigenartige, unergründliche Stille. In der Ferne hörten wir ein paar Stimmen am Zug entlangrufen, schoben vorsichtig die Türen zurück und spähten ins Dämmerlicht, um zu sehen, was los war.

»Zumindest hört man keine Schießereien«, meinte Mr. Lu ruhig. »Wir stehen also nicht unter direktem Angriff. Vielleicht sind lediglich die Schienen blockiert.«

Aber ganz offenkundig war er selbst nicht von seiner Vermutung überzeugt. Gemeinsam kletterten wir aus dem Waggon und machten uns auf den Weg zur Lokomotive.

Die riesige Maschine stieß immer noch gewaltige, weiße Dampfwolken aus, dunkle Gestalten huschten durch den Dampf. Aus den Waggonfenstern steckten Dutzende schläfriger Soldaten ihre Köpfe. Fragen wurden gebrüllt und Mutmaßungen über den Grund der Bremsung ausgetauscht.

Mr. Lu suchte einen einigermaßen kompetent wirkenden Offizier aus und stellte ihm ein paar knappe Fragen. Der Mann antwortete ihm unter häufigem Achselzucken, anderen ausweichenden Gesten und deutete in Fahrrichtung nach Norden und zu den zerklüfteten Berggipfeln über uns.

Als Mr. Lu sich wieder zu mir gesellte, warf die Sonne erste, zaghafte Strahlen.

»Die Schienen vor uns wurden gesprengt«, erklärte er. »Wir können von Glück sagen, daß der Lokführer nicht gezögert hat, den Zug zum Stehen zu bringen. Es besteht keinerlei Möglichkeit zur Weiterfahrt. Der Zug wird zur nächsten Stadt zurückfahren müssen. Wir haben die Wahl, mit zurückzufahren und die zweifelhafte Sicherheit durch die Mitreise der Soldaten zu genießen oder unsere Reise zu Pferde fortzusetzen.«

Ich kam sogleich zu einem Entschluß, denn allmählich machten mich die vielen Verzögerungen und Umwege, die wir bisher erlebt hatten, ungeduldig. »Ich würde die Reise lieber fortsetzen«, sagte ich zu Mr. Lu. »Höchste Zeit, daß die Pferde ein wenig Bewegung bekommen!«

Diese Antwort hatte er offensichtlich erhofft. Mit einem raschen Lächeln wandte er sich um und begann, zu unserem Zugabteil zurückzulaufen, wo er den Männern zurief, die Pferde zu satteln und zu beladen. Mir vertraute er inzwischen an:

»Ich persönlich glaube, daß wir alleine weit bessere Chancen haben. Dieses Gebiet wird augenblicklich von dem Kriegsherrn General Liu Fang kontrolliert. Sein Hauptinteresse besteht darin, die Truppen zu vernichten, die man auf ihn angesetzt hat. Meiner Ansicht nach gibt er sich nicht damit ab, eine gewöhnliche Karawane zu behelligen, insbesondere, wenn ein europäischer Gentleman mit ihr reist. Liu Fang hofft meiner Einschätzung nach, in Europa Alliierte zu gewinnen. Ein Plan, der mit fast absoluter Gewißheit zum Scheitern verurteilt ist, aber uns wird es helfen.

Demgemäß saßen wir bald auf den Pferden und ritten auf den langen Abhang fernab des festsitzenden Zuges zu. Gegen Mittag befanden wir uns tief in unbewohntem Land und folgten dem Flußlauf im Tal. Das Tal war eng und dicht bewaldet, so daß wir letztlich gezwungen waren, abzusteigen und unsere Pferde über die moosbewachsenen Steine zu führen. Inzwischen hatte ziemlich kräftiger Regen eingesetzt, so daß der Boden schlüpfrig war und wir noch langsamer vorankamen. Darüber hinaus konnte man kaum weiter als ein paar Meter sehen. Durch meinen Schlafmangel und die fast hypnotische Wirkung der Regentropfen auf dem Laubdach über mir ging ich fast in Trance weiter und wurde mir kaum meiner eigenen Müdigkeit bewußt. Wir sprachen nur wenig, und bis wir an das Ende des Waldes gelangten und wieder aufsitzen konnten, war schon später Nachmittag, so daß uns nur wenige Stunden bis zum Einbruch der Dunkelheit blieben. Der Fluß schwoll an, wir folgten ihm von einem Tal in das andere, bis wir an ein einigermaßen höher gelegenes Gelände kamen, wo wir unser Lager aufschlagen und die Karten zu Rate ziehen wollten, um zu sehen, wie weit wir gekommen waren.

Als ich den Männern zuschaute, die das gemeinsame Zelt für Lu und mich aufschlugen, warf ich einen Blick zu den Bergen hinauf und glaubte, in einiger Entfernung einen Menschen hinter einen Fels huschen zu sehen. Ich berichtete dies Mr. Lu. Er wollte gerne glauben, daß ich wirklich jemanden gesehen hatte.

»Das ist nicht weiter erstaunlich. Wahrscheinlich nur ein Kundschafter, ein Späher, der uns beobachten soll, um sich zu überzeugen, daß wir keine getarnte Militärexpedition sind. Ich glaube kaum, daß er uns behelligen wird.«

In jener Nacht schlief ich schlecht, und ich muß zugeben, daß ich in meiner Erschöpfung zu bedauern begann, mich in dieses Abenteuer gestürzt zu haben.

Ich fragte mich, ob alles in einem üblen Massaker enden und am Morgen mein ausgeplünderter Leichnam zwischen den Überresten unseres Lagers liegen würde. Ich wäre nicht der erste Europäer, der in seiner Torheit eine solche Reise angetreten und sie mit dem Leben bezahlt hätte. Als ich schließlich einschlief, suchten mich böse Träume heim. Es waren wirklich die scheußlichsten Träume, die ich jemals gehabt hatte. Und doch erwachte ich irgendwie ganz ausgeruht und sorglos. Allmählich sah ich unsere Chancen, das Tal der Morgendämmerung zu erreichen, ganz optimistisch und verzehrte mit großem Genuß die Rohkost, die man uns zum Frühstück reichte.

Mr. Lu sah sich genötigt, etwas zu meinem Gebaren zu sagen. »Wir Chinesen werden ja für unseren Stoizismus gerühmt«, meinte er, »aber von eurer britischen Variante könnten wir auch noch etwas lernen!«

»Das ist kein Stoizismus«, erwiderte ich. »Einfach nur eine Stimmung, ich kann das nicht erklären.«

»Vielleicht haben Sie eine Nase fürs Glück. Das wäre schön.« Er deutete auf die felsigen Bergkuppen zu beiden Seiten. »Heute nacht hat uns eine ziemlich große Kompanie umstellt. Wir sind vermutlich völlig eingekesselt.«

»Ich frage mich, ob die angreifen wollen.« Ich schaute mich um, konnte aber keine Anzeichen von Soldaten erkennen.

»Ich nehme eher an, daß es sich bei diesem Manöver um eine Vorsichtsmaßnahme handelt. Sie glauben vermutlich immer noch, daß wir Spione sind oder getarnte Teile einer Armee.«

Ich bemerkte nun, daß unsere Männer Anzeichen von Nervosität zeigten, an ihren Gewehren und Patronengurten herumfingerten, zu den Bergen aufsahen und aufgeregt miteinander flüsterten. Lu Kan-fon schien der einzige zu sein, der sich keine Sorgen machte; rasch erteilte er die Befehle, unsere Packpferde zu beladen, und unsere Männer gehorchten nach anfänglichem Widerwillen. Erst als das letzte Bündel festgeschnürt war und wir unsere Pferde besteigen wollten, zeigten sich die Soldaten.

Im Gegensatz zu den Regierungstruppen trugen diese Männer eindeutig chinesische Uniformen: weite Kittel und Hosen in Schwarz, Gelb, Weiß und Rot. Große Kreise auf Vorder- und Rückseiten der Blusen trugen chinesische Schriftzeichen, die offensichtlich Rang und Regiment des Soldaten auswiesen. Einige trugen kleine Kappen, andere breitrandige Strohhüte. Alle waren sauber rasiert und diszipliniert, und alle besaßen moderne Karabiner, anscheinend deutscher Bauart. Sie hielten die auf uns gerichteten Gewehre auf der Hüfte statt an der Schulter, was besagte, daß sie nicht direkt auf uns schießen wollten. Sogleich hob Mr. Lu die Hand und befahl seinen Leuten, nicht zu den Waffen zu greifen, worauf hinter einem hohen, dichten Gebüsch eine berittene Gestalt von so wunderbarem Äußeren auftauchte, daß sie gewiß für ein Fest herausgeputzt sein mußte.

Der Mann ritt sein zottiges Pony langsam den Berghang herab auf uns zu. Er muß gut über 1,80 m groß gewesen sein und hatte eine breite Brust und kräftige Schultern. Er trug ein langes Brokatgewand, das vom Saum 30 cm aufwärts mit Meereswellen und anderen chinesischen Motiven bestickt war. Darüber hatte er einen langen Seidenmantel mit bestickter Brustplatte und einem ebenso bestickten Viereck auf dem Rücken, und die weiten Ärmel, die die Manchus den Chinesen aufgezwungen hatten, als ihre Dynastie auf den Thron kam, fielen ihm auf die Hände herab. Hohe Stiefel, eine Halskette aus riesigen, gelbbraunen Perlen, die ihm bis zur Taille reichte und eine aureolenförmige Amtskappe mit langer, roter Troddel vollendeten seinen Aufzug. An seiner Seite hing ein langes Schwert, andere Waffen hingegen waren nicht zu sehen, und er hielt die Zügel seines Ponys mit der einen Hand, während die andere um den Griff seines Schwertes lag; irgendwie gelang es ihm, eine beeindruckende Würde zu wahren, während sein Pony sich den Weg herab zu der Stelle bahnte, wo wir wie angewurzelt standen.

Seine Miene war unergründlich, als er in unser Lager ritt, sein Tier zum Stehen brachte und uns aus seinen blitzend schwarzen Schlitzaugen musterte. Mr. Lu und ich erfuhren eine besonders eindringliche Betrachtung, und während der Mann mich inspizierte, beschloß ich, das Schweigen zu brechen, verbeugte mich leicht und sagte auf Englisch:

»Guten Morgen, Sir. Ich bin britischer Staatsbürger und befinde mich auf einer Privatreise mit diesen Kaufleuten. Ich bedaure, wenn wir versehentlich in ein Gebiet eingedrungen sind, auf dem Sie vorzugsweise keine Reisenden sehen möchten . . .«

Meine eher zurückhaltende Rede wurde durch ein Grunzen des prächtigen Reiters unterbrochen, der sich in fließendem Mandarin an Mr. Lu wandte. »Wissen Sie, wer ich bin? Wissen Sie, wo Sie sich befinden? Welche Erklärung können Sie zur Entschuldigung für Ihre Anwesenheit vorbringen?«

Mr. Lu verbeugte sich tief, ehe er antwortete. »Ich weiß, wer Sie sind, Ehrwürdiger, und muß demütig um Ihre Vergebung bitten, Ihnen die Mühe der Inspektion unserer Karawane gemacht zu haben. Aber wir reisten mit der Eisenbahn, bis der Zug gestern auf ein Hindernis stieß und zur nächsten Stadt umkehren mußte. Wir beschlossen, unsere Reise über Land fortzusetzen ...«

»Wir haben beobachtet, wie Sie den Militärtransport verließen. Sie sind doch Spione, oder nicht?«

»Keineswegs, mächtiger General Liu Fang. Der Truppentransport war das einzige zur Verfügung stehende Verkehrsmittel. Wir sind Händler und befinden uns auf dem Weg zu Geschäften in Shantung.«

»Wer ist der Ausländer?«

»Ein Engländer. Ein Autor, der ein Buch über unser Land schreiben möchte.«

Auf dieses schnell ersonnene Märchen hin zeigte Liu Fang einen Funken Interesse. Außerdem wirkte er ein wenig besänftigt, denn er hatte keinen Anlaß, in mir etwas anderes als eine neutrale Partei auf seinem Gebiet zu vermuten (was ich ja auch tatsächlich war), und wahrscheinlich hielt er es für nützlich, einem der Ausländer gegenüber, deren Unterstützung er angeblich anstrebte, etwas guten Willen zu demonstrieren.

»Sagen Sie Ihren Leuten, daß sie die Waffen ablegen sollen«, befahl er, und Mr. Lu führte dies sogleich aus. Mit finsteren Blikken nahmen die Männer ihre Gewehre ab und ließen sie zu Boden fallen.

»Und was ist Ihr Reiseziel?« fragte mich der General in stokkendem Französisch.

Ich antwortete in der gleichen Sprache. »Ich habe von einem besonders schönen Tal in dieser Gegend gehört. Man nennt es das Tal der Morgendämmerung.« Ich sah keinen Sinn darin, um den heißen Brei herumzureden, zumal ich vielleicht längere Zeit keine andere Gelegenheit mehr haben sollte, mein Ziel zu nennen.

General Liu Fang kannte den Namen ganz offensichtlich, doch seine Reaktion war eigenartig. Er runzelte die Stirn und warf mir einen zutiefst mißtrauischen Blick zu. »Wen suchen Sie denn dort?«

»Niemand bestimmtes«, erwiderte ich. »Mein Interesse gilt einzig und allein dem Ort in geographischer Hinsicht.« Nachdem ich meinerseits nun seine Reaktion bemerkt hatte, hütete ich mich davor, ihm mehr zu offenbaren.

Er schien sich zu beruhigen und war fürs erste mit meiner Antwort zufrieden. »Ich würde Ihnen vom Besuch des Tales abraten«, meinte er. »In dem Gebiet streunen eine Menge Banditen umher.«

Ich fragte mich spöttisch, wie er sich wohl bezeichnen mochte, ließ mir aber natürlich nichts davon anmerken und sagte: »Ich bin dankbar für Ihre Warnung. Vielleicht gelingt es mir, unter dem Schutz Ihrer Armee . . .«

Er machte eine ungeduldige Handbewegung. »Ich führe einen Krieg, *Monsieur,* ich kann keinen meiner Männer abstellen, um ausländische Journalisten durch unser Land zu geleiten.«

»Verzeihen Sie«, sagte ich mit einer Verbeugung.

Die Situation war noch äußerst spannungsgeladen, und ich bemerkte, daß die Soldaten sich nicht gerührt hatten, sondern noch immer ihre Waffen auf uns gerichtet hielten. Und es mußten noch mindestens hundert in gut gedeckten Stellungen zu beiden Seiten des Tales lauern. Der General wandte seine Aufmerksamkeit wieder Mr. Lu zu. »Was für Handelsgüter führen Sie mit sich?«

Mr. Lu hatte seine Arme überkreuzt. Ungerührt sagte er: »Verschiedenster Art. Viele Artikel künstlerischer Natur. Statuetten, Keramikarbeiten und ähnliches.«

»Ich werde sie inspizieren«, erklärte der General. »Weisen Sie Ihre Männer an, alles abzuladen.«

Wieder gehorchte Mr. Lu ohne Zögern. Als seine Leute sich daran machten, die Packen, die sie vor kurzem erst auf die Lastpferde gebunden hatten, wieder aufzuschnüren, sagte er zu mir in Englisch: »Wir kommen vielleicht mit dem Leben davon, nicht jedoch mit unserer Habe, fürchte ich . . .«

»Ruhe!« gebot der General barsch. Er ritt an die Stelle, wo man Mr. Lus Waren ausgebreitet hatte und betrachtete sie mit dem schlauen Blick einer chinesischen Bäuerin, die auf dem Markt einen Fisch aussucht, dann ritt er zu uns zurück. »Sie werden beschlagnahmt«, erklärte er, »zur Unterstützung unseres Kampfes zur Befreiung von den Manchus.«

Mr. Lu verbeugte sich schicksalsergeben. »Ein würdiger Anlaß«, kommentierte er trocken. »Die Pferde . . .?«

»Die Pferde sind ebenfalls beschlagnahmt. Sie werden uns besonders nützlich sein . . .«

Hier wurde er von Maschinengewehrfeuer unterbrochen, und ich glaubte zuerst, er hätte irgendwie Zeichen für unsere Ermordung gegeben. Doch das Gewehrfeuer kam von weiter oben am Berg, und ich erkannte plötzlich, daß seine Leute Ziel eines Angriffs waren. Ich faßte wieder Mut. Gewiß waren Regierungstruppen zu unserer Rettung gekommen!

Meine Erleichterung war von kurzer Dauer. Fast augenblicklich brüllte General Liu Fang seinen Leuten einen Befehl zu und ging hinter dem Hals seines Pferdes in Deckung, ehe er rasch in den Schutz eines nahegelegenen Felsens galoppierte.

Es hatte plötzlich zu regnen begonnen – ein schwerer, dunstiger Regen, der die Sicht wie Nebel verschleierte – und ich hatte nicht die geringste Ahnung, was vor sich ging, außer daß die Soldaten des Generals auf uns schossen.

Mr. Lus Männer stürzten zu ihren Waffen, doch die Hälfte fiel, noch ehe sie ihre Gewehre zu fassen bekamen. Die Überlebenden ergriffen ihre Waffen und suchten Deckung, wo es nur irgend ging. Mr. Lu packte mich am Arm, und wir rannten gemeinsam zu einer Bodensenke, wo wir vor dem Schlimmsten der Schießerei über uns sicher waren. Wir warfen uns zu Boden und drückten unsere Gesichter ins weiche Moos, während der Kampf der drei Parteien weiterging. Ich erinnere mich, daß mir die ungeheure Intensität des Maschinengewehrratterns auffiel und daß ich mich fragte, wie eine chinesische Armee sich solche Artillerie hatte verschaffen können (denn die Chinesen sind bekannt für die erbärmliche Qualität ihrer Waffen und ihr Versagen bei deren Wartung).

Kugeln pfiffen um uns her, und ich rechnete jeden Augenblick damit, getroffen zu werden. Ich brüllte über den Gefechtslärm und die Schreie der Verwundeten: »Was sind das für welche, Mr. Lu?«

»Ich weiß es nicht, Mr. Moorcock. Ich weiß nur, daß wir bis jetzt mit dem Leben hätten davonkommen können, aber nun die besten Aussichten haben, getötet zu werden. Offenkundig halten sie es für wichtiger, General Liu Fang zu vernichten, als uns zu retten!« Er lachte. »Bedauerlicherweise werde ich Ihnen Ihr Honorar zurückgeben müssen – ich habe meinen Teil des Handels nicht eingelöst. Ihre Chancen, das Tal der Morgendämmerung zu finden, sind äußerst gering geworden. Mein Schutz hat sich als unzureichend erwiesen.«

»Ich muß Ihnen leider recht geben, Mr. Lu«, sagte ich und hätte weitergesprochen, hätte ich nicht den gedämpften Laut einer Kugel erkannt, die Haut und Knochen zerfetzte. Ich hob den Kopf und glaubte zuerst, ich sei getroffen worden, doch es war Mr. Lu. Er mußte sofort tot gewesen sein, denn nicht nur eine, sondern gleich zwei Kugeln hatten ihn fast gleichzeitig am Kopf getroffen.

Ich empfand tiefe Trauer und begriff, wie sehr ich die Begleitung des intelligenten Chinesen geschätzt hatte, doch der Anblick seines zerfetzten Kopfes erzeugte Übelkeit in mir, so daß ich den Blick abwenden mußte.

Der Tod von Mr. Lu wirkte wie ein Signal für die Beendigung des Kampfes. Kurz danach verstummte das Gewehrfeuer, und ich hob vorsichtig den Kopf, um durch den dicht fallenden Regen zu spähen. Überall herrschte der Tod. Unsere eigenen Leute lagen tot zwischen den zerschmetterten und zerschossenen Überresten der Kunstgegenstände, die sie so lange und so weit befördert hatten. Einige wenige hatten ihre Waffen abgelegt und die Hände über den Kopf erhoben. General Liu Fang war nirgends zu sehen (ich erfuhr später, daß er fortgeritten war und seine Männer ihrem Schicksal überlassen hatte), doch die Soldaten des Kriegsherren lagen, wo immer ich hinblickte, tot am Boden. Ich stand auf und hob ebenfalls die Hände. Es erklangen ein paar weitere vereinzelte Schüsse, und ich vermutete, daß man, wie in China üblich, die Verwundeten erschoß.

Ich muß mindestens zehn Minuten gewartet haben, ehe ich unsere »Retter« zum ersten Mal zu Gesicht bekam. Sie saßen alle zu Pferde, trugen ein wenig mongolisch wirkende Ledermützen und waren mit leichten Gewehren eindeutig unbekannter Bauart bewaffnet. Ihre weiten Blusen bestanden aus Seide oder Baumwolle, einige trugen Ledercapes, andere wattierte Jacken gegen den Regen. Es waren fast ausschließlich gut aussehende Nordchinesen, groß und mit irgendwie arrogant wirkendem Gehabe, keiner von ihnen hatte einen Zopf. Die meisten trugen Armbänder als einziges Rangabzeichen – mit einem komplizierten Muster, bestehend aus einem Kreis mit acht dünnen pfeilartigen Strahlen. Ich wußte plötzlich, daß sie doch keine Regierungssoldaten waren, sondern zweifellos einer rivalisierenden Banditenarmee angehörten, die auf eigene Rechnung oder im Bündnis mit den Regierungstruppen gegen General Liu Fang kämpften.

Dann kam ihr Anführer durch den dunstigen Regen ins Blickfeld geritten. Ich erkannte, daß es sich um ihren Führer handeln mußte, an der Art, wie die anderen Reiter ihm den Weg freimachten. Außerdem sah man hierzulande selten einen so prachtvollen schwarzen Araberhengst, wie er ihn ritt. Als schlanke, graziöse Gestalt in langem, schwarzen Lederübermantel, ein flatterndes Hemd ließ eine schmale Taille erkennen, ein breitrandiger Lederhut verbarg das Gesicht, ein langer Säbel im Kosakenstil hing von einem kunstvoll geschmückten Seidengürtel – so ritt der Banditenchef auf mich zu, schob den Hutrand aus der Stirn und offenbarte eine fast kindliche Erheiterung über mein Staunen.

»Guten Morgen, Mr. Moorcock.«

Ihre Stimme klang klar und gut moduliert – die Stimme einer gebildeten Engländerin (obwohl sie eine winzige Spur von Akzent aufwies). Sie war jung, höchstens dreißig und hatte einen hellen, weichen Teint. Ihre Augen waren graublau, ihr Mund breit und mit vollen Lippen. Ihr ovales Gesicht hätte als hübsch gelten können, hätte es nicht soviel Charakter offenbart. So erschien sie mir als die schönste Frau, die ich jemals gesehen hatte. Ihr leicht wehendes Haar war kurzgeschnitten, umrahmte ihr Gesicht, ohne jedoch bis auf ihre Schultern herabzufallen.

Ich konnte nicht mehr als hervorstoßen: »Woher kennen Sie meinen Namen?«

Sie lachte. »Unser Nachrichtendienst funktioniert entschieden besser als der von General Liu Fang. Es tut mir leid, daß so viele Ihrer Leute ums Leben gekommen sind – und besonders bedaure ich den Tod von Mr. Lu. Er wußte natürlich nicht, daß ich den Angriff führte; wir waren alte Freunde, und ich hatte mich darauf gefreut, ihn wiederzusehen.«

»Sie nehmen seinen Tod ziemlich leicht hin«, sagte ich.

»Es war ein Unfall. Aber ich habe mich nicht vorgestellt. Mein Name ist Una Persson. Seit Monaten werden wir von General Liu bedrängt, und wir mußten diese erste Gelegenheit wahrnehmen, um ihm eine Lektion zu erteilen. Wir waren ursprünglich unterwegs, um Sie zu treffen und ins Tal der Morgendämmerung zu geleiten, doch ich konnte es mir nicht leisten, die Gelegenheit verstreichen zu lassen, so viele Soldaten des Generals in den Hinterhalt zu locken.«

»Woher wußten Sie, daß ich auf der Suche nach dem Tal der Morgendämmerung war?«

»Ich weiß es seit mindestens einem Monat. Sie haben viele Nachforschungen angestellt.«

»Ihr Name kommt mir bekannt vor – wo habe ich ihn nur gehört . . .?«

Langsam dämmerte es mir. »Bastable hat Sie erwähnt! Die Frau im Luftschiff – die Revolutionärin Una Persson.«

»Ich bin eine Bekannte von Hauptmann Bastable.«

Mein Herz tat einen Sprung. »Ist er dort? Ist er im Tal der Morgendämmerung, wie ich vermutet habe?«

»Er ist dort gewesen«, gab sie zu. »Und er hat etwas für Sie hinterlassen.«

»Aber was ist mit Bastable? Was ist aus ihm geworden? Ich muß ihn unbedingt sprechen. Wo ist er jetzt?«

Und dann machte diese geheimnisvolle Frau die rätselhafteste Äußerung. Sie zuckte die Achseln, lächelte ein zaghaftes, müdes Lächeln, zog an den Zügeln und wendete das Pferd. »Tja, wo?« sagte sie. »Diese Frage ist nicht leicht zu beantworten, Mr. Moorcock, denn wir sind alle Nomaden der Zeitströmungen . . .«

Da stand ich, verwirrt, durchgefroren, traurig und zu erschöpft, um sie weiter zu befragen. Sie ritt zu der Stelle, wo Mr. Lus Waren zwischen den Leichnamen von Pferden und Männern in Scherben lagen. Sie stieg ab, beugte sich hinab, um eine zerschmetterte Figur zu betrachten, steckte den Finger in den zutage getretenen Hohlraum im Innern und hob den Finger an die Nase. Dann nickte sie, als habe sie die Bestätigung für etwas gefunden, das sie bereits gewußt hatte. Darauf erteilte sie den Männern in kantonesischem Dialekt einige kurze Befehle, denen ich kaum folgen konnte. Vorsichtig begannen ein paar Männer, die Scherben und die wenigen unbeschädigten Figurinen aufzusammeln. Es bedurfte keiner besonderen Intelligenz, zwei und zwei zusammenzuzählen. Nun begriff ich, warum Mr. Lu eine so umständliche Route gewählt und den Truppentransport so bereitwillig verlassen hatte. Ganz offenkundig war er Opiumschmuggler geworden. Es fiel mir schwer zu glauben, daß ein scheinbar so anständiger und gebildeter Mann einem so miesen Gewerbe nachging, doch die Beweise waren eindeutig. Aus irgendeinem Grund war ich im Herzen nicht bereit, den Toten zu beschuldigen und nahm an, daß ihn irgendein verdrehter Idealismus zu diesem Mittel des Gelderwerbs geführt hatte. Nun hatte ich auch eine Erklärung für das Interesse des Generals an Mr. Lus Waren – zweifellos hatte der Banditenchef die Wahrheit erraten und deshalb die Artikel so eilfertig requiriert.

Die Beute war schnell zusammengelesen, und Una Persson bestieg ihren feurigen Hengst, ohne mir noch einen Blick zuzuwerfen, und ritt durch den Regen davon. Einer ihrer schweigsamen Krieger brachte mir ein Pferd und gab mir durch Zeichen zu verstehen, mich in den Sattel zu schwingen. Ich befolgte sein Angebot gerne, denn ich hatte nicht die Absicht, mich von seiner schönen Banditenchefin zu trennen – sie stellte meine erste, echte Verbindung zu Bastable dar, und es bestand eine gute Chance, daß sie mich zu ihm führte. Ich spürte, daß von den Schurken keine Gefahr für mich ausging, und ahnte, daß mir Una Persson wenn schon nicht mit Sympathie, so doch wenigstens neutral gegenüberstand.

Und so folgte ich ihr, umgeben von ihren Leuten, als wir das Tal des Todes und die Überreste von Mr. Lus Karawane zurückließen und einen schmalen Pfad entlanggaloppierten, der sich höher und höher in die Berge wand.

Ich bekam die Einzelheiten dieses Rittes kaum mit, so sehr fraß mich meine Neugier auf. Tausend Fragen gingen mir durch den Kopf – wie konnte eine Frau, die von Bastable als junge Frau des Jahres 1973 beschrieben worden war, hier im Jahr 1910 offenbar genauso jung sein? Wieder einmal empfand ich jenen Schauer der Furcht, der mir über den Rücken gelaufen war, als ich Bastables Schilderungen der Zeitparadoxa gelauscht hatte.

Würde die Stadt der Demokratischen Dämmerung – Ch'ing Che'eng Ta-chia – die geheime, utopische Revolutionsfestung tatsächlich existieren, wenn ich ins Tal der Morgendämmerung gelangte?

Und warum mischte sich Una Persson in die chinesische Innenpolitik? Warum bildeten diese großen, schweigsamen Männer ihre Gefolgschaft?

Ich hoffte, wenigstens auf einige dieser Fragen eine Antwort zu erhalten, wenn wir ins Tal der Morgendämmerung kamen, aber wie sich herausstellte, sollte ich in mehrfacher Hinsicht enttäuscht werden.

Erst nach Einbruch der Dunkelheit erreichten wir Una Perssons Lager; es regnete ununterbrochen, so daß es nach wie vor schwierig war, Einzelheiten zu erkennen, doch offensichtlich war dies nicht die Stadt der Zukunft – lediglich die Ruinen einer kleinen, chinesischen Ortschaft mit wenigen noch bewohnbaren Häusern. Zum größten Teil jedoch lebten die Soldaten mit ihren Frauen und Kindern in selbstgefertigten Zelten zwischen den Ruinen, während andere Zelte oder behelfsmäßige Hütten errichtet hatten, die mongolischen Jurten ähnlich waren. Hie und da loderten Kochfeuer zwischen dem herabgestürzten Mauerwerk und halb verkohlten Balken, die auf eine Katastrophe schließen ließen, die den Ort erst kürzlich heimgesucht hatte. Weite Bodenflächen waren zu Morast geworden und wurden durch die Ankunft unserer Pferde noch glitschiger. Als ich abstieg, ritt Una Persson an meine Seite und deutete mit ihrer Reitgerte auf eins der noch stehenden Häuser.

»Ich hoffe, Sie sind zum Abendessen mein Gast, Mr. Moorcock.«

»Sie sind sehr freundlich, Madam«, erwiderte ich. »Ich fürchte allerdings, daß ich nicht entsprechend gekleidet bin, um mit einer so schönen Gastgeberin zu speisen . . .«

Sie lächelte über dieses Kompliment. »Wie ich sehe, nehmen Sie schon die chinesische Sprechweise an. Ihre Kleider sind geborgen worden. Sie werden sie in Ihrem Zimmer vorfinden. San Chui hier wird Ihnen zeigen, wo das ist. Dort können Sie sich auch waschen. Bis später dann.« Sie hob die Gerte zum Gruß und ritt davon, um das Abladen ihrer Beute zu überwachen (die hauptsächlich aus den Waffen bestand, die noch kurz zuvor im Besitz der Männer von Mr. Lu und dem General gewesen waren). Ich hatte Gelegenheit, eines der Maschinengewehre zu betrachten, die ich anfänglich nur gehört hatte, und war erstaunt, daß es so leicht war und doch mit so außerordentlicher Effizienz den Tod brachte. Auch dieses war unbekannter Herkunft. Tatsächlich war dies genau die Art Waffe, wie ich sie in einer Stadt der Zukunft erwartet hätte!

San Chui, so verschlossen wie seine Kameraden, verbeugte

sich und führte mich in das Haus, das zwar luxuriös tapeziert, doch ansonsten spartanisch eingerichtet war. In einem Zimmer unterm Dach des Hauses fand ich mein Gepäck und meine Reisetasche vor, die man bereits auf meiner Schlafmatte ausgebreitet hatte (ein Bett gab es nicht). Kurz darauf brachte mir ein anderer Soldat, der einen Kittel und eine Hose aus blauer Baumwolle trug, eine Schüssel mit heißem Wasser; es gelang mir, den schlimmsten Schlamm und Dreck herunterzuwaschen, ein einigermaßen glattes Hemd zu finden, einen sauberen Anzug anzuziehen und in dem Bewußtsein zum Abendessen hinunterzugehen, zumindest halbwegs zivilisiert auszusehen!

Allem Anschein nach sollte ich allein mit meiner Gastgeberin speisen. Sie selbst trug nun ein einfaches Gewand aus mitternachtsblauer Seide, das nach Art der Chinesen scharlachrot bestickt war. Mit dem kurzen Haar und dem ovalen Gesicht wirkte sie im Schein der Kerzen auf dem Eßtisch fast wie eine Chinesin. Sie trug keinen Schmuck, keine Spur von Make-up war in ihrem Gesicht zu erkennen, doch sie wirkte noch schöner als bei unserer ersten Begegnung. Als ich mich verbeugte, war dies unwillkürlich eine Huldigung an ihre Schönheit. Der Raum im Erdgeschoß enthielt nur ein Minimum an Mobiliar – zwei Truhen an einer Wand und ein flacher, chinesischer Tisch, an dem man auf Kissen im Schneidersitz aß.

Ohne zu fragen reichte sie mir ein Glas Madeira, wofür ich mich bedankte. Als ich an dem Wein nippte, stellte ich fest, daß er zur Spitzenqualität seiner Art gehörte und beglückwünschte sie dazu.

Sie lächelte. »Loben Sie nicht meinen guten Geschmack, Mr. Moorcock. Loben Sie den des französischen Missionars, der ihn in Shanghai bestellt hatte – und sich wahrscheinlich heute noch fragt, was daraus geworden ist!«

Ich war überrascht, wie leichthin, ja schamlos, sie ihren Diebstahl zugab, sagte jedoch nichts. Da ich ohnehin nie ein großer Anhänger der Amtskirche gewesen war, nippte ich weiter genußvoll am Wein des unbekannten Missionars und stellte fest, daß ich mich zum erstenmal seit meiner Abreise aus der Zivilisation entspannte. Obwohl ich ihr so viele Fragen stellen wollte, war mir die Kehle wie zugeschnürt, und ich wußte nicht, wo ich beginnen sollte. Ich hoffte, daß sie mich aufklären würde, ohne daß ich das Gespräch auf Bastable bringen müßte, und mir erklärte, wie sie seine Bekanntschaft gemacht hatte, wo ich doch wußte, daß sie an Bord des Luftschiffes gewesen war, das im Jahre 1973 eine Bombe von gewaltiger Sprengkraft über der Stadt Hiroshima abgeworfen hatte. Zum erstenmal begann ich an Bastables Geschichte zu zweifeln und fragte mich, ob er nicht letztlich doch nur einen Opiumtraum beschrieben hatte, der sich derartig mit der Realität verwoben hatte, daß er reale Personen aus seinem Bekanntenkreis darin versponnen hatte.

Wir nahmen zum Essen Platz, und ich beschloß, ein wenig nebensächliche Fragen zu stellen, während ich die köstliche Suppe kostete (die nach westlichem Brauch vor dem Hauptgericht gereicht wurde): »Darf ich mich nach dem Befinden Ihres Vaters, Kapitän Korzeniowski, erkundigen?«

Nun zog sie verwundert die Stirn kraus, dann entspannte sich ihr Gesicht, und sie lachte. »Aha! Natürlich – Bastable! Oh, Korzeniowski geht es gut, nehme ich an. Bastable sprach freundlich von Ihnen – er schien Vertrauen in Sie zu haben. Der Grund für Ihre Anwesenheit hier besteht auch darin, daß er mich um einen Gefallen bat.«

»Einen Gefallen?«

»Später will ich Ihnen mehr davon erzählen. Lassen Sie uns zuerst in Ruhe speisen – wissen Sie, für mich ist das ein Luxus. In letzter Zeit hatten wir kaum die Zeit oder die Mittel, raffinierte Mahlzeiten zuzubereiten.«

Wieder einmal hatte sie höflich – fast liebevoll – meine Fragen abgewiesen. Ich beschloß, es auf einem anderen Wege zu versuchen.

»So wie es aussieht, war dieses Dorf Opfer eines Bombenangriffs«, sagte ich. »Hat man Sie beschossen?«

Sie antwortete ausweichend. »Ja, das Dorf ist angegriffen worden. Soviel ich weiß, von General Liu, vor unserer Ankunft. Aber allmählich gewöhnt man sich an Ruinen. Und die hier sind noch besser als einige, die ich gesehen habe.« Sie blickte traurig in die Ferne, als erinnere sie sich anderer Zeiten, anderer Ruinen. Ihr Gesichtsausdruck veränderte sich. »Die Welt, wie Sie sie kennen, ist sicher, nicht wahr, Mr. Moorcock?«

»Relativ«, antwortete ich. »Obwohl vermutlich immer irgendwelche Gefahren bestehen. Ich habe schon manchmal darüber nachgedacht, was gesellschaftliche Stabilität bedeutet. Wahrscheinlich ist es nur eine Frage persönlicher Erfahrungen und des persönlichen Standpunktes. Meine persönliche Zukunftsaussicht ist relativ freundlich. Wäre ich dagegen, sagen wir, jüdischer Einwanderer im Londoner East End, wäre sie wohl keinesfalls so optimistisch zu beurteilen!«

Sie stimmte meiner Überlegung zu und lächelte. »Nun, zumindest akzeptieren Sie, daß es andere Anschauungen zur Gesellschaft *gibt.* Vielleicht hat sich Bastable Ihnen deshalb anvertraut; vielleicht hat er sie deshalb gemocht.«

»Mich gemocht? Diesen Eindruck hatte ich nicht gerade. Wissen Sie, er ist nach unserem Zusammensein auf Row Island einfach verschwunden – ohne ein Wort der Erklärung. Ich machte mir Sorgen um ihn. Er wirkte äußerst nervös. Das ist vermutlich auch der Hauptgrund, weshalb ich hier bin. Haben Sie ihn vor kurzem gesehen? Ist er wohlauf?«

»Ich habe ihn gesehen. Es ging ihm recht gut. Aber er sitzt in einer Falle, aus der er wahrscheinlich niemals herauskommt.« Den nächsten Satz sprach sie, wie ich den Eindruck hatte, mehr zu sich selbst. »Für alle Zeiten in der Falle der Zeitenströme.«

Ich wartete, ob sie sich deutlicher ausdrückte, das tat sie jedoch nicht. »Bastable wird Ihnen mehr davon berichten«, fügte sie schließlich hinzu.

»Dann ist er noch *da?*«

Sie schüttelte den Kopf, daß ihre Haare wie die Ruten einer Weide im Wind flogen. Sie wandte ihre Aufmerksamkeit wieder dem Essen zu und schwieg eine Weile.

Nun hatte ich den seltsamen Eindruck, daß ich für sie nicht ganz real war, daß sie mit mir sprach wie mit ihrem Pferd, einem Haustier oder einem vertrauten Bild an der Wand, als erwarte sie gar nicht, daß ich etwas verstünde, sondern nur sprach, um ihre eigenen Gedanken zu klären. Ich fühlte mich ein wenig unbehaglich wie jemand, der unabsichtlich Zuhörer eines vertraulichen Gesprächs wird. Doch ich wollte ihr zumindest eine nähere Erklärung entlocken.

»Vermutlich wollen Sie mich zu Bastable führen – oder soll er hierher zurückkehren?«

»Dachten Sie das tatsächlich? Nein, nein. Es tut mir leid, wenn ich Sie irregefüht haben sollte. Ich habe im Augenblick sehr viel im Kopf. Allein schon die Probleme Chinas . . . Die historischen Zusammenhänge . . . Die Möglichkeit, daß so vieles schiefgehen kann . . . Ob wir überhaupt eingreifen sollen . . . Ob wir tatsächlich eingreifen, oder uns das nur vormachen . . .« Sie hob den Kopf, und ihre wunderbaren Augen blickten tief in die meinen. »Viele Sorgen, Verantwortung . . . ich bin sehr müde, Mr. Moorcock. Es wird ein langes, wirres Jahrhundert.«

Ich war völlig fassungslos und beschloß, das Gespräch zu beenden. »Vielleicht können wir uns morgen weiter unterhalten«, sagte ich. »Wenn wir beide etwas ausgeruht sind.«

»Vielleicht«, stimmte sie zu. »Wollen Sie zu Bett gehen?«

»Wenn Sie mich nicht für unhöflich halten. Das Essen war köstlich.«

»Ja, es war gut. Morgen früh . . .«

Ich fragte mich, ob sie wie Bastable opiumsüchtig war. Ihre Augen hatten nun etwas Trancehaftes. Sie konnte mich offenbar kaum hören.

»Bis morgen früh dann«, verabschiedete ich mich.

»Bis morgen früh«, wiederholte sie die Worte fast gedankenlos.

»Gute Nacht, Mrs. Persson.«

»Gute Nacht.«

Ich stieg die Stufen hinauf, legte mich auf die Schlafmatte nieder und träumte, wie es mir vorkam, fast augenblicklich wieder die eigenartigen, beängstigenden Träume der vorangegangenen Nacht. Und wieder fühlte ich mich am Morgen völlig frisch und ausgeruht. Ich stand auf, wusch mich kalt, zog mich an und ging nach unten. Der Raum war so, wie ich ihn zurückgelassen hatte – die Reste der Abendmahlzeit standen noch auf dem Tisch. Und plötzlich packte mich der Gedanke, daß alles hastig zurückgelassen worden war – einschließlich mir. Ich trat hinaus in einen strahlenden, dunstigen Morgen. Der Regen hatte aufgehört, die Luft roch frisch und rein. Ich sah mich nach Anzeichen irgendwelcher Aktivitäten um, konnte jedoch nichts entdecken. Das einzige lebendige Wesen, das ich im Dorf entdecken konnte, war ein gesatteltes Pferd. Soldaten, Frauen und Kinder, sie alle waren verschwunden. Daraufhin fragte ich mich, ob *ich* vielleicht unabsichtlich von Mr. Lus Opium gekostet und das Ganze nur geträumt hatte. Ich ging ins Haus zurück und rief:

»Mrs. Persson! Mrs. Persson!«

Doch nur das Echo antwortete mir. Keine Menschenseele befand sich in dem zerstörten Dorf.

Ich trat wieder ins Freie. In der Ferne schimmerten die sanften grünen Hügel des Tals nach dem Regen, der während der Nacht aufgehört haben mußte. Eine riesige wäßrige Sonne stand am Himmel. Vögel zwitscherten. Die Welt schien ruhig, das Tal ein Hafen vollkommenen Friedens. Ich sah nicht eines der Gewehre und keine Beutegegenstände, welche die Banditen zurückgebracht hatten. Die Feuer waren noch warm, jedoch gelöscht worden. Der Morast war tief aufgewühlt, und man konnte erkennen, daß vor ganz kurzer Zeit viele Pferde das Dorf verlassen hatten.

Vielleicht hatten die Banditen Nachricht erhalten, daß ein Gegenangriff großen Maßstabs durch General Lius Streitmacht geplant war. Vielleicht waren sie aufgebrochen, um selbst neue Überfälle durchzuführen. Ich beschloß, so lange wie möglich in dem Dorf zu bleiben, in der Hoffnung, daß sie vielleicht zurückkehrten.

Ich unternahm einen ziellosen Rundgang durchs Dorf. Ich

durchsuchte jedes der verbliebenen Häuser; ich machte auf der Hauptstraße einen Spaziergang aus dem Ort hinaus. Ich lief zurück. Es gab keinerlei Anzeichen für meine Theorie, daß das Dorf Ziel eines Angriffes werden sollte.

Gegen Mittag wurde ich ziemlich hungrig und ging ins Haus zurück, um in den kalten Überresten des Abendessens vom Vortag herumzustochern. Ich nahm mir ein Glas vom köstlichen Madeira des unbekannten Missionars. Ich besichtigte die Hinterräume des Erdgeschosses und stieg dann völlig gegen meine normalen Neigungen in dem Entschluß hinauf, jedes einzelne Zimmer zu durchsuchen.

Im Schlafzimmer neben dem meinen hing noch der schwache Duft eines weiblichen Parfums, es handelte sich ganz offensichtlich um Una Perssons Zimmer. An der Wand hing ein Spiegel, neben der Schlafmatte stand eine Flasche Eau-de-Cologne, ein paar dunkle Haare befanden sich in der Haarbürste, die unweit vom Spiegel auf dem Boden lag. Im übrigen war der Raum ebenso spartanisch wie die anderen eingerichtet. Ich bemerkte einen kleinen Intarsientisch in der Nähe des Fensters zu einem kleinen Balkon, von wo aus man das ganze, zerstörte Dorf überschauen konnte. Auf dem Tisch lag ein verschnürtes, in Wachstuch gehülltes Päckchen.

Als ich auf meinem Weg zum Fenster daran vorüberkam, warf ich einen Blick darauf. Und dann warf ich einen sehr ausgiebigen zweiten Blick darauf, denn ich hatte auf dem vergilbten Papier in verblaßter brauner Tinte meinen Namen gelesen! Einfach nur »Moorcock«. Die Handschrift kannte ich nicht, fühlte mich jedoch völlig berechtigt, die Verpackung aufzureißen, die einen großen Stapel dicht beschriebener Blätter im Kanzleiformat enthielt.

Es handelte sich um das Manuskript, daß du, sein Wiederentdecker lesen sollst (denn ich verspüre keine Lust, mich ein zweites Mal zum Narren machen zu lassen). Beigefügt war eine Nachricht von Bastable an mich – kurz und bündig –, und das Manuskript war in der gleichen Schrift abgefaßt.

Darauf hatte Una Persson sich wohl bezogen, als sie sagte, Bastable habe etwas für mich im Tal der Morgendämmerung hinterlassen. Man durfte vernünftigerweise wohl annehmen, daß sie die Absicht gehabt hatte, es mir vor ihrer Abreise auszuhändigen (falls sie tatsächlich gewußt hatte, daß sie so unvermittelt aufbrechen mußte).

Ich trug Tisch, Stuhl und das Manuskript auf den Balkon und setzte mich so, daß ich das unheimliche, einsame Dorf und die Hügel des Tales, welches ich so lange gesucht hatte, sehen konnte und begann eine Geschichte zu lesen, die noch weit eigentümlicher war als die erste, die Bastable mir erzählt hatte . . .

ERSTES BUCH

Die Welt in Anarchie

1

Rückkehr nach Teku Benga

Nachdem ich an jenem Morgen von Ihnen gegangen war, verehrter Mr. Moorcock, hegte ich nicht die geringste Absicht, Rowe Island so überstürzt zu verlassen. Ich hatte ursprünglich nichts anderes vor, als ein wenig spazieren zu gehen und mir einen klaren Kopf zu verschaffen. Ich war jedoch, wie Sie wissen, sehr erschöpft und neigte zu impulsiven Handlungen. Als ich am Kai entlangschlenderte, sah ich, daß ein Dampfer ablegte; ich wartete auf eine Gelegenheit, mich an Bord zu schleichen, fand sie, blieb unentdeckt und erreichte schließlich das indische Festland, von wo aus ich den Weg ins Landesinnere einschlug, nach Teku Benga gelangte (immer noch in der Hoffnung in meine, wie ich meinte, »richtige« Zeit zurückzufinden) und feststellte, daß die Schlucht immer noch nicht passierbar war; ich erwog, mich von den Felsen zu stürzen und dem ganzen Mysterium ein Ende zu bereiten. Doch dafür besaß ich nicht den Mut, auch nicht den Mumm, in Ihre Welt zurückzukehren, Moorcock – diese Welt, die sich so wenig von jener unterschied, die ich hinter mir gelassen hatte.

Ich nehme an, ich muß eine Art Nervenzusammenbruch erlitten haben (vielleicht vom Schock, vielleicht plötzliche Entzugserscheinungen vom Opium in meinem Kreislauf, ich weiß es nicht). Ich verharrte in der Nähe der Schlucht, die meiner Auffassung nach den Brückenkopf zu der besonderen Erkenntnis darstellte, nach der ich suchte. Stundenlang starrte ich die nur verschwommen erkennbaren Ruinen dieser alten und verwahrlosten Bergfestung an, ich glaube ich habe gebetet, sie angefleht, mich von dem schrecklichen Schicksal zu erlösen, zu dem sie (oder auch Sharan Kang, der tote Priesterkönig), mich verurteilt hatte.

Eine Zeitlang (fragen Sie mich nicht, wie lange) führte ich das Leben eines wilden Tieres, lebte von kleinem Viehzeug, das ich fangen konnte und genoß fast die langsame Erosion meines Denkvermögens und meiner zivilisierten Instinkte.

Als der Schneefall einsetzte, war ich gezwungen, mich nach einem Unterschlupf umzusehen. Ich zog langsam den Berghang entlang hinab, bis ich zu einer Höhle gelangte, die mehr als nur angemessenen Schutz bot. Allem Anschein nach hatte sie bis vor kurzem irgendeinem wilden Tier als Behausung gedient, denn es lagen viele Knochen herum – von Ziegen, Wildschafen, Wildhunden und ähnlichem (wie auch die Überreste von mehr als einem menschlichen Wesen) – doch nichts ließ darauf schließen, daß der frühere Bewohner noch im Umkreis war. Die Höhle war lang und schmal, sie erstreckte sich so tief in den Berg, daß ich sie niemals ganz erforscht habe und mich damit zufrieden gab, mich in der Nähe des Eingangs niederzulassen, ohne ein Feuer zu machen, doch ich hüllte mich in die behelfsmäßig gegerbten Häute meiner Beutetiere, als der Winter immer kälter wurde.

Der frühere Bewohner der Höhle war ein riesiger Tiger gewesen. Dies fand ich eines Morgens heraus, als ich ein eigentümliches, schnupperndes Geräusch wahrnahm und den Höhleneingang durch einen massigen, gestreiften Kopf und die Schultern einer Großkatze versperrt fand. Der Tiger betrachtete diese Höhle als sein Winterquartier, und hielt ganz offensichtlich nichts von der Idee, sie mit mir zu teilen. Ich sprang auf und zog mich tiefer ins Innere der Höhle zurück, da der Ausgang durch den Tiger, der während des Sommers im Tiefland fetter geworden sein mußte und sich nun hereinzwängte, versperrt war.

Auf diese Weise stellte ich fest, daß die Höhle in Wirklichkeit ein Tunnel war – und darüberhinaus ein von Menschen geschaffener Tunnel. Es wurde grabesdunkel, als ich mich weiter zurückzog. Ich tastete mich an den Wänden entlang und begriff allmählich, daß der rauhe Fels glattem Gestein gewichen war und die vorstehenden Teile Skulpturen bekannten Musters darstellten. Dann verlor ich ein wenig den Kopf, wurde – ein wenig verrückt. Ich weiß noch, daß ich gekichert habe, mich dann aber bremste, als ich daran dachte, daß der Tiger immer noch hinter mir sein konnte. Ich blieb stehen, tastete vorsichtig beide Seiten des Gangs ab. Ein übelkeiterregendes Ekelgefühl überflutete mich, als meine Finger die Details der Skulpturen ertasteten; meine Benommenheit wuchs. Und doch empfand ich gleichzeitig eine Hochstimmung durch die Gewißheit, daß ich in einen der vielen Geheimgänge Teku Bengas gestolpert war und ich schließlich ebensogut den Weg zu den Gängen unter dem unermeßlich alten Tempel des Kommenden Buddha finden konnte! Ich zweifelte nicht im geringsten daran, daß ich zwar keinen Weg über die Schlucht, wohl aber einen *darunter* entdeckt hatte, denn nun begann der Korridor steil anzusteigen, und mir wehte eine so intensive Kälte entgegen, die nichts mit der des natürlichen Winters gemein hatte. Als ich sie zum ersten Male empfunden hatte, hatte sie mich in panischen Schrecken versetzt, und auch jetzt erschreckte sie mich, doch in meine Angst mischte sich Hoffnung. Seltsame, leise Geräusche streiften mein Ohr wie das Klingeln von Tempelglöckchen, das Flüstern des Windes, der mir Wortfetzen einer fremden Sprache zutrug. Einst hatte ich all dem entfliehen wollen, nun aber lief ich darauf zu, und ich glaube, ich weinte und schrie. Der Boden des Gangs schien zu schwanken, während ich rannte, die Wände wichen weiter auseinander, so daß ich sie nicht mehr berühren konnte, wenn ich die Arme ausstreckte, und schließlich sah ich vor mir ein Pünktchen weißen Lichts. Es war das gleiche, das ich zuvor erblickt hatte, ich mußte lachen. Doch im gleichen Augenblick fand ich mein Lachen heiser und irre, aber es war mir gleichgültig. Das Licht wurde immer heller, bis es mich blendete. Hinter dem Licht bewegten sich Gestalten; namenlose, strahlende Farben; da spannten sich Netze aus einer vibrierenden, metallischen Substanz, und erneut mußte ich an die Mythen der Hindu-Götter denken, die Maschinen erbaut hatten, um sich über die Gesetze von Raum und Zeit hinwegzusetzen.

Dann begann ich zu fallen.

Hals über Kopf wirbelte ich herum und glaubte durch den leeren Raum zu stürzen, der zwischen den Sternen liegt. Nun hatte mich alles Bewußtsein, das mir geblieben war, verlassen, und ich ergab mich jener urtümlichen Gewalt, die mich gepackt und zu ihrem Spielball gemacht hatte ...

Es tut mir leid, wenn Ihnen dies alles phantastisch vorkommt, Mr. Moorcock. Sie wissen, daß ich kein besonders einfallsreicher Bursche bin. Ich habe mein Leben als Erwachsener als einfacher Soldat begonnen, der seine Pflicht für Land und Königreich erfüllte. Nichts wäre mir lieber, als mein Leben so weiterzuführen, doch das Schicksal hat es anders gewollt. Ich erwachte in der Dunkelheit, und hoffte verzweifelt, daß mein Flug durch die Zeit rückgängig gemacht worden war und ich mich in meinem eigenen Zeitalter wiederfinden würde. Natürlich gab es keine Möglichkeit, dies zu überprüfen, denn ich befand mich immer noch im Dunkel, im Tunnel, doch die Geräusche und diese eigenartige Kälte waren verschwunden. Ich stand auf, tastete meinen Körper in der Hoffnung ab, daß ich wieder meine alte Uniform trug – doch ich hatte immer noch die Fetzen am Leib. Dies ängstigte mich nicht sonderlich, und ich machte mich daran, den Weg zurückzuertasten und war fest entschlossen, mich dem Tiger vorzuwerfen und allem ein Ende zu bereiten, falls ich mich immer noch in der Zeit befände, die verlassen zu haben ich hoffte.

Schließlich gelangte ich wieder in die Höhle, und kein Tiger war zu sehen. Außerdem – und das hob meine Stimmung – existierten auch keine Anzeichen, daß *ich* die Höhle bewohnt hatte. Ich trat hinaus in den Schnee und sah zum stählern blauen Himmel empor, sog tief die dünne Luft ein und grinste wie ein Schuljunge in dem Glauben »daheim« zu sein.

Meine Wanderung aus dem Gebirge war alles andere als angenehm, und ich werde niemals begreifen, wie ich ernsthaften Erfrierungen entgehen konnte. Ich kam durch mehrere Dörfer, wo ich mit vorsichtigem Respekt behandelt wurde, wie man einen heiligen Mann behandeln mag, bekam wärmere Bekleidung und zu essen, doch keiner von denen, mit denen ich sprach, konnte Englisch verstehen, und ich war mit ihren Dialekten nicht vertraut. So verbrachte ich fast einen Monat, ehe ich auf eine Bestätigung meiner Annahme, in meine Zeit zurückgekehrt zu sein, hoffen durfte. Schließlich tauchten ein paar Markierungen auf – ein Baumstumpf, ein eigentümlich geformter Fels, ein kleiner Fluß – die mir bekannt vorkamen, und ich wußte, daß ich mich in der Nähe der Grenzstation befand, die Sharan Kang überfallen hatte und somit der Grund für meinen ersten Besuch in Teku Benga wie auch der Zukunft gewesen war.*

Etwa einen Tag später kam die Station in Sicht – nicht mehr als ein paar Baracken, umgeben von ein paar Ziegelbauten der Eingeborenen, das Ganze war von einer starken Mauer umschlossen. Hier waren unsere einheimischen Polizisten und ihr diensthabender Offizier getötet worden, und ich betete inständig, daß ich alles so vorfinden würde, wie ich es zurückgelassen hatte. *Tatsächlich* gab es Anzeichen für Kampfhandlungen und Bewohner, was mich natürlich sehr ermunterte! Ich stolperte durch das geborstene Torgitter des kleinen Forts und hoffte wider alle Wahrscheinlichkeit, die Abteilung Punjabi-Reiter und Gurkhas vorzufinden, die ich auf meiner Expedition nach Kumbalari zurückgelassen hatte. Auf jeden Fall waren Soldaten hier. Ich schrie voller Erleichterung. Hunger und Erschöpfung hatten mich geschwächt, meine Stimme muß dünn in der warmen Frühlingsluft

* Siehe »Herr der Lüfte« (Heyne-Buch Nr. 06/3876)

geklungen haben, doch die Soldaten sprangen auf, die Waffen im Anschlag, und erst in diesem Augenblick bemerkte ich, daß es Weiße waren. Zweifellos waren die indischen Soldaten von Briten abgelöst worden.

Doch diese Männer waren erst kürzlich in einen Kampf verwickelt gewesen, das war klar. Hatte eine andere Bande von Sharan Kangs Leuten das Fort angegriffen, während ich mich auf der Expedition in die Berge zum Nest des alten Fuchses befand?

Ich rief: »Sind Sie Engländer?«

Ich erhielt eine knappe Antwort. »Das will ich wohl meinen!«

Dann brach ich ohnmächtig im trockenen Staub des Lagers zusammen.

2

Traum – und Alptraum – des chilenischen Zauberers

Es war wohl ziemlich natürlich, daß meine ersten Worte, als ich auf einem Rollbett in den Überresten des Schlafsaales mein Bewußtsein wiedererlangte, lauteten:

»Welches Jahr haben wir?«

»Welches *Jahr,* Sir?« Der Mann, der mir antwortete, war ein junger, klug aussehender Bursche. Auf seiner scharlachroten Uniformjacke (es war die Uniform des Royal Londonderry, einem Regiment, das in enger Verbindung zu dem meinen stand) trug er die Streifen eines Feldwebels; in der Hand hielt er eine Teetasse aus Blech, während er mir mit der andern den Kopf stützte, um mir zu helfen, mich aufzurichten.

»Bitte, Feldwebel, tun Sie mir den Gefallen, ja? Welches Jahr haben wir?«

»1904, Sir.«

Also war ich zwei Jahre lang »vermißt« gewesen. Das würde eine Menge erklären. Ich war erleichtert, schlürfte den ziemlich schwachen Tee (ich sollte später erst herausfinden, daß es fast ihr letzter war) und stellte mich vor, nannte meinen Dienstgrad und mein eigenes Regiment, erklärte dem Feldwebel, daß ich meines Wissens der einzige Überlebende einer zwei Jahre zurückliegenden Strafexpedition war – daß ich in Gefangenschaft geraten und geflohen und eine Weile herumgeirrt war und erst jetzt zurückgefunden hätte. Der Feldwebel nahm die Geschichte wider Erwarten ohne erkennbares Mißtrauen hin, doch seine nächsten Worte erregten meine Besorgnis.

»Dann wissen Sie also nichts vom Krieg, Hauptmann Bastable?«

»Ein Krieg? Hier an der Nordwest-Front? Sind denn die Russen . . .?«

»Im Augenblick ist dies einer der wenigen Orte, die kaum vom Krieg betroffen sind, aber Sie haben recht in Ihrer Annahme, daß

Rußland zu unseren Feinden zählt. Der Krieg ist weltweit. Ich selbst und kaum zwanzig Männer sind der Rest einer Armee, die vergeblich versucht hat, Darjeeling zu verteidigen. Die Stadt und weite Landesteile befinden sich in der Gewalt der Russen, die ihrerseits von der Arabischen Allianz geschlagen wurden. Ich persönlich hoffe, daß die Russen noch die Stellung halten. Sie lassen ihre Gefangenen zumindest am Leben oder töten sie schnell. Nach den letzten Nachrichten, die wir erhielten, sieht es allerdings so aus . . .«

»Kommt denn keine Verstärkung aus Großbritannien?«

Ein schmerzlicher Blick trat in die Augen des Feldwebels. »Aus der Heimat wird vorläufig nicht viel kommen, würde ich meinen, Sir. Der größte Teil Europas ist weit schlimmer heimgesucht als Asien, weil es die größte Konzentration von Bomben abbekommen hat. Der Krieg in Europa ist zu Ende, Hauptmann Bastable. Hier geht er weiter – eine Art alternatives Schlachtfeld, könnte man sagen, auf dem es für jedermann verdammt wenig zu gewinnen gibt. Die Energiesituation sieht ziemlich düster aus – vermutlich könnte kein britisches Flugzeug aufsteigen, selbst wenn noch eines existierte . . .«

Inzwischen waren mir seine Worte völlig unverständlich geworden. Mir war nur eine entsetzliche Tatsache klar, die mich mit Verzweiflung erfüllte: diese Welt von 1904 wies noch weniger Verbindung zu meiner eigenen auf, als jene, der ich zu entfliehen getrachtet hatte. Ich bat den Feldwebel, mir einen kurzen Geschichtsabriß zu geben, wie er ihn einem Kind geben würde und schützte als Entschuldigung wieder einmal einen partiellen Gedächtnisverlust vor. Der Mann nahm diese Erklärung hin und lieferte mir freundlicherweise eine Zusammenfassung der Weltgeschichte seit dem letzten Viertel des 19. Jahrhunderts. Sie unterschied sich radikal von Ihrer Welt, Mr. Moorcock, wie auch von der Welt der Zukunft, die ich Ihnen geschildert hatte.

Es hat den Anschein, als sei um 1870 in Chile ein Genie aufgetaucht, das in wenigen Jahren das Los der Armen dieser Welt verändert hat, Überfluß herstellte, wo einst Hungersnot herrschte, Luxus hervorbrachte, wo zuvor nur bitteres Elend gewesen war. Er hieß Manuel O'Bean und war der Sohn eines irischen Ingenieurs, der sich in Chile niedergelassen hatte und einer chilenischen Millionenerbin (vielleicht der reichsten Frau in Süd- oder Zentralamerika). O'Bean hatte Anzeichen enormer Lernfähigkeit gezeigt und in außergewöhnlich frühem Alter erstaunliche Dinge erfunden. Es erübrigt sich zu erklären, daß sein Vater ihn gefördert hatte, und O'Bean lernte alles, was sein Vater ihm anbieten konnte, bis der Junge acht Jahre alt war. Mit den Mitteln, die durch den Reichtum seiner Mutter bereitgestellt werden konnten, gab es für die Entfaltung von O'Beans Genialität in technischen Dingen keinerlei Hindernisse. Bis er seinen zwölften Geburtstag feierte, hatte er eine ganze Reihe neuer Bergbaumaschinen erfunden, die – angewandt in den Minen seiner Familie – den Reichtum verhundertfachten. Nicht nur, daß er ein enormes Talent zur Planung und zum Bau neuer Maschinen hatte, er besaß auch die Fähigkeit, neue Energiequellen zu erschließen, die weniger verschwenderisch und unendlich viel billiger waren als die derben Rohstoffe, die man bislang benutzte. Er entwickelte eine Methode zur Konvertierung und Rekonvertierung von Elektrizität, so daß sie nicht mehr durch Kabel geleitet werden mußte, sondern durch Strahlen von fast jedem Teil der Welt zum anderen übertragen werden konnte. Seine Generatoren waren klein, leistungsfähig und bedurften eines Minimums an Energie, und sie trieben die meisten Maschinen an, die er erfunden hatte. Andere Motoren, einschließlich ausgeklügelter Formen von Dampfturbinen, die mit rasch erhitzbaren Flüssigkeiten anstatt mit Wasser arbeiteten, wurden erfunden. Ebenso wie O'Bean in diesen frühen Jahren Bergbau- und Landwirtschaftsmaschinen erfand, entwarf er (er war noch keine fünfzehn Jahre alt) eine Reihe höchst wirksamer Kriegsmaschinen (er war noch ein Junge und wie andere Jungen von derartigen Dingen fasziniert), einschließlich Unterwasserschiffe, fahrbare Kanonen, Luftschiffe (in Zusammenarbeit mit dem großen Flugzeugtechniker und Luftfahrtexperten, dem Franzosen La Perez) und motorisierte, gepanzerte Fahrzeuge, die man »Landpanzerschiffe« nannte. Doch O'Bean gab diesen Forschungszweig bald auf, als sich sein gesellschaftliches Bewußtsein entwickelte. Bevor er achtzehn war, hatte er geschworen, nie wieder sein Genie kriegerischen Zwecken zur Verfügung zu stellen, und sich stattdessen auf Maschinen zu konzentrieren, welche Wüsten bewässerten, Wälder rodeten und die Welt in einen unendlich reichen Garten verwandelten, welcher die Hungernden nähren und damit die Ursachen beseitigen würden, die seiner Ansicht nach für die meisten menschlichen Auseinandersetzungen verantwortlich waren.

Und so schien es zu Beginn des neuen Jahrhunderts, als sei Utopia vollendet. Es gab niemanden auf der Welt, der nicht gut genährt war und nicht die Gelegenheit hatte, eine gute Erziehung zu genießen. Armut war fast über Nacht abgeschafft worden.

Der Mensch *kann* durchaus von Brot allein leben, solange alle seine Kräfte vom Erwerb dieses Brotes aufgezehrt werden. Sobald er jedoch den Kopf frei hat, sobald er nicht seine ganze Zeit auf der Suche nach Nahrung zubringen muß, beginnt er nachzudenken. Sofern er die Gelegenheit hat, Fakten zusammenzutragen, und sofern er kein Dummkopf ist, beginnt er seine Stellung in der Welt zu überdenken und mit der anderer zu vergleichen. Nun konnten Tausende plötzlich begreifen, daß die Herrschaft über die Welt in den Händen weniger lag: in den Händen der Landbesitzer, Industriellen, Politiker und der herrschenden Klassen. Alle diese Leute hatten O'Beans wissenschaftliche und technische Fortschritte begeistert aufgenommen – denn sie waren in der Lage, seine Patente zu kaufen, ihre eigenen Maschinen zu bauen und ihren Reichtum zu mehren, während die von ihnen Beherrschten ihre Lage ebenfalls verbesserten. Doch fünfundzwanzig Jahre sind genügend Zeit, damit eine neue Generation heranwächst – eine Generation, welche die schreckliche Armut niemals gekannt hatte und die im Gegensatz zu der vorangegangenen Generation nicht mehr nur Dankbarkeit empfand, daß sie mehr Freizeit und genügend zu essen hatte. Diese Generation entwickelte den Wunsch, ihr eigenes Schicksal in vielfacher Hinsicht selbst in die Hand zu nehmen. Kurz gesagt: sie strebte nach der politischen Macht.

Bis zum Jahre 1910 waren Bürgerkriege dann bei allen Völkern, kleinen wie großen, an der Tagesordnung. In einigen Ländern, gewöhnlich den rückständigsten, wurden erfolgreich Revolutionen durchgeführt, und es bildeten sich parallel zu einem fanatischen Nationalismus neue politische Kräfte und Gruppierungen. Die Großmächte mußten hinnehmen, wie ihnen ihre Kolonien entrissen wurden: in Asien, Afrika und Amerika –, und da die Energiequellen billig und O'Beans Patente überall erhältlich waren, da militärische Stärke nicht mehr so sehr an großen, gut ausgebildeten Armeen (oder gar Seestreitkräften) hing, waren diese alten Staaten vorsichtig, Kriege mit den jungen Nationen anzufangen und zogen es vor, ihre Positionen mit Mitteln komplizierter Diplomatie zu vertreten, indem sie »Einflußsphären« schufen. Doch ausgeklügelte diplomatische Spielchen in entfernten Gegenden der Welt ziehen häufig wachsende Spannungen im Inland nach sich, so wurde besonders in Europa, aber auch in den Vereinigten Staaten und Japan der Nationalismus immer stärker, und heftige Wortgefechte zwischen den Großmächten setzten ein. Handelsembargos, lähmende und unnötig unfaire Einfuhrbeschränkungen wurde ausgesprochen und erwidert. Verfolgungswahn begann sich in den Köpfen der Herrschenden breitzumachen. Im Innern sahen sie sich von der Jugend bedroht, die mehr soziale Gerechtigkeit forderte, im außenpolitischen Bereich von ihren Nachbarländern. Immer mehr Ressourcen wurden zum Bau von Land-, See- und Luftstreitkräften verwendet, zur Herstellung gigantischer Waffen und Aushebung von Armeen, welche die aufmüpfige Bevölkerung unter Kontrolle halten (und sie gleichzeitig möglichst aufreiben) sollten. In vielen Ländern wurde nach preußischem Modell Militärdienstpflicht eingeführt – was wiederum eine zunehmend wütende Reaktion derer hervorrief, welche eine Reformierung ihrer Regierungen angestrebt hatten. Militante, gewalttätige revolutionäre

Methoden wurden schließlich selbst von jenen gerechtfertigt, die ursprünglich gehofft hatten, ihre Ziele durch Diskussionen und Stimmzettel durchzusetzen.

Keiner weiß, was O'Bean persönlich von all dem hielt, doch wahrscheinlich quälte ihn schreckliches Schuldgefühl. Gerüchten zufolge soll er an jenem unausweichlichen Tag, da die Großmächte einander den Krieg erklärten, in aller Stille Selbstmord begangen haben.

Der Krieg beschränkte sich anfänglich auf Europa, und in den ersten Wochen wurden die meisten Großstädte des Kontinents und Großbritanniens in Schutt und Asche gelegt. Eine kurzlebige zentralamerikanische Allianz hielt lange genug, um mit den USA einen Krieg anzuzetteln, um zu vergleichbarem Ergebnis zu kommen. Riesige mobile Kriegsmaschinen rollten über verwüstetes Land; finstere Luftschlachtschiffe kreuzten an rauchverhangenen Himmeln; währenddessen wimmelten unter Wasser Schwadronen von U-Booten, die einander häufig vernichteten, ohne auch nur einmal an die Oberfläche zu kommen, wo konventionelle Panzerschiffe einander in Stücke schossen mit den entsetzlich starken Explosiv-Waffen, die ein dreizehnjähriger Junge erfunden hatte.

»Die meisten *richtigen* Kämpfe sind nun vorüber«, erklärte der Feldwebel mit einer Spur Verachtung. »Der Teibstoff für Generatoren und Motoren geht allmählich aus. Die Kriegsmaschinen, die noch übrig sind, nun, die bleiben einfach stehen. Alles verlagert sich wieder auf Kavallerie und Infanterie und solches Zeug, aber kaum jemand weiß noch, *wie* man auf diese Art kämpft – und es sind auch nicht viele Menschen dafür übrig. Und auch nicht viel Munition, möchte ich meinen. Wir haben jeder noch eine Patrone.« Er tätschelte die Waffe, die an seinem Gürtel hing. »Wenn wir jemals dem Feind über den Weg laufen, dann wird mit Bajonetten gekämpft werden müssen. Die verflixten Inder werden die Größten sein – jene, die immer noch Schwerter, Lanzen, Pfeile und Bögen haben und . . .«

»Glauben Sie denn nicht, daß der Krieg aufhört? Die Menschen müssen doch von all diesen Geschehnissen schockiert, ja, angewidert sein.«

Der Soldat schüttelte den Kopf und meinte philosophisch: »Es ist Wahnsinn, Sir. Es hat uns alle erwischt. Es könnte weitergehen, bis der letzte Mensch von dem Leichnam des Burschen fortkriecht, den er gerade mit einem Stein erschlagen hat. Der Krieg ist nichts anderes als Wahnsinn. Man denkt gar nicht darüber nach, was man tut. Wissen Sie, man vergißt es, nicht wahr – bis man nur noch tötet, immer weiter tötet.« Er hielt fast verlegen inne. »Zumindest ist das *meine* Ansicht.«

Ich gab zu, daß er durchaus recht haben mochte. Erfüllt von unsäglichem Gram und wie besessen von der Ironie, die mich von einer relativ friedfertigen Welt in diese hier geführt hatte, empfand ich doch das Bedürfnis, irgendwie nach England zurückzukehren und mich selbst davon zu überzeugen, ob der Feldwebel die Wahrheit gesprochen oder übertrieben hatte, sei es aus einem irregeleiteten Hang zum Dramatischen, sei es aus Verzweiflung über seine eigene Lage.

Ich erklärte ihm, daß ich gerne in mein Vaterland zurückkehren würde, doch er lächelte mich mitleidig an und sagte, daß nicht die gerinste Chance bestünde. Wenn ich beispielsweise den Weg über Darjeeling einschlagen würde, nähmen mich die Russen oder Araber gefangen. Selbst wenn es mir gelingen sollte, die Küste zu erreichen, so lagen keine Schiffe in den Häfen (falls jene überhaupt noch existierten) oder auf den Flugplätzen. Am besten wäre es, so schlug er mir vor, wenn ich mich ihnen anschließen würde. Sie hatten ihre Pflicht erfüllt, und ihre Lage war aussichtslos. Sie hatten vor, weiter in die Berge hinaufzuziehen und dort ein neues Leben anzufangen. Der Feldwebel meinte, da die Bevölkerung sich in so großem Umfang umbrachte, müßte es bald Wild im Überfluß geben, so daß sie von der Jagd leben könnten – und zwar nicht schlecht. Doch ich hatte inzwischen genug von den Bergen. Was auch geschehen sollte, sobald ich wieder zu Kräften gekommen war, wollte ich versuchen, mich zur Küste durchzuschlagen.

Zwei Tage später verabschiedete ich mich von dem Feldwebel und seinen Leuten. Sie baten mich, doch nicht so wahnwitzig zu sein, es würde meinen sicheren Tod bedeuten.

»Man sprach von Seuchen, Sir«, berichtete der Feldwebel. »Schreckliche Krankheiten, die der Zusammenbruch des sanitären Systems verursacht hat.«

Ich lauschte höflich auf alle Warnungen und ließ sie dann – ebenso höflich – unbeachtet.

Vielleicht hatte ich meinen Anteil an Pech weg, denn das Glück blieb mir während meiner restlichen Reise durch den indischen Subkontinent treu. Darjeeling war tatsächlich in die Hände der Araber gefallen, doch sie hatten die Stadt bald nach der Besetzung evakuiert. Ihre Truppen waren dünn gestreut, vermutlich waren sie an die Heimatfront gerufen worden. Es waren noch ein oder zwei Divisionen zurückgeblieben, aber die hatten genug damit zu tun, nach den Russen Ausschau zu halten, und als sie herausfanden, daß ich Engländer war, schlossen sie daraus, daß ich ein Freund sein mußte (ich erfuhr, daß gegen Ende des Krieges Versuche unternommen worden waren, einen britisch-arabischen Pakt zu schließen), und diese Burschen waren, völlig zu Unrecht, wie sich erweisen sollte, der Auffassung, daß wir auf der gleichen Seite kämpften. Ich schloß mich ihnen an. Sie waren auf dem Weg nach Kalkutta – oder was davon übrig war – wo eine geringe Hoffnung bestand, ein Schiff in den Mittleren Osten zu finden. Und da lag auch ein Schiff vor Anker – ein für ihre Begriffe altmodischer Dampfer mit kohlebetriebenen Motoren –, und wenn auch der Name am Bug russisch war, so flatterte auf dem Mast die Flagge der Arabischen Allianz mit den gekreuzten Breitschwertern. Es befand sich in völlig verwahrlostem Zustand, und man begab sich in Lebensgefahr, ging man an Bord, aber die Chancen, ein Schiff zu finden, waren eins zu einer Million, so daß ich nicht in der Laune war, mir dieses hier entgehen zu lassen. Es handelte sich um ein altes Frachtschiff, auf dem ursprünglich wenig Raum für Passagiere vorgesehen war. Die meisten Männer drängten sich in den Frachträumen und machten es sich so bequem, wie es eben ging. Als Offizier und »Gast« konnte ich mit vier Arabern eine Kabine teilen, von denen drei Palästinenser und einer Ägypter war. Sie sprachen alle perfekt Englisch und waren, wenn auch etwas reserviert, so doch anständige Reisebegleiter, die so weit gingen, mir eine Hauptmannsuniform und die meisten lebensnotwendigen Dinge zu borgen, auf die ich in den letzten Monaten zu verzichten gelernt hatte.

Das Schiff bahnte sich langsam seinen Weg durch den Golf von Bengalen, und ich kämpfte gegen meine Langeweile an, indem ich meinen Mitreisenden erzählte, ich sei mehrere Jahre lang von einem Stamm im Himalaya gefangengehalten worden, und sie auf diese Weise dazu brachte, mir gewisse Details der Weltgeschichte zu erläutern, die der Feldwebel mir nicht hatte vermitteln können.

Es ging das Gerücht von einem Mann, den sie den »Schwarzen Attila« nannten, einen Anführer, der in jüngster Zeit in Afrika aufgetaucht war und welchen sie selbst als eine Bedrohung erachteten. Afrika hatte unter den Auswirkungen des Krieges nicht so schwer zu leiden gehabt wie Europa, und seine meisten Nationen – viele erst ein paar Jahre alt – hatten ihr Bestes getan, um neutral zu bleiben. In der Folge blühten ihre Ernten, ihre Landwirtschaftmaschinen funktionierten und eine militärische Reservearmee beschützte ihren Wohlstand. Der Schwarze Attila erfreute sich zunehmender Unterstützung bei den schwarzen Völkern für einen heiligen Krieg gegen die Weißen (zu welcher Kategorie die Araber ebenso zählten wie die Asiaten), doch nach den letzten Informationen meiner Berichterstatter konsolidie er noch seine lokalen Siege und machte keine Anzeichen, g das, was von der westlichen Welt übrig geblieben war, z zu ziehen. Anderen Gerüchten zufolge sollte er schon ben gekommen sein, während wieder andere besagten, Europa eingefallen und habe es zur Hälfte erobert.

Das Schiff besaß kein Funkgerät (ein weiteres Be mein Glück, denn die Araber hatten letztlich niemals mit Großbritannien unterzeichnet!), so daß es keine Möglichkeit gab, diese Berichte zu bestätigen oder Lügen zu strafen. Wir dampften an der indischen Küste entlang, durch den Golf von Mannar, konnten in Agatti auf den Lakkadiven Kohle bunkern, gerieten im Arabischen Meer in stürmische See, verloren drei Matrosen und das meiste unserer Takelage, schoben uns ins Rote Meer und waren nur noch wenige Tage vom Suez-Kanal entfernt, als das Schiff ohne jede Vorwarnung von mehreren Torpedos getroffen wurde und fast auf der Stelle zu sinken begann.

Es war das Werk eines Torpedo-U-Bootes – eines der wenigen, das noch funktionierte – und, wie sich herausstellte, keinerlei Kriegshandlung, sondern ein Akt zynischer Piraterie.

Wie dem auch sei, der Pirat hatte seine Arbeit nur zu gut versehen. Das Schiff keuchte, hustete und ging mit der Mehrzahl von Mannschaft und Passagieren unter. Ich und etwa ein Dutzend weitere waren die einzigen, die sich an die wenigen herumschwimmenden Wrackteile klammerten.

Das Unterseeboot hob sich ein paar Minuten lang aus dem Wasser, um sein Werk zu betrachten, stellte fest, daß es bei den Überresten nichts mehr zu holen gab und überließ uns unserem Schicksal, indem es wieder tauchte. Wahrscheinlich mußten wir froh sein, daß es keinen Gebrauch von seinen Bordfeuerwaffen machte, um uns den Rest zu geben. Wie es schien, war Munition fast überall rar geworden.

3

Der polnische Freibeuter

Ich habe nicht vor, meine Erlebnisse während der folgenden vierundzwanzig Stunden zu schildern. Es genügt zu sagen, daß sie recht düster waren: ich sah einen meiner Schicksalsgenossen nach dem anderen in die Wellen hinabsinken und wußte, daß es mir letztendlich ebenso ergehen würde. Wahrscheinlich besaß ich viel Übung in der Kunst des Überlebens, und irgendwie gelang es mir, oben zu bleiben, indem ich mich an mein klägliches Stückchen Treibgut klammerte, bis am späten Nachmittag des nächsten Tages ein Ungeheuer sich aus den Wellen erhob; dampfendes Wasser lief in Strömen an seiner schwarz-blauen Haut herab, seine riesigen, kristallartigen Augen starrten mich an, aus seinem Bauch brach ein schreckliches, tiefes Brüllen. Mein erschöpfter Kopf nahm es zuerst *tatsächlich* als Lebewesen wahr, doch mein zweiter Gedanke war, daß das U-Boot, das uns torpediert hatte, zurückgekehrt war, um mich umzubringen.

Allmählich beruhigte sich das aufgewühlte Wasser, bis nur noch ein leises Schnurren zu hören war, und das schlanke, geschmeidige Fahrzeug kam an der Wasseroberfläche zum Stillstand. Aus Luken vorn und hinten sprangen Matrosen in meergrünen Uniformen an Deck und rannten zur Reling. Einer warf eine Rettungsboje ins Wasser, und ich schwamm mit letzter Kraft zu ihr hin, packte sie und ließ mich zum Schiff ziehen. Mehrere Hände zerrten mich an Bord, man hob mir eine Tasse Rum an die Lippen, hüllte mich in Decken und trug mich über das schwankende Deck hinab durch die vordere Luke. Diese wurde rasch über uns geschlossen, und während ich unten abgesetzt wurde, konnte ich spüren, wie das Schiff wieder in die Fluten hinabtauchte. Das Ganze hatte sich innerhalb weniger Minuten abgespielt, und ich hatte den Eindruck, daß man sich sehr beeilte, als hätte man schon ein großes Risiko auf sich genommen, überhaupt aufzutauchen. Ich kam zu dem Schluß, daß es sich nicht um das gleiche Schiff handeln konnte (es kam mir vor allem größer vor), das mich meinem Schicksal überlassen hatte, sondern daß es ein anderes war. Gewiß war es kein britisches Schiff, und die Sprache der Seeleute sagte mir wenig, die mich in eine kleine, von Stahlwänden umschlossene Kabine brachten, und mir meine durchnäßte arabische Uniform auszogen, ehe sie mich auf die Koje legten und mit warmen Decken zudeckten. Vermutlich war es eine slawische Sprache, und ich fragte mich, ob die Russen mich zu ihrem Kriegsgefangenen gemacht hatten. Ich hörte, wie die Schiffsmotoren wieder angeworfen wurden, und es gab einen kaum merklichen Ruck, als wir mit meiner Auffassung nach hoher Geschwindigkeit davonschossen. Dann fiel ich, ohne mir weitere Gedanken über mein zukünftiges Schicksal zu machen, in einen tiefen, glücklichen, traumlosen Schlaf.

Nach meinem Erwachen warf ich automatisch einen Blick zum Bullauge, doch natürlich ließ sich nicht sagen, ob es Tag oder Nacht, geschweige denn, welche Uhrzeit es war! Ich sah lediglich das wirbelnde, dunkelgrüne, schwach von der Schiffsbeleuchtung erhellte Wasser vorbeisprudeln, während das Schiff schnell wie ein Hai durch die Tiefe schoß. Eine Weile widmete ich mich fasziniert diesem Anblick und hoffte, einige Einzelheiten bei meiner ersten Begegnung mit der geheimnisvollen Unterwasserwelt erkennen zu können, aber zweifellos fuhren wir dafür zu schnell. Während ich noch hinaussah, ging die Kabinentür auf, ein Seemann trat hinein und brachte eine große Blechtasse mit heißem, schwarzem Kaffee. Er sagte mit starkem Akzent:

»Ein Gruß vom Kapitän, Sir. Sie möchten ihn doch in seiner Kabine besuchen, wenn es Ihnen recht ist.«

Ich nahm den Kaffee entgegen, sah, daß meine ausgeborgte Uniform gewaschen, getrocknet und gebügelt worden war und daß man mir eine neue Garnitur Unterwäsche auf den kleinen Tisch an der gegenüberliegenden Wand gelegt hatte.

»Mit Vergnügen«, erwiderte ich. »Kann mich jemand dorthin bringen, wenn ich mich frisch gemacht und angezogen habe?«

»Ich werde draußen auf Sie warten, Sir.« Der Matrose salutierte, verließ die Kabine und schloß die Tür leise hinter sich. Es konnte kein Zweifel daran bestehen, daß auf diesem Schiff eine hervorragende Disziplin herrschte – dafür sprach schon die Geschwindigkeit, mit der man mich geborgen hatte – und ich hoffte, daß diese Disziplin sich auch darauf erstreckte, daß man das übliche Kriegsrecht respektierte!

So schnell ich konnte, machte ich mich fertig und meldete mich schon bald vor meiner Kabinentür. Der Seemann ging mir voran durch einen schmalen, röhrenartigen Gang, an dem auffiel, daß sich Korklaufplanken auch an den Seitenwänden und der Decke befanden; das besagte, daß das Schiff in allen Hauptpositionen des Quadranten manövrierfähig war. Meine Folgerung erwies sich als völlig korrekt (entsprechend den Laufplanken befanden sich auch »Decks« an der Außenseite des Rumpfes, wohingegen der Hauptkontrollraum eine Kugel war, die sich nach dem Winkel des Schiffes drehte – das war, wie sich herausstellte, nur eine von O'Beans »Wegwerf«-Ideen!), und das Unterwasserfahrzeug war allem, das ich im Jahre 1973 der anderen Zukunft kennengelernt hatte, weit überlegen.

Der röhrenartige Gang führte uns zu einer Kreuzung, wo wir die Backbordrichtung einschlugen, eine kleine Niedergangstreppe erklommen und uns vor einer flachen, kreisrunden Stahltür befanden, an welche der Seemann klopfte und ein paar Worte in seiner unbekannten Sprache hervorstieß. Von der anderen Seite der Tür wurde ihm ein einziges Wort geantwortet, worauf er an einem eingelassenen Griff zog, um sie zu öffnen. Er hielt sie mir auf, salutierte noch einmal und zog sich dann zurück.

Ich befand mich in einer nahezu altbekannten Version der Kapitänskajüte eines Schiffes meiner Heimatwelt. Es gab eine Fülle von Messing und Mahagoni, ein paar Grünpflanzen hingen in Körben von Decke und Wänden, eine säuberlich gemachte Ein-Personen-Pritsche, ein kleiner Kartentisch, auf dem verschiedene Seekarten und um sie herum eine Vielzahl von Instrumenten ausgebreitet lagen. Gerahmte Drucke von Schiffen und alten

Karten schmückten die Wände. Von der gesamten Decke erstrahlte Licht in der Qualität von Tageslicht (eine weitere von O'Beans Nebenbei-Erfindungen). Ein kleiner, flinker Typ mit Knebelbart erhob sich, um mich zu begrüßen, wobei er seine Mütze zurechtschob und fast schüchtern lächelte. Es war ein junger Mann, wahrscheinlich kaum älter als ich, doch Falten der Erfahrung zeichneten sein Gesicht, und seine Augen waren die eines viel älteren Mannes – fest und klar, und gleichzeitig eine gewisse Ironie verratend. Er streckte mir die Hand entgegen, die ich schüttelte und feststellte, daß sein Griff fest, aber nicht grob war. Irgend etwas fürchterlich Vertrautes haftete an ihm. Mein Verstand weigerte sich, die Wahrheit zu akzeptieren, bis er sich in gutem, ein wenig kehlig akzentuiertem Englisch vorstellte:

»Willkommen an Bord der *Lola Montez,* Hauptmann. Mein Name ist Korzeniowski, und ich bin ihr Kapitän.«

Ich war zu verblüfft, um zu sprechen, denn ich stand einer jüngeren Ausgabe meines alten Lehrers aus der Zeit an Bord der *Rover* gegenüber. Damals war Korzeniowski (oder würde es sein) ein polnischer Luftschiffkapitän gewesen. Die daraus folgenden Implikationen waren erschreckend. Bestand gar eine Chance, daß ich in dieser Welt einer Version *meiner selbst* begegnete? Ich besann mich auf mein gutes Benehmen. Ganz offensichtlich wußte Korzeniowksi nichts von mir, so stellte ich mich, was auch immer herauskommen sollte, mit meinem Namen, meinem richtigen Regiment vor und erklärte rasch, weshalb ich diese ziemlich exotische arabische Uniform trug. »Ich hoffe, Polen befindet sich nicht im Kriegszustand mit der Arabischen Allianz«, fügte ich hinzu.

Kapitän Korzeniowski zuckte die Achseln und drehte sich zu einem Glasschrank um, der eine Reihe Flaschen und Gläser enthielt. »Was darf ich Ihnen anbieten, Hauptmann Bastable?«

»Whisky mit einem Spritzer Soda, wenn es Ihnen recht ist. Wirklich sehr freundlich von Ihnen.«

Korzeniowksi holte eine Whiskykaraffe heraus und machte eine beiläufige Handbewegung mit ihr, während er ein Glas vom

Regal nahm. »Polen befindet sich mit niemandem mehr im Krieg. Erst ist Deutschland darüber hergefallen, dann haben die Russen es ausgelöscht, und jetzt existiert Rußland auch nicht mehr – zumindest nicht als geschlossene Nation. Armes Polen. Seine Kämpfe haben ihr endgültiges Ende gefunden. Vielleicht ersteht aus den Ruinen etwas weniger von Unglück Verfolgtes.« Er reichte mir ein volles Glas, tat, als wolle er das seine nach polnischem Brauch zerschmettern, beherrschte sich jedoch, nippte fast steif daran und zupfte an seinem Ohrläppchen, als sei er ärgerlich, weil er sich fast zu so einer leidenschaftlichen Geste hatte hinreißen lassen.

»Aber Sie und Ihre Mannschaft sind Polen«, erklärte ich. »Das ist doch ein polnisches Schiff.«

»Wir gehören keiner Nation mehr an, wenn Polen auch das Geburtsland der meisten war. Das Schiff war einst das Prachtstück unserer Marine. Nun ist es das letzte Überlebende der gesamten Flotte. Wir sind, wie Sie das nennen könnten, ›Freibeuter‹. Auf diese Weise überleben wir den Zusammenbruch.« In seinen Augen stand eine Spur sarkastischen Stolzes. »Ich glaube, wir sind ziemlich gut darin – obwohl die Beutestücke immer seltener werden. Wir hatten Ihr Schiff schon eine Weile beobachtet, doch es schien nicht den Einsatz eines Torpedos wert. Sie werden vielleicht gerne erfahren, daß das Schiff, das sie angriff, *Mannanan* hieß und der Irischen Marine gehörte.«

»Irisch?« Ich war überrascht. Dann herrschte in dieser Welt tatsächlich umfassende Autonomie.

»Wir konnten nicht sofort die Maschinen stoppen, um Sie an Bord zu nehmen, sondern beschlossen, daß Sie sich erst einmal selbst durchschlagen mußten. Die *Mannanan* war ein gut ausgerüstetes Schiff, und es gelang uns ziemlich rasch, sie zu beschädigen und an die Oberfläche zu zwingen. Sie war eine ›feine Prise‹, wie die Seeräuber zu sagen pflegen!« Er lachte. »Wir konnten Vorräte an Bord nehmen, mit denen wir drei Monate auskommen werden. Und Ersatzteile.«

Die *Mannanan* hatte verdient, was Kapitän Korzeniowski mit

ihr angestellt hatte. Zweifellos war er gnädiger mit ihr umgegangen als sie mit unserem bedauernswerten Dampfer. Ich konnte mich jedoch nicht überwinden, diese Eindrücke laut auszusprechen und damit einen letztlich ebensolchen Akt von Piraterie durch die *Lola Montez* entschuldigen.

»Nun, Hauptmann Bastable«, sagte Korzeniowski, während er sich eine dünne Zigarre anzündete und mir durch Zeichen zu verstehen gab, mich an seiner Bar zu bedienen, »was sollen wir denn nun mit Ihnen machen? Normalerweise setzen wir Überlebende am nächstbesten Küstenstreifen ab und überlassen sie ihrem Schicksal. Bei Ihnen handelt es sich jedoch um eine Art Sonderfall. Wir sind unterwegs zu den Hebriden, wo wir eine Basis haben. Können wir Sie unterwegs irgendwo absetzen? Man kann allerdings nicht sagen, daß es heutzutage noch ein Land gäbe, in dem das Leben besonders reizvoll wäre.«

Ich erzählte ihm, daß ich vorgehabt hatte, mich nach England durchzuschlagen, und sollte eine Möglichkeit bestehen, mich an der Südküste von Bord gehen zu lassen, mir das höchst willkommen wäre. Bei meinen Worten hob er die Augenbrauen.

»Hätten Sie Schottland gesagt, so hätte ich das verstehen können – aber die Südküste! Nachdem ich geholfen habe, Sie dem Tod zu entreißen, kann ich es kaum vor meinem Gewissen rechtfertigen, Sie der Vernichtung zu überantworten! Wissen Sie denn nicht Bescheid? Haben Sie eine Vorstellung davon, zu welcher Hölle sich Südengland entwickelt hat?«

»Ich habe gehört, London hat einige schwere Bombardierungen mitgemacht . . .«

Darauf konnte Korzeniowski ein Lächeln nicht unterdrücken. »Der britische Sinn für Untertreibung hat mir immer imponiert«, erklärte er mir. »Was haben Sie sonst noch gehört?«

»Daß Gefahr besteht, sich mit irgendwelchen Seuchen zu infizieren – Typhus, Cholera und so weiter.«

»Und so weiter, ja. Wissen Sie, *was* für Bomben die Luftstreitkräfte zum Schluß abwarfen, Hauptmann Bastable?«

»Ziemlich verheerende, nehme ich an.«

»In höchstem Maße. Aber es waren keine Sprengladungen – es waren Bakterien. Die Bomben enthielten die verschiedensten Sorten von Seuchen, Hauptmann. Sie hatten alle höchst wissenschaftliche Namen, aber sie waren bald unter ihren Spitznamen bekannt. Haben Sie beispielsweise jemals die Auswirkungen des ›Teufelspilzes‹ gesehen?«

»Davon habe ich noch nie gehört.«

»Sie heißt so nach dem Pilz, der sich zwei Stunden nach der Infizierung des Opfers auf dessen Haut ausbreitet. Wenn Sie den Pilz abkratzen, fällt das Fleisch mit ab. Innerhalb von zwei Tagen sehen Sie aus wie ein vermoderter Baum, wie Sie das ab und zu im Wald sehen können, aber glücklicherweise sind Sie dann schon tot und haben keinerlei *körperlichen* Schmerz empfunden. Dann wäre da noch die ›Preußische Emma‹, die Blutungen aus allen Körperöffnungen hervorruft – *dieser* Tod soll nach allem, was ich gehört habe, sehr schmerzhaft sein. Und dann gibt es noch die ›Augenfäule‹, die ›Rote Pustel‹ und den ›Brighton-Ekel‹. Wunderliche Namen, nicht wahr. So farbenprächtig wie die Erscheinungsbilder der Kankheiten auf der Haut. Aber abgesehen von den Seuchen existieren noch umherstreifende, rivalisierende Mörderbanden, die jedes menschliche Wesen, das ihnen über den Weg läuft, umbringen (und nicht immer auf die gnädigste Art). Ab und zu treten Sie vielleicht auf eine Gasbombe, die dann losgeht und Ihnen Giftgas ins Gesicht sprüht. Und falls Sie diesen Gefahren entkommen, lauern ein Dutzend weitere. Glauben Sie mir, Hauptmann Bastable, das einzig anständige Leben heutzutage, das einzige Leben für einen Menschen liegt auf hoher See oder darunter. Zum Meer sind viele von uns zurückgekehrt, wir verbringen unser Leben zugegebenermaßen damit, einander aufzulauern. Aber diese Existenz ist den Schrecknissen und Entwürdigungen des Landes bei weitem vorzuziehen. Und man besitzt noch ein gewisses Maß an Freiheit, ist irgendwie noch Herr über sein eigenes Schicksal. Auf dem Land ist es so, wie sich die mittelalterlichen Maler die Hölle vorstellten. Da gebe man mir lieber das Fegefeuer des Meeres!«

»Ich bin überzeugt, daß ich Ihnen zustimmen kann«, meinte ich, »aber ich möchte es mit eigenen Augen gesehen haben.«

Korzeniowksi zuckte die Achseln. »Nun gut. Wir setzen Sie bei Dover ab, wenn Sie wollen. Aber falls Sie Ihre Meinung ändern sollten, ich könnte an Bord dieses Schiffes einen erfahrenen Offizier gebrauchen, auch wenn es sich um einen Armeeoffizier handelt. Sie könnten bei mir dienen.«

Dies war in der Tat eine Geschichtswiederholung (oder stellte sich als solche dar). Korzeniowksi wußte nichts davon, aber ich hatte bereits unter ihm gedient – und zwar nicht bei der Armee, sondern bei der Luftflotte. Mit ihm zur See zu fahren, hätte ich schon in- und auswendig gekannt. Doch ich bedankte mich und erklärte ihm, daß mein Entschluß feststand.

»Nichtsdestotrotz«, sagte er, »werde ich Ihnen den Posten eine Weile freihalten. Man kann ja nie wissen.«

Ein paar Tage später wurde ich an einem Strand direkt unterhalb der bekannten weißen Klippen von Dover an Land gebracht und winkte der *Lola Montez* zum Abschied nach, während sie unter die Wasseroberfläche sank und verschwand. Dann schulterte ich meinen Rucksack mit Proviant, nahm mit festem Griff das Schnellfeuergewehr, das man mir geschenkt hatte und schlug die Richtung ins Landesinnere nach London ein.

4

Der König von East Grinstead

Hatte ich Korzeniowskis Beschreibung vom Nachkriegs-England für übertrieben gehalten, so mußte ich bald feststellen, daß er sich bei der Schilderung der hier herrschenden Zustände noch sehr zurückgehalten hatte. Seuchen waren tatsächlich weit verbreitet, und man begegnete überall ihren Opfern. Doch die schlimmste Seuchenwelle war vorüber, vor allem deshalb, weil die meisten Überlebenden des Krieges inzwischen daran zugrunde gegangen waren oder die noch Lebenden gegen die meisten Gefahren immun – oder auf irgend eine Weise genesen waren. Den Genesenden fehlte manchmal ein Körperglied, ein Auge oder die Nase, während anderen ganze Teile des Gesichts oder des Körpers weggefault waren. Ich beobachtete in den Ruinen von Dover und Canterbury mehrere Banden solcher armer, halbverfaulter Geschöpfe, während ich vorsichtig meinen Weg nach London fortsetzte.

Die Bewohner der Gegend um London waren innerhalb von wenigen Jahren aus den Höhen der Zivilisation in die Tiefen der Barbarei gestürzt. Die Überreste der herrlichen Städte, die breiten, sauberen Straßen, das Einschienenbahnsystem, die helle, kühne Architektur, die O'Bean geschaffen hatte, standen noch als stumme Zeugen einer vergangenen Pracht, die so schnell gekommen und wieder vergangen war, doch nun lagerten darin Banden von verwilderten Menschen, die sie einrissen, um sich primitive Waffen und provisorische Unterschlüpfe zu bauen, und einander zu Tode hetzten. Keine Frau war sicher und bei einigen »Stämmen«, die die Ruinen durchstreiften, galten Kinder als besondere kulinarische Köstlichkeit. Frühere Bankkaufleute, Börsenmakler und Manager erachteten Ungeziefer nun als Delikatesse und waren bereit, einem anderen die Gurgel zu durchbeißen, wenn sie dies in den Besitz einer toten Katze brachte. Nur wenige moderne Waffen waren im Gebrauch (seit der Erfin-

dung der Luftschiffe und Unterseeboote war die Gewehr- und Pistolenproduktion zurückgegangen), wohl aber fanden sich primitiv angefertigte Speere, Pfeile und Bögen, Messer und Spieße in fast aller Hände. Am Tage lag ich im Versteck, wo immer sich gute Deckung fand und nachts wanderte ich weiter und riskierte, in einen Hinterhalt zu laufen, weil ich meine Chancen für größer hielt, wenn die meisten »Stammesmitglieder« in ihre Lager zurückgekehrt waren. Das Land hatte hier nicht nur die schrecklichsten Flächenbombardements erlebt, sondern war (besonders in dieser Gegend) auch mit Langstreckengeschossen von jenseits des Kanals beschossen worden. Zweimal war die Gegend um London Opfer einer Invasion geworden, einmal von See her, einmal aus der Luft, wobei alles, was übrig geblieben war, verheert, die letzten Lebensmittel geplündert und die noch stehenden Gebäude gesprengt wurden, bis die Überreste unserer Armee die Invasoren zurückwarf. Bei Nacht funkelten an den Hügeln von Kent und Surrey Lichtpünktchen und zeigten die Standorte der halb-nomadischen Lager an, wo Tag und Nacht riesige Feuer brannten. Die Feuer dienten nicht nur zum Kochen und als Wärmequelle, sondern auch um die ständig neu anfallenden Opfer der Seuchen zu verbrennen.

Das Glück blieb mir treu, bis ich an den Ortsrand von East Grinstead gelangte, einstmals ein hübsches Dorf, das ich als Junge gekannt hatte, nun jedoch Ödland mit verdörrter Vegetation und zerfallenem Mauerwerk. Wie gewöhnlich besah ich mir den Ort aus einem Versteck und bemerkte eine Art roher Palisaden aus rohen Baumstämmen am äußersten nördlichen Ende des Dorfes. Dort herrschte ein ständiges Kommen und Gehen bewaffneter Männer, und ich stellte überrascht fest, daß viele Gewehre und Schrotflinten trugen und in weit besseren Lumpen herumliefen als die Leute, die ich bislang zu Gesicht bekommen hatte. Die Gemeinschaft schien größer zu sein als die anderen und besser organisiert, und sie hatte ein festes Lager, anstatt in einem kleinen Landstrich umherzuziehen. Ich vernahm in der Ferne das Gebrüll von Rindern, das Blöken von Schafen und das

Meckern von Ziegen und kam zu dem Schluß, daß einige dieser Tiere überlebt haben mußten und innerhalb der Einpfählung gehalten wurden. Hier herrschte tatsächlich ›Zivilisation‹! Ich zog in Erwägung, meine Anwesenheit zu erkennen zu geben und die Hilfe der Bewohner zu erbitten, von denen man erwarten konnte, daß sie sich weniger aggressiv zeigten als die Menschen, die ich bisher gesehen hatte. Doch aus Vorsicht beobachtete ich die Siedlung weiter und wartete ab, was ich noch in Erfahrung bringen konnte, ehe ich mich zeigte.

Zwei Stunden später hatte ich allen Anlaß, mich zu meinem Mißtrauen zu beglückwünschen. Ich hatte mich in einem kleinen Ziegelbau, der die Bombardierungen irgendwie überdauert hatte, versteckt. Man hatte ihn, glaube ich, zur Lagerung von Holz benutzt gehabt, und er war kaum groß genug für mich. Ein Gitter zur Belüftung gab mir die Möglichkeit, die Palisade zu überblicken, ohne gesehen zu werden. Drei Männer in buntem Kleidergemisch, wozu auch eine schwarze Melone, eine Jagdmütze, ein Panamahut, ein Frauenpelzcape, Golfhosen, ein lederner Jagdmantel, ein Frack und ein Opernmantel gehörten, führten einen Gefangenen den Weg zurück zum Tor. Bei dem Gefangenen handelte es sich um eine junge Frau; sie war recht groß und mit einem langen, schwarzen Militärmantel bekleidet, der wohl für sie maßgeschneidert war. Sie trug einen schwarzen Hosenrock und schwarze Reitstiefel, und ich hatte nicht den geringsten Zweifel daran, daß es sich bei ihr, wie bei mir, um eine Art Eindringling handelte. Sie behandelten sie grob, daß sie zweimal fiel und sich nur mit größten Schwierigkeiten wieder hochrappeln konnte (man hatte ihr die Hände auf dem Rücken gefesselt). Ihrer Erscheinung haftete etwas Vertrautes an, doch erst als sie sich umdrehte, um zu einem ihrer Peiniger etwas zu sagen, (offenbar mit der größten Verachtung, denn der Mann schlug sie daraufhin mit dem Handrücken auf den Mund), erkannte ich sie. Es war Mrs. Persson, die Revolutionärin, die ich einstmals auf Kapitäns Korzeniowskis Luftschiff *The Rover* kennengelernt hatte, und die ich für Korzeniowskis Tochter hielt.

Diesmal konnte das nicht zutreffen, denn diese Frau war ungefähr im gleichen Alter wie Korzeniowski. Ich war es leid, über die Mysterien und Paradoxa der Zeit zu spekulieren – sie wurden mir allmählich vertraut, und ich lernte, sie zu akzeptieren, wie man die gewöhnlichen Bedingungen des menschlichen Lebens widerspruchslos hinnimmt. Im Augenblick sah ich in Una Persson nur die Frau, die sich in Gefahr befand und um jeden Preis gerettet werden mußte. Ich hatte meinen Karabiner und mehrere Magazine Munition und war insofern im Vorteil, als keiner der Bewohner der Siedlung von meiner Anwesenheit wußte. Ich wartete bis zum Einbruch der Dunkelheit, um dann aus meinem Versteck zu kriechen und dankte der Vorsehung, daß der Vollmond sich hinter einer Wolke versteckt hatte.

Ich gelangte zu der Palisade und sah, daß es sich um ein reichlich primitives Machwerk handelte – kein Wilder hätte so etwas Jämmerliches erstellt – und leicht zu erklettern war. Vorsichtig stieg ich nach oben und schaute hinein.

Mir bot sich ein Schauspiel widerlichster Barbarei. Una Persson hing mit gespreizten Armen und Beinen an einer Art Gitter inmitten des Lagers. Vor ihr saß mit gekreuzten Beinen der wohl größte Teil des ›Stammes‹ – viele mit Entstellungen, die sie als Wirt verschiedenster Seuchenviren erkennen ließen. Hinter dem Gerüst befand sich ein Podest, das aus einem alten, eichenhölzernen Schranktisch bestand; auf den Schranktisch hatte man einen hochlehnigen, mit Schnitzwerk überladenen Sessel gestellt, wie er um die Mitte des 19. Jahrhunderts als der Inbegriff guten Geschmacks gegolten hätte. Der Samtbezug des Sessels war abgeschabt und zerfetzt, die Holzteile hatte man schlampig mit Goldfarbe gestrichen. Eine Reihe recht ansehnlicher Feuer erstrahlten im Halbkreis hinter dem Podium, öliger Rauch zog über die Szenerie, rote Flammen hüpften wie zahllose Teufel und spiegelten sich in den verschwitzten Gesichtern der versammelten Einwohner der Siedlung. Dies war der Anblick, der sich mir bot, ehe ich auf der Innenseite der Palisade heruntersprang und in den Schatten einiger nahegelegener, baufälliger Hütten kroch.

Nun stieg ein unheimliches Summen aus den Kehlen der Zuschauer, und sie schwankten von einer Seite zur anderen, während sie die halbnackte Una Persson anstarrten. Mrs. Persson wand sich nicht, sondern verharrte ganz ruhig in ihren Fesseln und erwiderte den Blick der Anwesenden voller Abscheu und Verachtung. Wie schon einmal früher bewunderte ich ihren Mut. Nur wenige hätten sich in ihrer Lage so tadellos verhalten.

Da sie sich offensichtlich nicht in unmittelbarer Gefahr befand, wartete ich ab, was sich als nächstes tun würde.

Aus einer größeren Hütte, die hinter dem Halbkreis der Feuerstellen lag, tauchte nun eine hohe, untersetzte Gestalt in perfektem Stresemann-Anzug auf; der feine, graue Seidenhut saß in keckem Winkel auf dem Kopf des Mannes, der den rechten Daumen in die Tasche seiner Weste gesteckt hatte, an seiner Krawatte blitzte eine Diamantnadel, und er sah genau wie ein Operettendarsteller meiner Zeit aus. Langsam und mit gleichgültiger Miene erklomm er das Podium und setzte sich mit gewaltiger Wichtigtuerei in seinen goldenen Lehnstuhl, während die Menge für einen Augenblick ihr Summen und Schaukeln unterbrach, um ihn mit einem monströsen Schrei zu grüßen, dessen Worte ich nicht verstehen konnte.

Seine Stimme war gut zu hören. Sie klang quäkend und brutal und strahlte Autorität aus, auch wenn sie nur die Stimme eines kleinen, ungebildeten Krämers war.

»Getreue Untertanen von East Grinstead«, hob er an. »Wie ihr alle wißt, ist hier jeder Mann – und jede Frau willkommen, wenn sie in der Lage sind, ihr eigenes Gewicht zu ziehen. Doch East Grinstead hat niemals Fremde, Schnorrer, Juden oder Faulenzer aufgenommen, wie ebenfalls bekannt ist. East Grinstead weiß, wie man mit ihnen zu verfahren hat. Nun wurde dieser Eindringling, diese Spionin gefaßt, wie sie sich um East Grinstead herumdrückte, offensichtlich nichts Gutes im Sinn – und wie ich hinzufügen möchte: bis auf die Zähne bewaffnet. Nun, meine Untertanen, zieht daraus eure eigenen Schlüsse. Ich – wir haben keine Zweifel, daß es sich bei ihr eindeutig um eine ausländische Fliegerin handelt, die vermutlich zurückgekehrt ist, um zu sehen, wie wir hier nach den Bombenschäden zurechtkommen. Sie hat eine blühende Gemeinschaft vorgefunden – hart, ungebeugt und zu allem bereit. Hätte sie nur die geringste Chance, so wäre ich nicht überrascht, wenn sie ihren Landsleuten berichten würde, daß East Grinstead nicht zerstört wurde – auf lange Sicht gesehen –, und wir müßten mit neuen Bombardierungen rechnen. Aber . . .« – und hier sprach er leiser, seine Stimme klang erbarmungslos und bedrohlich, ganz offensichtlich genoß er Unas Qual –, »sie wird *nicht* zurückkehren. Und wir werden ihr eine Lektion erteilen, nicht wahr, was ausländische Flieger und Spione erwartet, wenn sie sich noch einmal nach East Grinstead trauen!«

In dieser Art fuhr er fort, und ich lauschte ihm voller Entsetzen. Konnte dieser Mann einmal hinter der Theke eines gewöhnlichen Dorfladens verkauft haben? Vielleicht hatte er mir einmal Eiskrem oder Tee ausgehändigt. Und seine »Untertanen«, die voller Blutrünstigkeit knurrten, kicherten und bebten, bildeten sie einst die anständige, konservative Einwohnerschaft der Grafschaften um London? Bedurfte es so geringer Zeit, ihnen allen Anschein von Kultur herunterzureißen? Sollte ich jemals in meine eigene Welt zurückkehren, so würde ich diese Leute in einem anderen Licht sehen.

Nun hatte sich der König von East Grinstead von seinem Thron erhoben, und jemand hatte ihm eine Fackel gereicht. Der Feuerschein verwandelte sein dickes, unrasiertes Gesicht in eine Teufelsfratze, als er die Fackel über seinen Kopf hob, seine Augen blitzten, seine Lippen waren zu einem bestialischen Grinsen verzogen.

»*Jetzt* werden wir's ihr zeigen!« kreischte er. Und seine Untertanen sprangen mit ausgestreckten Armen empor und forderten ihn mit lauten Schreien auf, das zu tun, was er ohnehin gerade vorhatte.

Die Fackel senkte sich und näherte sich Una Perssons Kopf. Sie konnte nicht sehen, was vorging, aber offenbar konnte sie es erraten. Sie zuckte einmal in ihren Fesseln, dann preßte sie die Lippen aufeinander und schloß die Augen, während die Fackel ihrem Haar immer näherkam.

Ich hob mein Gewehr an die Schulter, zielte und schoß den König von East Grinstead genau zwischen die Augen. Das Erstaunen auf seinem Gesicht wirkte fast komisch; dann kippte der große Mann vornüber vom Podest und fiel vor seinen Untertanen in den Dreck.

Dank meiner militärischen Ausbildung war ich dann in der Lage, schnell zu handeln.

Während jene scheußlich entstellten Gesichter mich mit fassungslosem Entsetzen anstarrten, rannte ich zu dem Gitter und befreite Mrs. Persson mit ein paar raschen Schnitten meines Messers.

Dann schoß ich drei von den nächststehenden Männern nieder. Einer von ihnen war bewaffnet gewesen, und ich gab Mrs. Persson durch Zeichen zu verstehen, sein Gewehr aufzuheben, was sie eilig tat, obwohl sie noch unter starken Schmerzen leiden mußte.

»Die Siedlung ist von Scharfschützen umstellt«, erklärte ich den Leuten. »Der erste, der uns mit Waffen bedroht, stirbt ebenso schnell wie Ihr Anführer. Sie sehen, wir kennen keine Gnade. Wenn Sie innerhalb der Palisade bleiben und uns ungehindert durch das Tor ziehen lassen, wird keinem mehr etwas zustoßen.«

Ein paar Leute knurrten wie Tiere, waren jedoch zu verblüfft und verängstigt, um noch etwas zu unternehmen. Ich konnte mir eine Abschiedsrede nicht verkneifen, als wir am Tor angelangt waren.

»Ich möchte Ihnen sagen, daß ich Engländer bin«, erklärte ich. »Engländer wie Sie und aus dem gleichen Teil der Welt. Und ich bin empört darüber, was ich hier erlebe. So führt sich kein Brite auf. Besinnen Sie sich auf Ihre alten Ideale. Erinnern Sie sich, was sie Ihnen einst bedeuteten. Die Felder sind da, und Sie besitzen noch Vieh. Produzieren Sie Ihre Lebensmittel, wie Sie es immer getan haben. Züchten Sie Vieh. Bauen Sie East Grinstead wieder zu dem sauberen Ort auf, der er einmal war . . .«

Mrs. Persson legte mir die Hand auf den Arm und flüsterte: »Wir haben nicht viel Zeit. Bald werden sie dahinterkommen, daß Sie keine Leute haben. Sie schauen sich schon um und können niemanden entdecken. Kommen Sie, wir schlagen uns zu meiner Maschine durch!«

Wir traten rückwärts aus dem Tor und schlossen es hinter uns. Dann begannen wir geduckt weiterzulaufen. Ich folgte Mrs. Persson, die eine genaue Vorstellung von dem Weg hatte, den sie einschlagen mußte. Wir liefen durch den Wald, und über mehrere verwilderte Felder in einen zweiten Wald, dort blieben wir stehen, horchten, ob wir verfolgt wurden, doch es war nichts zu hören.

Keuchend eilte Una Persson weiter, bis der Wald sich lichtete. Dann beugte sie sich über einen Strauch, riß ihn ohne erkennbare Anstrengung mit den Wurzeln heraus und legte ein schwach glänzendes Metallstück frei. Sie bediente einen Schalter, worauf ein Summen ertönte und eine Luke nach oben aufsprang.

»Steigen Sie ein!« sagte sie. »Der Platz reicht gerade für uns beide.«

Ich gehorchte. Ich befand mich in einer engen Kammer, umgeben von einer Vielzahl unbekannter Instrumente. Mrs. Persson schloß die Luke über ihrem Kopf und machte sich daran, Knöpfe zu drücken und Schalter umzulegen, bis die Maschine bebte und pfiff. Sie schaute durch einen Apparat, der für mich wie ein Stereoskop aussah, dann zog sie einen Hebel ganz zurück. Das pfeifende Geräusch wurde noch schriller, die Maschine begann sich in Bewegung zu setzen und schob sich tief hinab ins Erdinnere.

»Was für eine Maschine ist das?« erkundigte ich mich erstaunt.

»Haben Sie die noch nie gesehen?« meinte sie beiläufig. »Es ist ein O'Bean-Mark-Fünf-Tunnelbohrer. Das ist ungefähr die einzige Fortbewegungsart, mit der man heutzutage unbeobachtet

bleiben kann. Man kommt zwar nur langsam voran, aber sie ist sicher.« Sie lächelte und hob für einen Moment die Augen von den Kontrollen, um mir die Hand zu reichen. »Ich habe mich noch gar nicht bei Ihnen bedankt. Ich weiß nicht, wer Sie sind, Sir, aber ich bin Ihnen sehr dankbar für das, was Sie getan haben. Meine Mission in diesem Teil Großbritanniens ist von lebenswichtiger Bedeutung, nun besteht wieder eine Chance, daß sie gelingt.«

Es war außergewöhnlich heiß im Innern des Fahrzeugs geworden, und ich stellte mir vor, daß wir uns dem Mittelpunkt des Planeten näherten.

»Nichts zu danken«, erwiderte ich. »Ich freue mich, daß ich Ihnen behilflich sein konnte. Mein Name ist Bastable. Sie sind Mrs. Persson, nicht wahr?«

»Miss Persson«, korrigierte sie. »Dann hat man Sie mir zu Hilfe geschickt?«

»Ich kam zufällig vorbei, das war alles.« Ich wünschte nun, ich hätte nicht zugegeben, ihren Namen zu kennen – eine Erklärung könnte sich als peinlich erweisen. Ich redete rasch weiter in Erinnerung dessen, was man mir an Bord der *Rover* über sie erzählt hatte. »Ich habe Sie anhand einer Photographie wiedererkannt. Sie waren früher Schauspielerin, nicht wahr?«

Sie lächelte und wischte sich mit einem großen, weißen Taschentuch den Schweiß von der Stirn. »Einige meinen, ich sei es immer noch.«

»In welcher Tiefe befinden wir uns denn hier?« fragte ich, weil ich mich inzwischen ziemlich schlapp fühlte.

»Oh, nicht tiefer als dreißig Meter. Das Belüftungssystem funktioniert nicht einwandfrei, aber ich verstehe nicht genug von diesem Metallmaulwurf, um es zu regulieren. Aber ich glaube nicht, daß wir in akuter Gefahr sind.«

»Was hat Sie denn nach East Grinstead verschlagen, Miss Persson?«

Sie konnte mich durch das Geratter der Maschine und das unheimliche Heulen des Motors nicht hören. Sie nahm irgendeine

Begradigung unseres Kurses vor, legte die Hand um ihr Ohr und ließ mich die Frage wiederholen.

Sie zuckte die Achseln. »Ich hatte in der Nähe etwas zu tun. Dort hatte man gegen Ende des Krieges versucht, ein geheimes Regierungszentrum zu errichten. Es existierten Pläne für eine O'Bean-Maschine, die niemals fertiggestellt wurde. Es gibt nur einen Prototyp davon in Afrika. Die Pläne könnten ein, zwei Probleme lösen, mit denen wir uns noch herumschlagen.«

»In Afrika? Sie sind von Afrika gekommen?«

»Ja. So, da wären wir.« Sie drückte zwei Hebel nach vorn, ich fühlte, wie der Tunnelbohrer sich aufrichtete und zur Erdoberfläche stieg. »Wir hatten wohl hauptsächlich Lehmboden vor uns, wir sind schnell durchgekommen.«

Sie stoppte die Motoren, warf einen letzten Blick in das Sichtgerät, schien zufrieden, trat an die Luke und drückte auf einen Knopf. Die Luke öffnete sich und ließ die erste, frische Abendluft hinein.

»Sie steigen besser als erster aus«, meinte sie.

Ich war froh, aus der Maschine zu klettern, und wartete, bis meine Augen sich an die veränderten Lichtverhältnisse gewöhnt hatten. Das Gelände rings um mich her war flach und eben. Ich konnte nur die Umrisse von etwas ausmachen, das zuerst wie eine Reihe von Gebäuden aussah, die uns umgaben. Der Ort kam mir irgendwie bekannt vor. »Wo sind wir hier?« fragte ich sie.

»Ich glaube, das nannte man früher einmal *The Oval«,* erklärte sie, während sie neben mir ins Gras sprang. »Beeilen wir uns, Mr. Bastable! Mein Luftboot müßte dort drüben stehen.«

Unter den gegebenen Umständen war das ein alberner Einfall, das weiß ich, aber wider Willen versetzte es mir einen gelinden Schock, daß wir ausgerechnet einen der berühmtesten Kricketplätze der Welt geschändet hatten!

5

Der Beginn einer neuen Laufbahn

Una Perssons Luftboot unterschied sich erheblich von der Art Luftfahrzeuge, an welche ich mich im Jahre 1973 gewöhnt hatte. Es war ein zartes Etwas mit einer Aluminiumhülle, die eine Art Mast schützte, an welchen ein großer, dreiblättriger Propeller montiert war. Am Schwanz befand sich eine Art Ruder, und zu beiden Seiten des Ruders saßen zwei kleine Propeller. Aus der Hülle ragten zwei breite, stumpfe Flossen, die ebenso wie die kleinen Propeller dazu dienten, das Boot zu steuern und zu stabilisieren, sobald es einmal in der Luft war. Wir stiegen unter leichtem Schaukeln vom Boden auf, wobei der Motor ein kaum vernehmbares Schnurren von sich gab. Erst jetzt kam es mir in den Sinn, nach unserem Ziel zu fragen. Wir überflogen in etwa dreihundert Metern Höhe die Überreste der Londoner City. Kein einziger Orientierungspunkt stand mehr. Die gesamte Innenstadt war durch die Bomben dem Erdboden gleichgemacht. Im Vergleich hierzu war das legendäre Schicksal von Karthago nichts. Welcher Wahnsinn hatte eine Gruppe von Menschen erfaßt, um einer anderen Derartiges anzutun? Hatte so Hiroshima ausgesehen, nachdem die *Shan-tien* ihre tödliche Fracht abgeworfen hatte? Wenn ja, so hatte ich viel auf dem Gewissen. Oder doch nicht? Ich hatte mich zu fragen begonnen, ob ich von einem Traum in den anderen taumelte. War die Realität nur das, was ich daraus machte? Gab es letztlich überhaupt so etwas wie »Geschichte«?

»Wohin fliegen wir, Miss Persson?« fragte ich, als wir London hinter uns ließen.

»Meine erste Zwischenlandung werde ich in Kerry machen, wo wir ein Treibstofflager haben.«

»Nach Irland.« Ich erinnerte mich an das erste Unterwasserfahrzeug, das ich gesehen hatte. »Ich hatte gehofft . . .«

In diesem Augenblick wurde mir klar, daß mein Entschluß bereits feststand, Korzeniowskis Angebot anzunehmen. Ich hatte nun genug von meinem Heimatland gesehen und von dem, was aus ihm und seinen Bewohnern geworden war. Korzeniowskis Erklärungen, daß die See die einzig »anständige« Lebensmöglichkeit bot, ergaben allmählich einen Sinn für mich.

»Ja?« Sie drehte sich um. »Ich würde Sie die ganze Strecke mitnehmen, Mr. Bastable. Das schulde ich Ihnen wirklich. Aber einerseits habe ich kaum genügend Treibstoff für meinen eigenen Rückflug, und ein zweiter Passagier würde den Verbrauch gewaltig steigern, andererseits würden Sie wohl kaum an der Art Leben, wie ich es führe, Gefallen finden. Ich könnte Sie irgendwo absetzen, wo es weniger gefährlich ist als in Südengland. Das ist das Beste, was ich Ihnen bieten kann.«

»Ich hatte vor, mich nach Schottland durchzuschlagen«, sagte ich. »Hätte ich dort eine bessere Überlebenschance?« Es widerstrebte mir, mein eigentliches Ziel zu nennen. Korzeniowski würde es kaum schätzen, wenn ich seine geheime Basis verriet.

Sie runzelte die Stirn. »Die Küste von Lancashire ist ungefähr das Beste, was ich Ihnen vorschlagen kann. Irgendwo hinter Liverpool. Wenn Sie um die Großstädte wie Glasgow einen Bogen machen, müßten Sie durchkommen. Das Hochland selbst hat sehr wenig von den Bombardierungen mitbekommen, und ich bezweifle, daß sich die Seuchen bis dorthin ausgebreitet haben.«

Und so kam es, daß ich auf einem wilden Salzmoorstreifen an der Küste der Morecambe Bay in der Nähe eines Dorfes namens Silverdales von Una Persson Abschied nahm. Es dämmerte, und die Landschaft ringsumher bot eine willkommene Abwechslung zu jener, die ich vor kurzem verlassen hatte. Die Luft war erfüllt von den Schreien der Seevögel, die sich ihr Frühstück suchten, und ein paar Schafe grasten in den Salzweiden und beäugten mich mißtrauisch, während sie das saftige Gras kauten. In der Ferne erstreckte sich das Meer, weit, glatt und strahlend im Licht der aufgehenden Sonne. Es war ein beruhigendes Bild ländlichen Friedens und entsprach weit mehr dem England, das ich bei meiner Landung in Dover zu finden gehofft hatte. Ich winkte Miss

Persson nach und sah zu, wie ihr Luftboot sich schnell in den Himmel schwang und dann über das Meer in Richtung Irland dahinschwebte, bevor ich meinen Karabiner schulterte und den Weg ins Dorf einschlug.

Es handelte sich um einen ziemlich großen Ort, der hauptsächlich aus den schönen Steinhäusern bestand, wie sie in der Gegend üblich sind, doch er lag völlig verwaist. Entweder waren die Bewohner aus Furcht vor einem vermeintlichen Überfall geflohen, oder sie waren an der Seuche gestorben und von Überlebenden beerdigt worden, die klug genug gewesen waren, sich vom Seuchenherd zu entfernen. Doch es existierten keine Anzeichen für eine solche Katastrophe. In der Hoffnung, Lebensmittel, Karten und ähnliches zu finden durchsuchte ich mehrere Häuser, die ich in völliger Ordnung vorfand. Ein Großteil der Möbel war säuberlich mit Decken gegen den Staub verhängt, und alle verderblichen Lebensmittel waren entfernt worden, doch ich konnte eine ansehnliche Menge von Büchsenfleisch, eingemachtem Obst und Gemüse entdecken, die zwar schwer zu tragen waren, mir jedoch für eine Weile ausreichen würden. Ich hatte außerdem das Glück, auf mehrere gute Karten von Nordengland und Schottland zu stoßen. Nachdem ich einen Tag in Silverdale geblieben war und mir den Luxus gegönnt hatte, in einem weichen Bett zu schlafen, schlug ich die Richtung zum Seendistrikt ein.

Ich entdeckte bald, daß das Leben in diesem Landesteil ziemlich normal weiterging. Die Landwirtschaft beruhte hier hauptsächlich auf Schaf- und Rinderzucht, und wenn die Menschen ihr Leben auch in relativer Armut fristen mußten, hatte der Krieg ihre vertrauten Lebensformen kaum verändert. Wenn man mir im Gebiet um London voller Angst und Mißtrauen begegnet war, hier war ich willkommen, bekam zu essen und wurde nach Neuigkeiten befragt, die ich über das Schicksal des Südens zu berichten wußte. Ich erzählte ihnen gerne alles, was ich wußte, um diese freundlichen Leute aus dem Norden vor dem Wahnsinn zu bewahren, der die Gegend um London herum befallen hatte. Man berichtete mir, daß ähnliche Verhältnisse in der Nähe von

Birmingham, Manchester, Liverpool und Leeds herrschten, und riet mir, um Carlisle wenn möglich einen Bogen zu machen, denn wenn die Überlebenden auch nicht auf die Stufe der Barbarei zurückgefallen waren, wie ich sie in East Grinstead erlebt hatte, so waren sie doch in höchstem Maße mißtrauisch gegenüber jenen, die anscheinend besser davongekommen waren als sie selbst; darüber hinaus war es zu mehreren kleinen Ausbrüchen einer Variante der Seuche namens ›Teufelspilz‹ gekommen, was ihre Einstellung gegenüber Ortsfremden nicht gerade verbessert hatte.

Ich nahm mir ihre Warnungen zu Herzen, zog vorsichtig weiter, genoß Gastfreundschaft, wo sie mir geboten wurde, und machte langsam meinen Weg in Richtung Norden, während das wahrscheinlich schönste Herbstwetter, das ich je erlebt hatte, immer noch anhielt. Ich setzte alles daran, die Inseln vor Einbruch des Winters zu erreichen, denn danach waren die Berge unpassierbar.

Ich gelangte zu den Grampians, jene stattlichen Beherrscher der Western Highlands, und überquerte schließlich das große Rannoch-Moor, wobei ich grob die Richtung von Fort William hielt, welches im Schatten des Ben Nevis lag. Die Berge schimmerten wie keltisches Rotgold im klaren Sonnenlicht des frühen Winters; nichts auf der Welt ist diesem Anblick vergleichbar, und man kann sich die Britischen Inseln gar nicht so klein vorstellen, wie sie im Vergleich zu manchen anderen Ländern sind, sieht man die Grampians sich in alle Himmelsrichtungen erstrekken, einzig und allein bewohnt vom gelb-braunen Hochlandrind, dem schottischen Moorhuhn und dem Fasan, die schäumenden Bäche voller Forellen und Lachse. Auf dieser Reiseetappe speiste ich wie ein König – Wildbret gab es in Massen – und ich war versucht, meinen Plan, mich Korzeniowski auf den Äußeren Hebriden anzuschließen, aufzugeben und hier mein Leben aufzubauen, indem ich einen verlassenen Bauernhof übernahm, Schafe hielt und den Rest der Welt dem Verderben anheimfallen ließ, für das es sich entschied. Doch ich wußte, daß die Winter hier sehr rauh sein konnten, und hörte Gerüchte, nach denen sich die alten Clans wieder zusammenschlossen und ausritten, um Rinder einzufangen wie in jenen Tagen, ehe die Träume dieses größenwahnsinnigen Prinzen Charles Edward Stuart den alten Hochland-Lebensformen ein endgültiges und bitteres Ende bereitet hatten.

Also setzte ich meinen Weg nach Skye fort, wo ich hoffte, am Kyle of Lochalsh noch eine Fähre vorzufinden. Gewiß hatten die Bewohner von Skye nicht ihre lockere Verbindung zum Festland aufgegeben. Segelschiffe trieben mit der Insel regelmäßigen Handel, und mit einer Wildlende konnte ich mir eine Passage auf einem dieser Boote erkaufen, als gerade der erste Schnee vom stahlfarbenen Himmel fiel.

Doch dann begannen meine eigentlichen Schwierigkeiten erst. Die Menschen auf Skye sind nicht unfreundlich. Vielmehr erfuhr ich, daß sie zu den nettesten Leuten der Welt gehören. Doch die meiste Zeit über sind sie wortkarg, und meine Erkundigungen nach dem möglichen Verbleib eines Unterwasser-Schiffes namens *Lola Montez* stießen auf taube Ohren. Ich konnte nicht die winzigste Information ergattern. Man war höflich zu mir, gab mir zu essen und beachtliche Mengen des starken einheimischen Whiskys, lud mich auf der ganzen Insel vielfach zum Tanz ein (ich glaube, viele Mütter hielten mich für einen in Betracht zu ziehenden Junggesellen) und ließ mich bei allen anfallenden Arbeiten mithelfen. Nur wenn ich mich erbot, mit den Fischerbooten hinauszufahren (in der Hoffnung, vielleicht Korzeniowski auszumachen), lehnte man meine Hilfe ab. Von Ardvasar im Süden bis Kilmaluag im Norden war es immer die gleiche Geschichte: zwar verleugnete keiner, daß Unterwasser-Boote von Zeit zu Zeit die Inseln anliefen, doch keiner gab es offen zu. Ein eigenartiger, entrückter Ausdruck trat auf die Gesichter von Jung und Alt, Mann und Frau, wann immer ich das Thema anschnitt. Sie pflegten zu lächeln, zu nicken, die Lippen zu schürzen und den Blick vage ins Leere zu richten. ehe sie so schnell wie möglich auf ein anderes Thema kamen. Ich gewann die Überzeugung, daß sich bei den Äußeren Hebriden nicht nur Treibstofflager befanden, sondern daß die Inselbevölkerung einen Großteil ihres Wohlstandes und damit in unsicheren Zeiten auch ihrer Sicherheit von dem Schiff oder den Schiffen bezogen, die eine solche Basis benutzten. Nicht daß sie mir mißtrauten, aber sie sahen auch keinen Sinn darin, irgendwelche Informationen zu liefern, die ihre Lage verändern mochten.

Doch wie sich herausstellte, sollte das keinen großen Unterschied für mich ausmachen. Offensichtlich bemühte man sich jedenfalls, zu helfen, daß ein Kontakt mit der Basis hergestellt wurde und daß man dort meine Beschreibung und meinen Namen vermerkte. Denn eines Abends, direkt nach den spektakulären Neujahrsfeiern, für die die Inselleute so berühmt sind, saß ich in einem bequemen Sessel vor einem laut prasselndem Feuer in einem hervorragenden Gasthaus der Siedlung Uig, nippte guten Malzwhisky und schwatzte über Angelegenheiten der Gemeinde, als die Tür im Gasthaus aufging, der Wind hereinpfiff und ein paar Schneeflocken hereintrug, bis ihm die Tür wieder vor der Nase zugeschlagen wurde; und da stand in einen schweren Ledermantel gehüllt mein alter Freund Kapitän Korzeniowksi, verneigte sich zu seiner steifen, polnischen Verbeugung, schlug flink die Hacken seiner Stiefel zusammen und grüßte mich, in seinen Augen spöttische Erheiterung.

Er war den Stammgästen des Hauses offensichtlich gut bekannt, und wurde von einigen besonders herzlich begrüßt. Ich erfuhr später, daß es zur Politik des Kapitäns gehörte, mindestens die Hälfte seiner Beute mit den Inselbewohnern zu teilen, die ihm dafür ihre Freundschaft und Treue boten. Wenn er neue Mannschaftsmitglieder brauchte, so rekrutierte er sie auf Skye, Harris, Lewis, North und South Uist und den kleineren Inseln, denn viele waren Berufsseeleute gewesen und gehörten, wie Korzeniowski mich aufklärte, zu den treusten, mutigsten und einfallsreichsten auf der Welt, die sich ganz selbstverständlich auf die Gefahren und Romantik seiner seeräuberischen Aktivitäten einließen!

An jenem Abend unterhielten wir uns stundenlang. Ich erzählte ihm von meinen Abenteuern und bestätigte alles, was er mir vom Süden Englands berichtet hatte. Er berichtete seinerseits von seinen jüngsten Kämpfen und brachte mein Wissen auf den neuesten Stand, mit allem, was er aus der Welt erfahren hatte. Die Dinge entwickelten sich, wenn überhaupt, nur noch zum Schlechteren. Ganz Europa und Rußland waren in die Barbarei zurückgefallen. In Nordamerika waren die Verhältnisse kaum besser. Die meisten Staaten, die neutral geblieben waren, waren innerlich zerrissen und interessierten sich nicht für internationale Probleme. Der berüchtigte Schwarze Attila war über den Mittleren Osten hinweggezogen und hatte ihn seinem sogenannten ›Imperium‹ einverleibt, hatte das Mittelmeer überquert, weite Teile Europas eingenommen und den größten Teil Kleinasiens erobert.

»Es gehen Gerüchte um, er habe sogar die Absicht, auch Britannien und die Vereinigten Staaten zu unterwerfen«, informierte mich Korzeniowski. »Die einzige potentielle Gefahr für seine Eroberungsträume stellt die Australisch-Japanische Föderation dar, doch die führt eine Politik stikter Isolation und lehnt es ab, in irgendwelche Angelegenheiten verwickelt zu werden, die nicht ihre eigenen sind. Das hat sie von den schlimmsten Auswirkungen des Krieges bewahrt, und sie hat keinen Grund, alles aufs Spiel zu setzen, um sich, wie sie es sieht, in einem Konflikt zwischen verschiedenen primitiven Stämmen einzumischen. Der Schwarze Attila hat die AJF bislang nicht direkt bedroht. Solange werden sie keine Schritte gegen ihn unternehmen. Die Afrikanischen Völker, die sich ihm bisher nicht haben anschließen wollen, sind für jeden unmittelbaren Widerstand zu schwach und können froh sein, wenn er sich weiterhin auf die Eroberung von Gebieten konzentriert, die letztendlich für die Zivilisation verloren sind.«

»Aber es liegt doch wohl in der Natur solcher Eroberer, leichte Erfolge zu konsolidieren, ehe sie ihre Aufmerksamkeit zäherer Beute zuwenden«, meinte ich.

Korzeniowski zuckte die Achseln und zündete sich eine Pfeife an. Die übrigen Gäste waren schon längst nach Hause gegangen, wir saßen an einem erlöschenden Feuer und hatten den Rest einer Flasche Whisky zwischen uns. »Vielleicht läßt sein Schwung letzten Endes nach. Das hoffen die meisten Völker. Bisher hat er den eroberten Nationen eine Art Ordnung, sogar eine Art, wenn auch wenig differenzierter, Gerechtigkeit für die Menschen mit brauner, schwarzer und gelber Hautfarbe gebracht. Mit den Weißen, so habe ich gehört, wird wesentlich rauher verfahren. Er wird von einem glühenden Haß auf die Weißen verzehrt, die er als Wurzel allen Übels in der Welt betrachtet – obwohl ich andererseits wieder gehört habe, daß einige weiße Wissenschaftler in seinen Diensten stehen. Wahrscheinlich sind sie für ihn von Nutzen und wollen ihm lieber dienen, als einige der schrecklichen Foltern zu erdulden, die er bei anderen Weißen angewandt hat. Seine Mittel wachsen folglich ständig. Er besitzt große Flotten von Land-Panzerschiffen, Luftschiffen, Untersee-Schlachtschiffen – und diese Flotten werden mit seinen Eroberungen noch größer, wenn er die Überreste der Kampfmaschinen der Welt beschlagnahmt.«

»Aber welches Interesse könnte er haben, England zu erobern?« fragte ich. »Hier gibt es doch nichts mehr für ihn zu holen.«

»Nur die Gelegenheit zur Rache«, erwiderte der polnische Kapitän leise. Er warf einen Blick auf seine Armbanduhr. »Es ist höchste Zeit, daß ich auf mein Schiff zurückkehre. Kommen Sie mit, Bastable?«

»Deshalb bin ich ja hier«, antwortete ich. Das Herz war mir schwer, als ich die Implikationen all dessen begriff, was Korzeniowksi mir erzählt hatte, doch ich versuchte, scherzhaft zu bemerken: »Als Junge habe ich von solchen Dingen öfter geträumt. Und nun ist der Traum Wirklichkeit – ich werde unter Störtebekker Dienst tun. Muß ich meinen Vertrag auch mit Blut unterzeichnen?«

Korzeniowksi schlug mir auf die Schulter. »Sie brauchen nicht einmal mit einem Grog auf den Teufel anzustoßen, mein lieber Freund – es sei denn, es ist Ihnen ein Bedürfnis!«

Ich holte meine wenige Habe aus dem Zimmer und folgte meinem neuen Kommandanten hinaus in die eisige Nacht.

6

»Ein Hafen der Zivilisation«

Gut über ein Jahr fuhr ich mit Kapitän Korzenziowski an Bord der *Lola Montez* zur See, nahm an Unternehmungen teil, die in vielen Ländern meiner eigenen Welt zu einem Todesurteil geführt hätten, und lebte das verzweifelte, gefährliche und nicht immer menschliche Leben eines modernen Seewolfes. In meinen Augen, wenn auch nicht in denen meiner Kameraden, war ich zum Verbrecher geworden, und wenn mich auch manchmal mein Gewissen quälte, so muß ich doch zugeben, daß ich in wachsendem Maße Freude am Leben gewann. Wir nahmen es mit dem großen Abenteuer See auf, griffen niemals ein unbewaffnetes Schiff an und setzten uns gemäß der Logik, die diese grausame und verheerte Welt beherrschte, nur mit Schiffen auseinander, die die Piraterie mit gleichen Mitteln betrieben wie wir.

Doch im Laufe des Jahres, während wir die Weltmeere durchstreiften (immer auf der Hut, kein Schiff anzugreifen, das unter der Flagge der Australisch-Japanischen Föderation oder des Schwarzen Attila fuhr), wurde unsere Beute immer seltener. Wie in zunehmendem Maße die Treibstoffquellen versiegten und Ersatzteile nicht mehr zu bekommen waren, verschwanden auch noch die wenigen Schiffe, die den Krieg überdauert hatten. Ich spürte Regungen, wie ein amerikanischer Büffeljäger sie empfunden haben mag, als er begriff, daß er alles Wild abgeschlachtet hatte. Manchmal vergingen ein, zwei Monate, ohne daß wir auch nur eine mögliche Prise vor Augen bekamen, und wir waren gezwungen, eine Entscheidung zu fällen: entweder mußten wir den Zorn der beiden Großmächte in Kauf nehmen und ihre Schiffe angreifen, oder wir mußten uns nach kleinerem Wild umsehen. Beide Aussichten waren unerfreulich. Gegen die Großmächte könnten wir nicht lange Widerstand leisten, und keiner von uns hätte Spaß an dem schmutzigen Geschäft, ein Schiff zu überfallen, das nicht von der Größe des unseren war.

Die einzige Alternative war, sich der Flotte eines der kleineren, neutralen Staaten anzuschließen. Zweifellos würden wir begeistert in ihren Dienst aufgenommen (denn als Piraten waren wir ihnen ein Dorn im Auge, und ein Schiff unserer Größe hatten sie immer gern auf ihrer Seite – so daß die meisten jegliche Rachegelüste vergessen würden), aber es wäre keineswegs angenehm, sich ihrer Disziplin zu beugen, nachdem wir tatsächlich die Freiheit auf hoher See genossen hatten. Trotz aller Vorbehalte stimmte ich für letzteren Plan und gewann Korzeniowski nach und nach für diese Idee. Er war ein intelligenter, weitsichtiger Kapitän und sah ein, daß seine Tage als Pirat gezählt waren. Er vertraute mir an, daß er noch etwas anderes in Erwägung gezogen hatte.

»Ich könnte die *Lola Montez* jederzeit versenken und mich zur Ruhe setzen«, erklärte er mir. »Auf den Inseln wäre ich stets willkommen. Aber ich habe Angst vor der Langeweile. Früher hätschelte ich einmal die Vorstellung, Romane zu schreiben, wissen Sie. Ich hatte stets den Eindruck, daß genügend Stoff für ein bis zwei Bücher in mir steckt. Aber diese Vorstellung ist nun nicht mehr so attraktiv – denn wer sollte meine Bücher lesen? Wer sollte sie überhaupt verlegen? Und ich kann nicht behaupten, daß ich die Möglichkeit, für die Nachwelt zu schreiben, besonders optimistisch beurteilen würde, da es vielleicht überhaupt keine Nachwelt mehr geben wird! Nein, ich glaube, Sie haben recht, Bastable. Es ist an der Zeit für ein neues Abenteuer. In Südamerika und Indochina existieren noch immer ein paar größere Flotten. Selbst in Afrika gibt es ein bis zwei. Ich hatte gehofft, daß eines der skandinavischen Länder uns einstellen würde, aber die Nachrichten von gestern haben mir einen Strich durch die Rechnung gemacht.«

Am Tag zuvor hatten wir vernommen, daß die Armeen des Schwarzen Attila inzwischen Nordeuropa erreicht und die letzten Bastionen westlicher Kultur überrannt hatten. Die Geschichten, was man mit den Schweden, Dänen und Norwegern gemacht hatte, ließen mir das Blut in den Adern gefrieren. Nun

fuhren schwarze Stammesfürsten in den Karossen der ermordeten Königsfamilie durch Stockholm, und die Einwohner von Oslo hatte man allesamt versklavt zur Errichtung der riesigen Generatoren und Chemiefabriken, die nötig waren, um die mobilen Kriegsmaschinen der schwarzen Horden mit Energie zu versorgen. In Kopenhagen war keiner mehr übrig, den man hätte versklaven können, denn die Stadt hatte einer langen Belagerung widerstanden. Geblieben war nur rauchender Schutt.

Nachdem Korzeniowski eine Weile darüber nachgegrübelt hatte, sagte er: »Ein weiteres Argument gegen den Rückzug auf die Inseln ist natürlich das Gerücht, daß der Schwarze Attila vorhat, in Britannien einzufallen. Wenn dies geschähe, währen früher oder später auch die Highlands und die Inseln in Gefahr.«

»Ich kann den Gedanken einfach nicht ertragen«, sagte ich. »Doch falls es einträte, wäre ich dafür, eine Art Guerillakrieg gegen ihn zu führen. Wir würden früher oder später unterliegen, aber wir hätten wenigstens etwas getan . . .«

Korzeniowski lächelte. »Ich habe Großbritannien gegenüber keine besondere Treuepflicht. Was veranlaßt Sie zu der Vermutung, daß ich einem solchen Plan zustimmen würde?«

Ich war perplex. Dann grinste er breit. »Aber ich würde es natürlich tun. Die Schotten waren gut zu mir. Wenn ich überhaupt noch eine Art Heimat besitze, so liegt sie heute auf den Äußeren Hebriden. Aber irgendwie habe ich so eine Ahnung, daß eine schwarze Eroberung Großbritanniens nur ein Scheinmanöver wäre. Cicero Hood hat größere Ziele im Auge.«

General Cicero Hood (wie er sich nannte) war das militärische Genie, das unter dem Namen ›Schwarzer Attila‹ berühmt war. Wir hatten gehört, daß er nicht gebürtiger Afrikaner, sondern in Arkansas als Sohn eines Sklaven geboren wurde. Der Verdacht lag nahe, daß sein nächstes Hauptziel die Vereinigten Staaten von Amerika wären (obgleich ›Vereinigte‹ längst nicht mehr zutraf), wenn sein Hauptmotiv zum Angriff auf die westlichen Völker die Rache an der weißen Rasse für die vermeintlichen Bösartigkeiten war, die man ihm und seinem Volk angetan hatte.

Ich sagte etwas zum übersteigerten Geltungsbedürfnis des Mannes. Selbst sein Namensvetter hatte etwas edlere Motive als Rache gehabt, um seine Hunnen auf die Welt loszulassen.

»Gewiß«, stimmte mir Korzeniowski zu, »aber Hood hat etwas Messianisches an sich. Er führt eine Art quasi-religiösen Rachefeldzug gegen die Versklaver seines Volkes. Wir hatten in Polen auch einige solche Führer. Vermutlich können Sie als Brite solche Empfindungen nicht nachvollziehen, aber ich kann es, glaube ich. Außerdem, wie immer Ihre Meinung über seinen Charakter lautet (über den wir in Wirklichkeit wenig wissen), müssen Sie zugeben, daß er eine Art Genie ist. Zuerst vereinte er eine große Zahl einzelner Stämme und Länder, entflammte sie mit seinen Idealen, und ging mit außergewöhnlicher Geschwindigkeit und Geschick daran, diese Ideen in die Wirklichkeit umzusetzen.«

Ich erwiderte, daß ich seine Fähigkeiten als Stratege und seine Intelligenz keinesfalls in Zweifel zog, wohl aber den Eindruck hatte, daß er ein großes Talent zu niedrigen Ambitionen pervertiert hatte.

Korzeniowski setzte nur hinzu: »Aber schließlich sind Sie auch kein Farbiger, Mr. Moorcock.«

Ich begriff den Sinn dieser Bemerkung nicht recht, und ließ das Thema fallen, da ich nichts mehr zu sagen hatte. Vielleicht war es deshalb Ironie des Schicksals, daß wir zwei Monate später, nachdem wir die in Frage kommenden »Arbeitgeber« sondiert hatten, nach Bantustan fuhren in der Absicht, uns der Marine dieses Landes anzuschließen.

Bantustan war in meiner Welt unter dem Namen Südafrika bekannt. Es war eine der ersten Kolonien gewesen, die in den Jahren vor dem Weltkrieg um ihre Unabhängigkeit zu kämpfen begann, als O'Beans Erfindungen die Welt von Armut und Unwissenheit erlöst hatten. Unter der Führung eines jungen Politikers indischer Abstammung namens Gandhi, war dem Land in Verhandlungen eine friedliche Loslösung vom Britischen Empire gelungen, ohne daß das Empire so richtig begriff, was geschehen war. Natürlich waren die großen Reichtümer Bantustans – allein seine Diamanten und sein Gold – nichts, das britische, niederländische und amerikanische Kapitalkreise leichtfertig aufgeben wollten, doch Gandhi war es gelungen, sie zu besänftigen, indem er ihnen große Anteile an den Minen zusicherte, ohne daß sie die Möglichkeit besaßen, weiteres Kapital zu investieren. Da die meisten Gesellschaften öffentlich gewesen waren, hatten die Anteileigner alle für Gandhis Plan gestimmt. Dann war der Krieg ausgebrochen, und es bestand keine Notwendigkeit, Toten und Vermißten weiterhin Dividenden zu zahlen. Während und nach dem Krieg war Bantustan zu beträchtlichem Reichtum gelangt und befand sich auf dem Weg, sich auf dem politischen Feld der Nachkriegsära zu einer mächtigen, bedeutenden Kraft zu entwikkeln. Durch den Ausbau einer Militärmacht, durch die Unterzeichnung von Verträgen mit General Hood, die jenem zu üblichen Handelspreisen wichtige Nahrungs- und Rohstoffquellen erschlossen, hatte Präsident Gandhi seine Neutralität wahren können. Bantustan war vermutlich einer der sichersten und stabilsten Staaten der Welt, und da es unsere Erfahrung und unser Schiff brauchen konnte, lag die Wahl für uns nahe. Außerdem hatten wir hier die Gewißheit, keinem rassistischem Unfug zu begegnen. Schwarze, Braune, und Weiße lebten hier harmonisch zusammen – ein Modell für die restliche Welt. Mein einziger Vorbehalt betraf das dort herrschende politische System. Es war eine Republik, jedoch eine Republik, die sich auf die Theorien eines deutschen Träumers und Erz-Sozialisten namens Karl Marx stützte. Dieser Mann, der lange Zeit seines Lebens im toleranten England verbracht hatte, hatte die meisten Radikalen wie die höchsten der High Tories tönen lassen, und ich persönlich hielt seine Ideen bestenfalls für unrealistisch, schlimmstenfalls für moralisch und gesellschaftlich gefährlich. Ich bezweifelte, daß seine Theorien überhaupt in irgendeiner Gesellschaft funktionieren konnten, und erwartete, dies schnell bestätigt zu finden, sobald wir in Kapstadt anlegten.

Wir kamen am 14. September 1906 in Kapstadt an, und waren nicht nur von der dort ankernden Flotte an Schiffen und U-Booten überrascht, sondern auch von der großen Anzahl von Schiffswerften, die hier mit voller Kraft arbeiteten. Zum ersten Mal hatte ich Gelegenheit zu sehen, wie O'Beans Welt vor dem Krieg ausgeschaut haben mußte. Eine große, saubere Stadt mit hohen, prächtigen Bauten, die Straßen voll umherschießender Elektrowagen und durchzogen von den Trassen der öffentlichen Einschienenbahn, die Luft voller Privatboote, großen, stattlichen Handels- und Militär-Luftschiffen. Wohlgenährte, gutgekleidete Menschen aller Hautfarben schlenderten über breite, alleengesäumte Straßen, und das London, das ich in einem anderen 1973 besucht hatte, schien neben Kapstadt so veraltet, wie mir mein London im Vergleich zu dem der Zukunft erschienen war.

Plötzlich schien es bedeutungslos, welche politischen Theorien der Regierung von Bantustan zugrunde lagen, denn ganz offensichtlich spielte es kaum eine Rolle, so reich war das Land, so zufrieden seine Bevölkerung. Wir hatten keine Schwierigkeiten, uns mit unseren neuen Kollegen zu verständigen, denn wenn auch die offizielle Landesprache Bantu war, so sprach doch jeder Englisch und viele auch Afrikaans, das im großen und ganzen dem Niederländischen glich. Hier hatte kein Burenkrieg getobt, folglich herrschte auch wenig Groll zwischen englischen und holländischen Siedlern, die sich zu einer friedlichen Allianz zusammengeschlossen hatten, noch ehe Präsident Gandhi an die Macht gekommen war. Beim Anblick dessen, wozu sich Südafrika entwickelt hatte, hätte ich weinen mögen um den Rest der Welt. Wäre er doch nur dem südafrikanischen Beispiel gefolgt! Ich war bereit, mein Leben im Dienste dieses Landes zu verbringen und ihm die gleiche Treue entgegenzubringen wie einstmals Großbritannien.

Präsident Gandhi hieß uns persönlich willkommen. Er war ein kleiner, zwergenhafter, noch ziemlich junger Mann mit ansteckendem Lächeln. In den letzten Jahren hatte er eine ganze Menge Energie darauf verwandt, was an begabten und talentierten Menschen im Westen übriggeblieben war, nach Bantustan zu holen. Er träumte von einer verwalteten, klugen, ruhigen Welt, in der jeder Mensch sein Bestes geben und sich optimal entwickeln konnte. Er bedauerte es, dazu eine starke militärische Position beziehen (und seiner Ansicht nach Rohstoffe und Finanzmittel dafür vergeuden) zu müssen, um sich gegen Angriffe von außen zu schützen, doch das gelang ihm ziemlich gut, und er hoffte, wie er uns bei dem Privatessen, zu dem Korzeniowski und ich geladen waren, erklärte, daß eine gewisse Chance bestand, einem Mann wie Cicero Hood dadurch ein Beispiel zu geben.

»Vielleicht sieht er dann ein, was für eine Vergeudung seine Pläne bedeuten, daß er seine Talente besser dazu nutzen sollte, die Welt zu verbessern und sie zu einem Ort zu machen, wo alle Rassen gleichberechtigt und friedlich zusammenleben können.«

Ich bin nicht überzeugt, daß ich Präsident Gandhis Vorstellungen in meiner eigenen Welt hätte voll zustimmen können, doch der Beweis für seine Theorien war um uns her greifbar. O'Bean hatte geglaubt, materieller Wohlstand reiche aus, um Streitigkeiten und Ängste zu beseitigen, doch Gandhi hatte gezeigt, daß auch ein gutes Verständnis für die subtileren Bedürfnisse der Menschheit vonnöten war, daß ein moralisches Beispiel gegeben, ein moralisches Leben kompromißlos vorgelebt werden mußte, daß Scheinheiligkeit (und sei sie auch nur unbewußt) unter den politischen Führern zu Gehässigkeit und Gewalt bei der Bevölkerung führte. Arglos und ohne jene zu täuschen, die er repräsentierte, hatte Gandhi in Bantustan die Grundlagen für ein andauerndes Glück geschaffen.

»Sie haben hier wirklich einen letzten Hafen der Zivilisation«, erklärte Kapitän Korzeniowski anerkennend, als wir auf der großen Veranda mit Blick über Kapstadt saßen, köstliche, einheimische Zigarren rauchten und hervorragenden hier hergestellten Portwein tranken. »Aber das Land ist so reich, Präsident Gandhi. Können Sie es vor jenen beschützen, die diesen Reichtum gerne für sich hätten?«

Daraufhin warf der kleine Inder Korzeniowski und mir einen

scheuen, fast verlegenen Blick zu. Er faßte sich an die Krawatte, blickte über die Dächer der Häuser und sagte fast ein wenig traurig: »Darüber wollte ich eigentlich erst später sprechen«, sagte er. »Sie wissen vermutlich, daß Bantustan gemäß seinen Grundsätzen niemals Blut vergossen hat.«

»Selbstverständlich wissen wir das!« versicherte ich ausdrücklich.

»Und ich habe es auch niemals vor«, fuhr er fort. »Unter keinen Umständen würde ich jemals die Verantwortung dafür übernehmen, daß ein einziger Mensch ums Leben kommt.«

»Nur wenn Sie angegriffen würden«, sagte ich. »Dann müßten Sie Ihr Land verteidigen. Das wäre etwas anderes.«

Aber Präsident Gandhi schüttelte den Kopf. »Meine Herren, Sie haben gerade den Dienst in einer Flotte angetreten, die nur einen einzigen Zweck hat. Ihr einziger Sinn besteht darin, erfolgreich jene abzuhalten, deren Überfall wir fürchten. Sie ist nichts als eine aufwendige, beeindruckende Vogelscheuche. Doch sie ist, solange ich den Oberbefehl habe, genauso gefährlich wie jede Vogelscheuche, die ein Bauer auf seinem Feld aufstellt, um die Vögel abzuschrecken. Sollten wir jemals angegriffen werden, so wird Ihre Pflicht darin bestehen, so viele Menschen wie möglich an Bord zu nehmen und sie an einen relativ sicheren Ort zu evakuieren. Dies ist ein Geheimnis zwischen uns. Sie müssen es gut hüten. All unseren Offizieren haben wir dieses Geheimnis anvertraut.«

Angesichts des gewaltigen Risikos, das Präsident Gandhi mit der Enthüllung dieses Plans einging, blieb mir die Luft weg. Ich sagte nicht.

Korzeniowski runzelte die Stirn und erwog diese Neuigkeit ausgiebig, ehe er antwortete. »Sie haben uns eine schwere Last aufgebürdet, Präsident.«

»Es wäre mir lieber, wenn ich nicht dazu gezwungen wäre, Kapitän Korzeniowski.«

»Es bedürfte nur eines einzigen Verräters . . .« Er sprach seinen Satz nicht zu Ende.

Gandhi nickte. »Ein einziger, und wir würden innerhalb weniger Stunden angegriffen und besiegt. Aber ich vertraue noch auf etwas anderes, Kapitän Korzeniowski. Menschen wie General Hood lehnen es ab, an den Pazifismus zu glauben. Ginge ein Verräter zu ihm und verriete ihm die Wahrheit, so besteht eine gute Chance, daß er ihm nicht glauben würde.« Gandhi lächelte wie ein glückliches Kind. »Kennen Sie die japanische Kampftechnik Jiu-Jitsu? Man wendet die Gewalt des Gegners gegen ihn selbst. Genau das mache ich zuversichtlich mit General Hood. Gewalttätige Menschen glauben nur an solche Begriffe wie »Schwäche« oder »Feigheit«. Sie sind so durch und durch zynisch, so sehr in ihren eigenen, unvernünftigen Auffassungen verwurzelt, daß sie den Begriff des »Pazifismus« nicht einmal annähernd begreifen. Nehmen wir einmal an, Sie wären ein Spion, den General Hood auf mich angesetzt hat, um meine Pläne herauszufinden. Nehmen wir nun an, Sie reisten von hier ab und berichteten dem Schwarzen Attila: ›General, Präsident Gandhi verfügt über eine große, gut ausgerüstete Armee, Luftwaffe und Marine, aber er beabsichtigt nicht, sie einzusetzen, wenn Sie ihn angreifen‹. Was würde General Hood tun? Er würde Sie mit großer Sicherheit auslachen, und wenn Sie nachdrücklich darauf bestünden, daß dies der Wahrheit entspricht, würde er Sie vermutlich einsperren oder für einen Verrückten erklären, dessen Dienste er nicht länger benötigt.« Präsident Gandhi lächelte wieder. »Es ist weit weniger gefährlich, nach einem System hoher moralischer Prinzipien zu leben, als die meisten Politiker glauben.«

Damit war unsere Audienz beendet. Präsident Gandhi wünschte uns Glück für unser neues Leben, und wir verließen sein Haus in einem Zustand beträchtlicher Verwirrung.

Erst als wir an unserem Schiff anlangten und die schmale Laufplanke überquerten, um an Bord zu gehen, prustete Korzeniowski beim Anblick der etwa hundert ähnlichen Schiffe um uns her lachend heraus und schüttelte ungläubig den Kopf.

»Na, Bastable, wie fühlt man sich als Teil der teuersten Vogelscheuche, die die Welt jemals gesehen hat?«

7

Eine Legende in Fleisch und Blut

Ein friedliches Jahr verstrich in Bantustan – friedlich für uns, heißt das, denn nach wie vor erreichten uns Berichte von den nicht enden wollenden Eroberungen des Schwarzen Attila. Wir erfuhren, daß er sein Banner über London errichtet und eine Besatzungsarmee dort gelassen hatte, doch er war auf keinen nennenswerten Widerstand gestoßen und schien sich, wie wir annahmen, damit zufriedenzugeben (wie auch die Römer einst vor ihm), die Britischen Inseln zu seinem neuen Imperium zu rechnen, ohne das gesamte Land wirklich zu beherrschen. Unsere Freunde auf den Äußeren Hebriden waren zumindest noch eine Weile sicher. Unsere anstrengensten Pflichten bestanden in der Teilnahme an gelegentlichen Manövern oder darin, Handelsschiffe an der afrikanischen Küste entlang zu eskortieren. Die Mannschaft dieser Schiffe bestand ausschließlich aus Schwarzen, und wir bekamen selten Land zu sehen, denn es galt für Weiße als politisch klüger, sich nicht blicken zu lassen, auch wenn Hood wußte, daß sie in Bantustan nicht diskriminiert wurden.

Wir hatten eine Menge Freizeit und verbrachten sie damit, Präsident Gandhis herrliches Land zu erkunden. Große Wildreservate waren in Busch und Dschungel errichtet worden, und lautlose Luftschiffe trugen einen darüber hinweg, so daß man alle Formen des Wildlebens in seinem natürlichen Zustand beobachten konnte, ohne es zu stören. Hier wurde nicht gejagt, Löwen, Elefanten, Zebras, Antilopen, Weißschwanzgnus und Nashörner durchstreiften ungestört vom Menschen das Land. Manchmal mußte ich unwillkürlich an den Garten Eden denken, wo Mensch und Tier Seite an Seite harmonisch zusammenlebten. In anderen Gegenden fanden wir Modellfarmen und Bergwerke, die völlig von Maschinen betrieben wurden, den Reichtum des Landes und letztlich die Würde seiner Bewohner weiter mehrten. Produktionsanlagen – für Lebensmittel wie für Rohstoffe – lagen dicht an der Küste, wo man insbesondere die Lebensmittel lagerte. Bantustan besaß für seinen eigenen Bedarf mehr als genug, der Überschuß wurde entweder gelagert, oder an die ärmeren Völker zum Selbstkostenpreis verkauft. Ich begann mich gerade zu wundern, weshalb man soviele Lebensmittel in Lagerhäusern stapelte, als Präsident Gandhi eine Zusammenkunft seiner Luftwaffen- und Marine-Offiziere einberief und uns einen Plan anvertraute, an dem er schon einige Zeit gearbeitet hatte.

»Auf der ganzen Welt leben Menschen auf der Stufe wilder Tiere«, erklärte er. »Sie sind Bestien, doch das ist nicht ihre Schuld. Sie sind Bestien, weil sie Hunger und Angst haben. Deshalb habe ich im Laufe der letzten Jahre einen Prozentsatz unserer Lebensmittel und Arzneivorräte – Seren, die meine Chemiker gegen die verschiedenen Seuchen, die immer noch in Teilen Asiens und in Europa herrschen, entwickelt haben – auf Vorrat produzieren lassen. Sie alle wissen, daß die Hauptfunktion unserer Flotten in der Sicherung Bantustans besteht, doch es erscheint mir als eine Schande, ein solches Potential zu vergeuden; deshalb will ich Ihnen nun von meinem Traum erzählen.«

Er machte eine Pause und lächelte uns mit seinem schüchternen, einnehmenden Lächeln an. »Keiner zwingt Sie, diesen Traum zu teilen. Ich suche Freiwillige, da diese Aufgabe nicht ungefährlich ist. Ich möchte diese Lebensmittel und Medikamente dort verteilen, wo sie am nötigsten gebraucht werden. Sie, Mr. Bastable, haben berichtet, was in Südengland geschah. Würden Sie nicht auch glauben, daß diese Hilfsgüter dort dazu beitragen können, die schlimmste Not zu lindern?«

Ich nickte. »Gewiß, Sir.«

»Und Sie, Mr. Caponi«, sagte der Präsident und wandte sich an den forschen, jungen sizilianischen Flieger, der sich einen Namen gemacht hatte, als er fast im Alleingang die Überlebenden von Chikago aus den tobenden Flammen rettete, die über die Stadt fegten, indem er immer wieder mit seinem Luftschiff in dem Inferno landete und den sicheren Tod riskierte, um Überlebende herauszuholen. »Sie haben mir erzählt, daß Ihre Landsleute wieder zum Kanibalismus und zu ihren alten Fehden zurückgekehrt sind. Sie würden doch gerne erleben, daß sich das wieder ändert, oder nicht?«

Caponi nickte mit glänzendem Blick. »Geben Sie mir die Güter, und ich werde morgen früh mit meinen Flugzeugen über Sizilien sein!«

Die meisten anderen Kommandanten sprachen sich ähnlich wie Caponi aus, und Präsident Gandhi schien sich über ihre Reaktion sehr zu freuen.

»Ich habe noch einige Angelegenheiten zu erledigen, ehe wir diesen Plan in die Tat umsetzen«, erklärte er, »aber zum Monatsende können wir vermutlich damit beginnen, die Lebensmittel und Medikamente zu verladen. Inzwischen möchte ich Sie darauf vorbereiten, meine Herren, daß General Hood Bantustan bald einen Besuch abstatten wird.«

Diese Nachricht wurde von den meisten von uns recht konsterniert aufgenommen – von einigen sogar mit offensichtlichem Abscheu, darunter Caponi, der nicht zu denen gehörte, die ihre Gefühle verheimlichen konnten. Er brachte zum Ausdruck, was viele von uns – insbesondere die Weißen – nicht aussprechen wollten.

»Dieser Mann ist ein Massenmörder! Ein blutbesudelter Eroberer! Ein Wahnsinniger! Viele von uns haben durch seine Häscher Angehörige verloren! Ich habe mir jedenfalls geschworen, daß ich ihn umbringen würde, sollte ich jemals die Gelegenheit dazu erhalten – mit bloßen Händen würde ich ihn umbringen!«

Der kleine Präsident blickte etwas verlegen zu Boden. »Ich hoffe, Sie werden nicht dieser Versuchung erliegen, Hauptmann Caponi, solange General Hood als mein Gast hier weilt . . .«

»Ihr Gast!« Caponi schlug sich mit der Hand vor die Stirn. »Ihr *Gast!*« Er stieß einen Schwall sizilianischer Flüche aus, die ich glücklicherweise nicht verstand – der Ton war allerdings unmißverständlich.

Präsident Gandhi ließ ihn eine Weile weiterschimpfen, ehe er ihn sanft unterbrach. »Ist es nicht weit besser, *Capitano,* diesen Mann als unseren Gast und nicht als Eroberer hier zu haben? Ich hoffe, daß ich ihn bei dieser Zusammenkunft beeinflussen kann – ihn bitten, diese sinnlosen Kriege, diese Vendetta gegen die weiße Rasse zu beenden, die doch nur zu neuer Gewalt, neuem Terror, neuer Trauer führen kann . . .«

Caponi spreizte die Hände, ein fast weinerlicher Ausdruck trat auf seine etwas plumpen Züge. »Glauben Sie tatsächlich, daß er auf Sie hören wird, mein Präsident? Mit einem solchen Mann läßt sich nicht diskutieren! Ich weiß zu meinem Kummer, wie zerstörerisch eine Vendetta sein kann – aber der Schwarze Attila ist ein Verrückter, ein wildes Tier, ein gnadenloser und irrer Mörder, ein Folterer von Frauen und Kindern. Oh, Sir, Sie sind zu gutgläubig . . .«

Präsident Gandhi hob die Augenbrauen und biß sich auf die Lippe. Er seufzte. »Ich hoffe, daß dies nicht der Fall ist«, sagte er. »Ich verstehe alle Einwände und weiß, wie Ihnen zumute sein muß. Doch ich muß meinem Gewissen folgen. Ich muß einen Versuch unternehmen, mit General Hood zu sprechen.«

Hauptmann Caponi drehte sich um. »Na gut, sprechen Sie mit ihm, und sehen Sie, was es nutzt. Kann man mit einem Wirbelwind verhandeln? Mit einem bösartigen Nashorn? Aber sprechen Sie mit ihm, Präsident Gandhi – und beten Sie für die Sicherheit Ihres Landes!« Mit diesen Worten verließ er schnell den Raum.

Ein oder zwei der anderen Offiziere murmelten ähnliche Worte wie Caponi. Wir alle liebten Präsident Gandhi, doch wir hatten auch alle das Gefühl, daß ihn seine Hoffnungen trogen.

Schließlich sagte er: »Nun, meine Herren, ich hoffe, einige von Ihnen werden bereit sein, dem Bankett beizuwohnen, das ich für General Hood geben will. Wenn Sie mich mit Ihren Argumenten unterstützen, so werden Sie jedenfalls wie ich wissen, Ihr Bestes getan zu haben . . .«

Darauf entließ er uns, wir gingen alle schweren Herzens und hegten die vielfältigsten Spekulationen, wie es sein würde, General Hood leibhaftig gegenüberzutreten, und wie er reagieren würde, wenn – oder falls er uns begegnete.

Ich persönlich hatte gemischte Gefühle. Es kam schließlich nicht jeden Tag vor, daß man die Gelegenheit hatte, mit einer Legende, einem welterobernden Tyrannen zu speisen, den die Geschichte mit Dschingis Khan und Alexander dem Großen in eine Reihe stellen würde. Ich war entschlossen, die Einladung des Präsidenten anzunehmen. Außerdem mußte ich mir eingestehen, daß mein Leben in Bantustan mich ein wenig zu langweilen begann. Ich war vor allem Soldat, ein Mann der Tat, der zu einem bestimmten Lebenstil ausgebildet war und von Natur aus nichts Besinnliches oder Intellektuelles an sich hatte. General Hoods Besuch würde, wenn schon nichts anderes, so wenigstens die Langeweile für einige Zeit vertreiben.

Eine Woche später schwebte die schwarze Flotte am Himmel von Kapstadt. Zwischen zwanzig und dreißig große Luftschiffe lagen an speziell gefertigten Masten vor Anker. Sie schwankten leicht im warmen Westwind, auf jedem prangte das Hoheitsabzeichen des sogenannten Neuen Aschanti-Reiches des Schwarzen Attila: ein schwarzer, hoch aufgerichteter, brüllender Löwe im scharlachroten Kreis. Hood gab sich als Nachfahre des berühmten Quacoo Duah, des Königs der Aschanti um 1860 aus, und ursprünglich hatte er seine Armee an der Goldküste aufgebaut – indem er mit einer kleinen Gruppe von Aschanti – und Fanti-Nationalisten begann, die sich dem Sturz der ersten Eingeborenenregierung von Aschantiland (wie es nach der Unabhängigkeit getauft worden war) verschrieben hatte. Obwohl die schwarzen Horden aus Angehörigen vieler afrikanischer wie auch nichtafrikanischer Völker bestanden, war der Name Aschanti irgendwie beibehalten worden, wie ja auch dem Römischen Reich sein Name geblieben war, nachdem längst alle Bindungen zu Rom gelöst waren. Außerdem war das Volk der Aschanti in ganz Afrika hoch geachtet, und da Hood behauptete, Quacoo Duahs direkter Nachfahre zu sein, paßte es ihm den Namen beizubehalten.

Viele, die geschworen hatten, mit der ganzen Angelegenheit auch nicht das Geringste zu tun haben zu wollen, wurden unwillkürlich auf Straßen und Balkone gezogen, um zuzusehen, wie Cicero Hood und seine Gefolgschaft das Flaggschiff (das man diplomatischerweise auf den Namen *Chaka* getauft hatte) verließen, das direkt über dem Hauptverband schwebte. Zum erstenmal erblickten wir Hoods berühmte Löwengarde – großgewachsene, perfekt gebaute Krieger mit Haut wie poliertes Ebenholz und stolzen, schönen Zügen. Man hatte diese jungen Männer aus allen zentralafrikanischen Stämmen zusammengeführt. Auf ihren Köpfen saßen Stahlhelme, auf denen lange rot- und orangegefärbte Straußenfedern wippten. Um ihre Schultern hingen kurze Mäntel aus Löwenmähnen und -häuten. Sie trugen knappe, ärmellose Jacken in Mitternachtsblau, ähnlich wie die der Französischen Zouaven, mit Gold- und Silberlitzen und dazu passenden engen Reithosen. Ihre Füße steckten in schwarzen, glänzenden Lederstiefeln, und jeder trug zwei Waffen, die das Alte und das Neue Afrika symbolisierten – auf dem Rücken einen modernen Karabiner und in der rechten Hand einen langschaftigen Speer mit breiter Klinge. Wie sie so mit reglosem Gesicht in den offenen Gondeln standen und kaum einen Muskel rührten, gehörten sie zweifellos zu den imponierendsten Soldaten der Welt. Ihre Gondeln bildeten einen korrekten Kreis um jene von General Hood selbst – eine Gondel, die mit prächtigen Farben bemalt war und auf der die schwarz-rote Flagge vom Reich des Schwarzen Attila flatterte. Von meinem Standort auf dem Dach meines Wohnhauses aus (viele Kollegen einschließlich Korzeniowski waren bei mir) konnte ich erkennen, daß sich zwei Personen in der Gondel befanden, doch die Entfernung war entschieden zu groß, als daß man hätte ihre Züge ausmachen können, es kam mir allerdings so vor, als sei einer der Insassen von weißer Hautfarbe!

Sofort nach der Landung stiegen Hood und seine Garde in elektrische Broughams um und begannen einen langen Zug durch die Straßen von Kapstadt, wo sie von vielen Bürgern begeistert empfangen wurden (zugegebenermaßen vorrangig von Schwarzen), doch von meinem Standort aus bekam ich nicht viel davon mit. Ich stieg zu der Bar ins Erdgeschoß hinunter, als gerade eine Anzahl anderer Offiziere von der Straße eintrafen, wo sie Zeugen des Schauspiels geworden waren. Nicht wenigen weißen und einer ganzen Menge schwarzen Offizieren stand neidvolle Bewunderung im Gesicht, denn es konnte kein Zweifel daran bestehen, daß Hoods Ankunft hervorragend inszeniert worden war. Ein Mann, den ich flüchtig kannte, Kommandeur einer indischen Landflotte, ehe er sich der Armee von Bantustan anschloß, (er hieß Laurence, wie ich mich erinnere) bestellte sich einen doppelten Brandy und kippte ihn in einem Zug hinunter, ehe er sich umdrehte und sagte: »Bastable, ich sage Ihnen, der Bursche hat eine tolle Weiße im Schlepptau. Dumme Geschichte, was? Seine Abscheu uns gegenüber scheint sich nicht auf die weiblichen Exemplare der Spezies zu erstrecken, wie?«

Ein anderer Bekannter namens Horton, der Offizier in der Marine von Sierra Leone gewesen war, ehe sein Land von Hood annektiert wurde, meinte trocken: »Dem Sieger die Beute, alter Knabe.« Ein amüsierter Ausdruck stand in seinem braunen Gesicht, er blinzelte mir zu und genoß Laurence' Unbehagen.

»Nun, ich meine . . .«, begann Laurence, der seine Taktlosigkeit zu erkennen begann. »Ich wollte nicht sagen . . .«

»Doch genau!« Horton lachte und bestellte Laurence noch einen Brandy. »Sie meinen, Hood hätte sich sozusagen demonstrativ eine weiße Geliebte genommen. Es könnte ja sein, er findet sie so attraktiv, daß ihm die Hautfarbe gleichgültig ist. Ich habe schon von Europäern gehört, die sich in Afrikanerinnen verliebt haben. Sie nicht?«

Laurence nächstes Argument war zweifelsohne stichhaltig. »Aber nicht Europäer mit einer tiefen Verachtung für Schwarze, Horton. Ich meine, das rüttelt doch an seiner These, daß wir so schreckliche Unholde sind, oder nicht?«

Horton grinste. »Vielleicht nimmt er lieber ein Übel in Kauf, das er kennt.«

»Ich muß zugeben«, warf hier ein Leutnant ein, der seine Laufbahn in der russischen Marine begonnen hatte und Kurjenko oder so ähnlich hieß, »ich hätte nichts dagegen, ihre Bekanntschaft zu machen. Eine Schönheit! Ich glaube, sie ist das entzückendste Wesen, das ich jemals gesehen habe. In dieser Hinsicht kann man Hood nur beglückwünschen, würde ich sagen!«

So verlief die Unterhaltung noch eine Weile weiter, bis jene unter uns, die die Einladung zum Bankett angenommen hatten, gehen mußten, um sich fertigzumachen. Korzeniowski, ich und eine Anzahl weiterer »Unterwasser-Seeleute« gingen zusammen. In den einfachen, weißen Ausgehuniformen der Bantustan-Marine brachen wir in einem großen Wagen in der Art eines elektrisch betriebenen Kremser zum Palast auf. Wir wurden auf den Stufen empfangen und in den großen Saal geführt, wo gewöhnlich die gewählten Vertreter des Volkes von Bantustan tagten. Man hatte lange Tische aufgestellt, und jeder Platz war mit goldenem und silbernem Geschirr und Besteck geschmückt. Wir genossen das Privileg (falls dies das richtige Wort ist), am Präsidententisch zu sitzen und hatten so eine gute Gelegenheit, den berühmt-berüchtigten General aus der Nähe mitzuerleben.

Als wir alle Platz genommen hatten, traten Präsident Gandhi, General Hood und seine Begleiterin durch die Tür am Ende des Saales und schritten an ihre Plätze bei Tisch.

Ich glaube, ich hatte mir bis zu jenem Zeitpunkt genügend Selbstbeherrschung angewöhnt, um meine Überraschung zu zügeln, als ich die Frau erkannte, deren Hand nun auf dem Arm des Despoten lag, der Herr über den größten Teil Afrikas und ganz Europa geworden war. Unsere Blicke begegneten sich, mit dem Anflug eines Lächelns grüßte sie mich und wandte dann den Kopf, um etwas zu Hood zu sagen. Es war Una Persson! Nun begriff ich, warum sie so schnell hatte nach Afrika zurückkehren und mich nicht hatte mitnehmen wollen. Hatte sie damals schon die Beziehung zum Schwarzen Attila unterhalten?

General Hood entsprach nicht dem Bild, das ich mir von ihm gemacht hatte. Er war so groß wie die Männer seiner »Löwen-

garde«, doch sehr schlank, und er bewegte sich, anders läßt sich das nicht beschreiben, mit einer Art ungelenker Grazie. Er trug einen perfekt geschnittenen Abendanzug ohne jeglichen Ordensschmuck. Ich hatte einen blitzäugigen Kriegsherrn erwartet, aber dieser Mann von annähernd mittlerem Alter hatte das distinguierte Äußere eines hochgestellten Diplomaten. Sein Haar und sein Bart zeigten erste graue Strähnen, und seine großen dunklen Augen waren von einer Sanftmut, die nur täuschen konnte. Er erinnerte mich gegen meinen Willen an eine Art schwarzen Abraham Lincoln!

Präsident Gandhi strahlte. Offensichtlich war sein Gespräch mit General Hood sehr zufriedenstellend für ihn verlaufen. Der kleine Inder trug wie stets einen leichten Baumwollanzug im, wie wir dies nannten, »Bombay-Schnitt«. Sie setzten sich, worauf wir, die wir aufgestanden waren, ebenfalls unsere Plätze wieder einnahmen. Das Festmahl begann unter ziemlich verbissenem Schweigen, doch langsam besserte sich die Atmosphäre. General Hood unterhielt sich liebenswürdig mit Präsident Gandhi, den Helfern des Präsidenten und Una Persson. Ich bekam ein wenig von den Gesprächen mit – ausreichend, um zu wissen, daß es sich um das übliche höfliche Palaver handelte, wie es bei solchen Gelegenheiten unter Politikern üblich ist. Aus vielleicht unangebrachtem Taktgefühl versuchte ich, Miss Persson während des Dinners nicht anzusehen und widmete mich vorrangig der Dame zu meiner Linken, die von dem Gedanken besessen schien, viele der Vogelarten in Afrika wieder anzusiedeln, die während des Krieges in Europa so gut wie ausgerottet worden waren.

Das Essen bildete einen hervorragenden Kompromiß zwischen europäischen und afrikanischen Gerichten, und es war wohl das Beste, was ich jemals gekostet habe, aber wir waren schon bei der Süßspeise angelangt, ehe ich von der Unterhaltung mit der Amateurornithologin zu meiner Linken erlöst wurde. Plötzlich vernahm ich die tiefen, weichen Töne von General Hoods Stimme, die meinen Namen aussprach, und ich schaute etwas verlegen auf.

»Sie sind also Mr. Bastable?«

Ich stotterte eine Antwort zur Bejahung dieser Frage. Ich wußte nicht einmal genau, wie man einen despotischen Eroberer anreden sollte, an dessen Händen das Blut von Tausenden unschuldiger Menschen klebte.

»Ich schulde Ihnen meine Dankbarkeit, Mr. Bastable.«

Ich spürte, wie rings um mich her die Konversation verstummte, und bin wohl ein wenig rot geworden. Ich bemerkte, daß Miss Persson mich anstrahlte, ebenso Präsident Gandhi, und ich kam mir ziemlich lächerlich vor.

»Tatsächlich, Sir?« habe ich, glaube ich, geantwortet. Es klang in meinen Ohren reichlich geistlos, so daß ich versuchte, mein Gleichgewicht wiederzuerlangen, indem ich mir ins Gedächtnis rief, daß dieser Mann allem Anschein zum Trotz der verschworene Feind meiner Rasse war. Es fiel jedoch schwer, eine verächtliche Haltung zu wahren und mich gleichzeitig so zu benehmen, wie es die gesellschaftliche Situation erforderte. Ich hatte die Einladung zum Essen im Palast angenommen und hatte folglich die Pflicht, Präsident Gandhi und seine Gäste nicht zu beleidigen.

General Hood lachte ein tiefes Lachen. »Sie retteten jemandem das Leben, der mir sehr teuer ist.« Er tätschelte Una Perssons Hand. »Sie werden sich doch gewiß daran erinnern, Mr. Bastable?«

Ich entgegnete, daß das nichts Besonderes gewesen sei, jeder andere das Gleiche getan hätte, und so weiter.

»Wie Miss Persson mir sagt, haben Sie großen Mut bewiesen.«

Darauf erwiderte ich nichts. Dann fügte General Hood hinzu: »Tatsächlich hätte ich ohne Sie gewisse militärische Pläne, die ich entwickelt habe, nicht weiterverfolgen können. Wie auch Ihre Hautfarbe sein mag, ich glaube, Sie besitzen das Herz eines schwarzen Mannes.«

Natürlich eine wohlerwogene Ironie! Es war ihm gelungen, mich in seine Verbrechen hineinzuziehen und meine Verlegenheit auszukosten, wie ich glaube. Dann fuhr er fort:

»Sollten Sie jemals den Dienst in Bantustan quittieren wollen, so könnte das Aschanti-Reich Sie gut gebrauchen. Letzten Endes haben Sie Ihre Treue zu unserer Sache ja bereits unter Beweis gestellt.«

Ich fühlte die Blicke aller Weißen im Saal auf mich gerichtet. Das war einfach zuviel. Vom Zorn gepackt sprudelte ich heraus: »Es tut mir leid, Sir, aber meine Treue gilt der Sache des Friedens und dem Wiederaufbau einer gesunden Welt. Ich könnte mich nicht leicht dem kaltblütigen Mörder von Kindern und Frauen meiner Rasse anschließen!«

Nun herrschte Totenstille im Saal, doch General Hood brach bald die eisige Atmosphäre, indem er sich in seinem Sessel zurücklehnte, lächelte und den Kopf schüttelte. »Mr. Bastable, ich hege keine Abneigung gegen den weißen Mann. An seinem Platz erfüllt er eine Vielzahl nützlicher Aufgaben. Ich habe auf vielen Posten Weiße eingesetzt. Es gibt sogar einzelne, die alle Qualitäten aufweisen, die man bei einem Afrikaner schätzt. Solchen Leuten wird im Aschanti-Reich jede Möglichkeit der Entfaltung geboten. Ich fürchte, Sie haben einen recht kläglichen Eindruck von mir – wohingegen ich nur die größte Achtung für Sie empfinde.« Er erhob sein Glas, um mir zuzuprosten. »Auf Ihr Wohl, Mr. Bastable. Mein Angebot ist ehrlich gemeint. Präsident Gandhi und ich haben beschlossen, Botschafter auszutauschen. Ich werde ihn inständig bitten, daß Sie sich unter den nach Neu Kumasi Geladenen befinden. Dort können Sie sich selbst überzeugen, ob ich der Tyrann bin, als welchen man mich Ihnen geschildert hat.«

Ich war nun viel zu wütend, um überhaupt zu antworten. Präsident Gandhi verwickelte General Hood taktvoll in ein Gespräch, und wenig später tauchte Korzeniowksi hinter mir auf, tippte mir auf die Schulter und geleitete mich aus dem Saal.

Meine Gefühle waren, milde ausgedrückt, sehr gemischt. Ich war hin- und hergerissen zwischen kochender Wut, gesellschaftlicher Peinlichkeit, Treue zu Präsident Gandhi und seinem Traum vom Frieden, wie meinen eigenen Reaktionen auf Hood.

Es erschien mir nun als kein Wunder mehr, daß er in der Welt so schnell zu Ansehen gelangt war. Mochte er auch ein Tyrann und Mörder sein, so stellte er unleugbar eine Persönlichkeit von ungewöhnlicher Anziehungskraft dar, der die Kraft besaß, selbst jene, die ihn am meisten haßten, für sich einzunehmen. Ich hatte einen prahlerischen Barbaren erwartet und war stattdessen einem raffinierten Politiker begegnet, einem Amerikaner (wie ich später erfuhr), der in Oxford und Heidelberg studiert und eine hervorragende akademische Laufbahn vor sich gehabt hatte, ehe er seine Bücher beiseite legte und das Schwert ergriff. Ich zitterte und war den Tränen nahe, als Korzeniowski mich zu meinem Quartier brachte und sich bemühte, mich zu beruhigen. Doch es dauerte Stunden, ehe ich mein sinnloses Toben aufgab. Ich trank viel, zuviel, und wahrscheinlich hat mir schließlich die Mischung aus Alkohol und meiner eigenen gefühlmäßigen Erschöpfung den Rest gegeben. Gerade schimpfte ich noch über die Infamie des Schwarzen Attila, im nächsten Augenblick stürzte ich bäuchlings zu Boden.

Korzeniowski muß mich ins Bett gebracht haben. Am nächsten Morgen erwachte ich mit den schrecklichsten Kopfschmerzen meines Lebens, immer noch mieser Laune, allerdings nicht mehr in der Lage, dies verbal zum Ausdruck zu bringen. Ein Klopfen an der Tür hatte mich geweckt. Mein Bursche machte auf, und kurze Zeit später brachte er mir mein Frühstückstablett. Auf dem Tablett lag ein Brief mit dem Siegel des Präsidenten selbst. Ich schob das Tablett beiseite und inspizierte den Umschlag, ich wagte es kaum, ihn zu öffnen. Zweifellos enthielt er einen Tadel für mein Verhalten am Vorabend, doch ich bereute nichts.

Ich lag im Bett, den Umschlag immer noch in der Hand, und dachte mir die glänzendsten Antworten aus, die ich Hood gegeben hätte, hätte mein gesunder Menschenverstand mich nicht verlassen gehabt.

Ich war entschlossen, mich nicht von ihm einnehmen zu lassen, ihn nur an seinen Taten zu messen, nicht zu vergessen, wie er alle europäischen Städte zerstört und ihre Einwohner versklavt hatte. Ich bedauerte, daß ich keines dieser Argumente ins Feld geführt hatte, als wir uns begegnet waren. Ich habe niemals geglaubt, daß politische Probleme sich mit Gewalt lösen lassen, doch ich hatte den Eindruck, wenn ein Mensch es verdiente, ermordet zu werden, so war das Cicero Hood. Die Tatsache, daß er eine hervorragende Erziehung genossen hatte, machte ihn in meinen Augen nur zu einem schlimmeren Schurken, denn er hatte diese Erziehung pervertiert, um seinen rassistischem Rachefeldzug durchzuführen. Er mochte seine Völkermord-Politik kühn verleugnen, was er jedoch in den vergangenen Jahren getan hatte, sprach für sich selbst. In diesem Augenblick hätte ich ihn wie Caponi mit Hochgenuß mit bloßen Händen ermorden können.

Korzeniowskis Erscheinen zwang mich zur Ruhe. Er stand am Fußende meines Bettes, schaute mitleidvoll-spöttisch auf mich herab und erkundigte sich, wie es mir gehe.

»Nicht besonders«, erklärte ich ihm. Ich zeigte ihm den Brief. »Ich glaube, ich bin reif für den Rausschmiß. Es sollte mich nicht wundern, wenn ich Bantustan bald verlassen müßte.«

»Aber Sie haben den Brief ja noch nicht einmal geöffnet, alter Freund!«

Ich übergab ihn ihm. »Machen Sie ihn auf! Sagen Sie mir das Schlimmste!«

Korzeniowski trat an meinen Schreibtisch, nahm ein Papiermesser und schlitzte den Umschlag auf. Er entnahm den Inhalt – einen einzigen Bogen Papier – und las in klarem, kehligen Englisch vor:

> »Lieber Mr. Bastable! Sollten Sie heute Zeit haben, so wäre ich dankbar, wenn Sie mich in meinem Büro aufsuchen würden. Gegen fünf wäre mir recht, falls Ihnen das paßt. Herzlichst, Gandhi.«

Korzeniowski reichte mir den Brief. »Typisch für ihn«, sagte er voller Bewunderung. »Sollten Sie Zeit haben, Mr. Bastable. Er läßt Ihnen die Wahl. Man sollte nicht glauben, daß das einen Anschiß bedeutet, mein Alter, oder was meinen Sie?«

Ich las den Brief selbst und runzelte die Stirn. »Was in aller Welt bedeutet es dann?« fragte ich.

8

Ein kaltblütiger Entschluß

Es erübrigt sich zu sagen, daß ich, wie ich mich auch drehte und wand, schließlich punkt fünf Uhr geschrubbt und nüchtern im Präsidentenpalast ankam, wo ich sogleich ins Arbeitszimmer des Präsidenten vorgelassen wurde. Das Büro war so schlicht und funktional wie alle Räume, die er bewohnte. Er saß hinter seinem Schreibtisch und schaute für seine Begriffe äußerst ernst drein, so daß ich annahm, daß mir schließlich doch eine Standpauke bevorstand, wonach er mir meinen Rücktritt nahelegte. Also nahm ich schnell Haltung an und machte mich auf alles gefaßt, was der Präsident mir zu sagen hatte. Er stand auf, strich sich mit der Handfläche über den kahl werdenden Schädel, seine Brillengläser blitzten im Sonnenlicht, das durch die offenen Fenster schien. »Bitte nehmen Sie Platz, Hauptmann.« Es war selten, daß er militärische Titel benutzte. Ich tat, wie mir geheißen.

»Ich habe heute eine lange Unterredung mit General Hood geführt«, begann Gandhi. »Wir haben, wie Sie wissen, über Möglichkeiten zur Festigung guter Beziehungen zwischen Bantustan und dem Neuen Aschanti-Reich gesprochen. In den meisten Punkten sind wir zu freundschaftlicher Übereinstimmung gelangt, es bleibt ein Detail, das Sie betrifft. Sie wissen, daß ich für die freie Willensentscheidung bin und daß es nicht meinen Prinzipien entspricht, einen Menschen zu etwas zu zwingen, das er nicht möchte. Deshalb will ich Ihnen die Situation darlegen, damit Sie selbst eine Entscheidung treffen. General Hood hat gestern abend nicht gescherzt, als er Ihnen einen Posten anbot . . .«

»Nicht gescherzt? Das will ich hoffen, Sir. Ich möchte nicht als Massenmörder angestellt werden . . .«

Präsident Gandhi hob die Hand. »Natürlich nicht. Aber General Hood, so scheint es, hat eine gewisse Zuneigung zu Ihnen gefaßt. Ihm gefiel die Art und Weise, wie Sie ihm gestern abend geantwortet haben.«

»Ich dachte eher, daß es ein ziemlich kläglicher Auftritt war. Ich möchte mich dafür entschuldigen, Sir.«

»Nein, nein. Ich verstehe Ihre Haltung völlig. Sie haben große Selbstbeherrschung bewiesen. Vielleicht hatte Hood gerade das auch vor – Sie auf die Probe zu stellen. Er ist aufrichtig dankbar für die Rolle, die Sie offensichtlich spielten, als sie Miss Persson in England das Leben retteten – und, ich könnte mich auch täuschen, aber ich habe den Eindruck, daß er sich in Ihren Augen rechtfertigen möchte. Vielleicht sieht er Sie als – wie er das nennt – Vertreter des besseren Teils der Weißen. Vielleicht ist er des Tötens müde und möchte tatsächlich eine sicherere und bessere Welt aufbauen – wenn seine aktuellen militärischen Pläne dem auch zu widersprechen scheinen. Was immer der Grund auch sein mag, Bastable, er hat darauf bestanden, daß Sie der diplomatischen Mission angehören, die in seine Hauptstadt Neu Kumasi entsandt wird – genau genommen hat er es zur Bedingung gemacht. Sie werden das einzige . . . ah . . . weiße Mitglied der Mission sein. Wenn Sie nicht gehen, lehnt er eine Fortsetzung unserer Verhandlungen ab.«

»Nun, Sir, wenn das nicht Verhaltensweisen eines Irren, eines Despoten sind, dann weiß ich auch nicht!« entgegnete ich.

»Gewiß beruhen sie nicht auf einer mir erkennbaren Logik. General Hood ist es gewohnt, seinen Willen durchzusetzen – insbesondere, wenn es um das Schicksal weißer Menschen geht. Das bestreite ich nicht. Andererseits wissen Sie aber auch, wie wichtig diese Gespräche für mich sind. Ich hoffe, daß ich auf den General einwirken kann, daß er seine Politik gegenüber den Eroberten in Zukunft zumindest mäßigt. Alle meine Hoffnungen stehen auf dem Spiel, sofern Sie nicht zu dem Schluß kommen, seine Bedingungen annehmen zu können. Sie müssen Ihr eigenes Gewissen befragen, Mr. Bastable. Ich möchte Sie nicht beeinflussen, ich habe bereits gegen meine Prinzipien verstoßen, denn ich bemerke gerade, daß ich moralischen Druck auf Sie ausübe. Vergessen Sie, was ich will, und tun Sie nur, was Sie für richtig halten.«

In diesem Augenblick gelangte ich zu der vielleicht kaltblütigsten Entscheidung meines Lebens. Wenn ich annahm, befand ich mich in einer ausgezeichneten Position, nahe an Hood heranzukommen und, falls nötig, seinen Vorhaben ein für allemal ein Ende zu bereiten. Ich hatte einen Mord erwogen – nun sollte ich die Gelegenheit bekommen, ihn auszuführen. Ich beschloß, ich *würde* nach Neu Kumasi fahren. Ich *würde* die Taten des Schwarzen Attila beobachten. Ich würde zu Hoods Geschworenem und Richter. Und kam ich zu dem Schluß, daß er schuldig war, so würde ich es auf mich nehmen, auch sein Henker zu werden!

Natürlich sagte ich darüber kein Wort zu Präsident Gandhi. Stattdessen runzelte ich die Stirn und tat, als dächte ich über das nach, was er zu mir gesagt hatte.

Ich glaube, ich hatte damals ein wenig den Verstand verloren. Heute kommt mir das so vor. Der Streß, mich in einem anderen Geschichtsstrang wiederzufinden, mein Schicksal keineswegs in der Gewalt zu haben, hatten mich vermutlich dazu gebracht, den Verlauf der Weltgeschichte verändern zu wollen.

Doch ich habe gar nicht vor, mich zu rechtfertigen. Tatsache bleibt, daß ich beschlossen hatte, falls notwendig, zum Mörder zu werden! Ich überlasse Ihnen, lieber Leser, das Urteil darüber, welche Art von Moral einen solchen Entschluß rechtfertigt.

Schließlich sah ich zu Präsident Gandhi empor und sagte: »Wann müßte ich abreisen, Sir?«

Gandhi wirkte erleichtert. »In etwa zwei Wochen. Ich muß die übrigen Mitglieder der Mission noch auswählen.«

»Haben Sie eine Vorstellung, Sir, welche Rolle Miss Persson hierbei gespielt hat?«

»Nein«, gab er zu. »Keine genaue Vorstellung. Aber nach allem, was ich weiß, könnte es eine recht bedeutende sein. Sie scheint beachtlichen Einfluß auf ihn auszuüben. Sie ist eine äußerst rätselhafte Frau.«

In diesem Punkt konnte ich ihm nur zustimmen.

Mit großem Bedauern nahm ich Abschied von Kapitän Korzeniowski und den übrigen Freunden, die ich in Kapstadt gefunden hatte. Alle hatten den Eindruck, daß ich zu dieser Entscheidung gezwungen gewesen war, und ich hätte mir gewünscht, ihnen meinen geheimen Entschluß anvertrauen zu können, aber das war natürlich unmöglich. Jemandem ein Geheimnis anzuvertrauen heißt, ihm eine Last aufzubürden, und ich hatte nicht die Absicht, den gerinsten Teil einer solchen Last jemand anderem auf die Schultern zu laden.

Präsident Gandhi schickte einige seiner besten Leute nach Neu Kumasi – zehn Männer, drei Frauen und mich. Die anderen waren entweder asiatischer oder afrikanischer Abstammung oder Mischlinge. Als einziger Weißer fühlte ich mich keineswegs unbehaglich in ihrer Gesellschaft, denn ich hatte mich schon lange an den unbeschwerten Umgang der Rassen in Bantustan gewöhnt. In seiner Wahl hatte sich Präsident Gandhi als ebenso schlauer wie prinzipienfester Politiker erwiesen, denn zu der Mission gehörten zwei Militärexperten, deren Aufgabe darin bestand, General Hoods Waffenkapazitäten in Augenschein zu nehmen und soviel wie möglich über seine langfristigen Ziele herauszufinden. Alle – bis auf mich – waren mit Leib und Seele von Gandhis Idealen überzeugt.

Dann kam der Tag, an dem wir zu der wartenden Luftfregatte gebracht wurden. Sie hatte eine strahlend weiße Hülle und hing wie eine vollkommen symmetrische Wolke am tiefblauen Himmel, die schlichte, hellgrüne Flagge von Bantustan flatterte an ihrer Takelage.

Wir waren kaum an Bord gegangen, als das Schiff seine Ankertaue löste und nach Nordwesten auf die schimmernden Gewässer der St.-Helena-Bay zuschwebte.

Ich blickte zurück zu den schlanken Giebeln von Kapstadt und fragte mich, ob ich diese Stadt oder meine Freunde jemals wiedersehen würde. Dann schob ich solche Gedanken beiseite und unterhielt mich höflich mit meinen Kollegen, die alle Spekulationen darüber anstellten, was sie in Neu Kumasi erwarten würde und wie wir wohl würden behandelt werden, falls es zu Spannungen in der Beziehung zwischen Neu Aschanti und Bantustan käme. Keiner von uns war den Umgang mit Despoten gewohnt, die Herr über Leben und Tod ihrer Untertanen waren.

Im Laufe der folgenden vierundzwanzig Stunden überflogen wir den größten Teil Westafrikas und schwebten schließlich am Himmel über Cicero Hoods Hauptstadt.

Sie unterschied sich stark von Kapstadt. Die neu erbauten Gebäude wiesen eindeutig afrikanischen Stil auf und waren, wie ich zugeben mußte, kein unerfreulicher Anblick. Die vorherrschenden zylindrischen Hausformen mit kegelartigen Dächern erinnerten ein wenig an die Hütten eines typischen Kraals aus der alten Zeit – doch diese »Hütten« waren viele Stockwerke hoch und bestanden aus Stahl, Glas, Beton und modernen Metallegierungen. Die Stadt war auch in jener Hinsicht ungewöhnlich, als sie von einer Art mittelalterlicher Stadtmauer umgeben war, welche bewies, daß Neu Kumasi als Festung entworfen worden war – große Geschütze und Unterstände waren auf den Mauern zu erkennen. Überall flatterte die grandiose, wilde Löwenflagge des Aschanti-Reiches, und Militärluftschiffe kreisten über den Außenposten wie Raubvögel um ihre Beute. Hier gab es keine Einschienenbahnen oder Laufbänder oder die anderen öffentlichen Verkehrsmittel wie in den Städten von Bantustan, doch es war eine gut funktionierende Großstadt, die, soweit das Auge reichte, von Armeeeinheiten kontrolliert wurde. Tatsächlich trugen die Hälfte aller Männer und Frauen, wie ich nach unserer Landung sah, Uniformen. Es gab nirgendwo Anzeichen für Armut, allerdings auch nicht für den üppigen Wohlstand wie in Kapstadt. Die Mehrzahl der Bevölkerung bestand aus Schwarzen, und die wenigen Weißen, die ich sah, schienen ziemlich niedrige Arbeiten zu verrichten (ein paar Träger am Aerodrom waren Europäer), wurden jedoch nicht sichtlich schlecht behandelt. Man sah in den Straßen nur sehr wenige Privatfahrzeuge, doch eine ganze Menge städtischer Trolleybusse, die nach den Maßstäben dieser Welt ein wenig altmodisch waren und unter elektrischen Hochleitungen fuhren. Daneben sah man viele Militärfahrzeuge: riesige Panzerfahrzeuge patrouillierten in den Hauptstraßen und hatten offensichtlich gegenüber allen anderen Vorfahrt. Sie waren hauptsächlich von kugelförmiger Bauart und auf einen Rahmen mit Rädern montiert, konnten sich jedoch vom Rahmen lösen und aus eigener Kraft rollen, wobei ihre Geschwindigkeit und Richtung durch Teleskopbeine kontrolliert wurden, die an den meisten Stellen der Außenwand ausgefahren werden konnten. Ich hatte von solchen Maschinen gehört, sie jedoch noch niemals aus der Nähe gesehen. Wurden sie auf eine Stadt oder ein feindliches Lager angesetzt, so konnten sie diese dem Erdboden gleichmachen, ohne einen Schuß aus ihren dampfbetriebenen Gatling-Maschinengewehren oder elektrischen Kanonen abzugeben. Ich konnte mir vorstellen, welches Entsetzen einen überwältigte, wenn man ein solch gewaltiges Ungeheuer auf sich zurollen sah!

Die Ehrengarde allerdings, die uns empfing und zu General Hoods Hauptquartier eskortierte, ritt auf großen, weißen Stuten, und die Karossen, welche wir bestiegen, waren mir weit vertrauter als meinen übrigen Kollegen – sie wurden von Pferden gezogen ähnlich wie die Landauer meiner Zeit. Die wippenden Federn der Löwengarde-Reiter flankierten uns, die Disziplin, mit welcher sie zu Rosse saßen, erinnerte mich anschaulich an jene Welt, in die zurückzukehren ich mich so sehr sehnte, die nie wiederzusehen ich mich jedoch inzwischen abgefunden hatte.

Der Reichspalast des Neuen Aschanti-Reiches erinnerte mich in seiner Pracht an das, was ich von der berühmten Benin-Kultur gesehen hatte. Wie viele der übrigen Gebäude war er rund gebaut und sein Kegeldach reichte wie ein Regenschirm über die Mauern hinaus und wurde von behauenen Säulen getragen, welche eine Art mit Gold, Bronze, Silber und Elfenbein ausgelegte Arkaden bildeten, die den vielen Soldaten ringsum Schatten spendeten. Jedes moderne Material, jeder architektonische Kunstgriff war beim Bau des Palastes angewandt worden, und doch war er so eindeutig afrikanisch, daß keinerlei Anzeichen europäischen Einflusses zu erkennen waren. Ich sollte später erfahren, daß es zu Cicero Hoods entschlossener Politik gehörte, die – wie er dies nannte – »Praktischen Künste« in seinem Reich zu fördern und darauf zu bestehen, daß sie eindeutig afrikanische Ausdrucksformen wahrten. Als einer, der viele fremde Städte Asiens unter dem Einfluß europäischen Architekturstils zerstört gesehen hatte und die Hinfälligkeit ethnischer und traditioneller Baukonzepte bedauerte wie so manches andere, begrüßte ich zumindest diesen Aspekt von Hoods Herrschaft.

Nachdem ich einige Erfahrungen mit kleineren Tyrannen in Indien gesammelt hatte, erwartete ich, daß der Schwarze Attila sich ebenso wie sie verhielt und uns stundenlang in seinem Vorzimmer warten ließ, ehe uns Audienz gewährt wurde, doch man führte uns rasch durch die prachtvoll geschmückten Gänge des Palastes in einen weiten, luftigen Saal, in den aus hohen Fenstern das Licht von oben hereinfiel; die Wände waren mit Friesen und Bastreliefs in traditionellem afrikanischen Stil versehen, die jedoch Ereignisse der jüngsten Vergangenheit in Form heroischer Kämpfe und Siege des Neuen Aschanti-Reiches darstellten. Hood war in mehreren Szenen einschließlich der Eroberung Skandinaviens zu erkennen, es fanden sich Darstellungen von Landstreitkräften, Luftschlachten, Unterwasserscharmützeln und ähnlichem, die den Wänden einen eigenwilligen Ausdruck verliehen – eine Mischung althergebrachter, fast primitiver Emotionen mit Beispielen modernster, menschlicher Technik.

Am gegenüberliegenden Ende des Saales, vis-à-vis der großen Doppeltür, durch welche wir eintraten, stand ein mit Zebrafellen bezogenes Podium, darauf befand sich (das ganze erinnerte mich für einen Augenblick an den König von East Grinstead) ein Thron aus geschnitztem Ebenholz, dessen scharlachrot gepolsterte Rückenlehne das Löwenmotiv trug, dem man überall in Neu Kumasi begegnete.

Cicero Hood, mit einem leichten, weißen Tropenanzug bekleidet, stand neben seinem Thron und blickte durch eines der hohen Fenster. Als man uns ankündigte, drehte er sich um, entließ die Wachen mit einer flüchtigen Handbewegung, während er die andere Hand noch in der Hosentasche hatte und trat mit raschen Schritten zu einem Tisch, wo man eine Vielzahl alkoholischer und alkoholfreier Getränke bereitgestellt hatte (Hood war zweifellos informiert worden, daß einige unserer Gruppe keinen Alkohol tranken). Er bediente persönlich jeden einzelnen von uns und ging dann durch die Halle, um Sessel so zu arrangieren, daß wir nahe beieinander sitzen konnten. Kein europäischer Monarch wäre seinen Gästen mit größerer Höflichkeit begegnet, Gästen, denen er seine Achtung erweisen wollte (und die er auch zu beeindrucken beabsichtigte, denn er hatte dafür gesorgt, daß wir alle die äußeren Anzeichen seiner Macht zu sehen bekamen).

Er hatte sich die Mühe gemacht, die Namen eines jeden unserer Gruppe zu kennen und etwas über seine besonderen Interessen und Aufgaben in Bantustan in Erfahrung zu bringen, und plauderte ganz natürlich mit allen, bewies große Kenntnisse auf vielen Gebieten und gab bereitwillig zu, wenn er etwas nicht wußte. In meiner eigenen Welt hatte es Könige und Kaiser gegeben, die von der Kunst des *Noblesse oblige* des Schwarzen Attila eine Menge hätten lernen können.

Er sprach mich persönlich nicht an, bis er eine Weile mit den anderen geschwatzt hatte, dann grinste er mich an, schüttelte mir herzlich die Hand, und ich hatte den unmißverständlichen Eindruck, daß der Tyrann mich *mochte* – ein Gefühl, das ich mit meiner Kenntnis um seinen vielbeschriebenen Haß auf die weiße Rasse nicht erwidern und mit meinem Bild von ihm in Einklang bringen konnte. Meine Reaktion war höflich, selbstbeherrscht, aber kühl.

»Ich freue mich so sehr, daß Sie sich entschließen konnten, zu kommen«, sagte er.

»Ich hatte nicht den Eindruck, daß ich eine große Wahl hatte«, erwiderte ich. »Präsident Gandhi schien den Eindruck zu haben, Sie hätten darauf bestanden, daß ich der Mission angehöre.«

»Gewiß, ich verlieh der Hoffnung Ausdruck, daß Sie dabei

sein mögen. Schließlich muß ich mich als unparteiisch erweisen.« Er sagte dies mit einem Lächeln, das dazu angetan war, mich zu entwaffnen. »Der Alibi-Weiße, wissen Sie.«

Ob absichtlich oder nicht, seine Bemerkung zu meiner Hautfarbe hatte mich befangen gemacht. Sogar ein Scherz war in der Lage, den Unterschied, dessen wir uns beide bewußt waren, zu unterstreichen, und es hätte keine Rolle gespielt, wäre der Mann, der ihn gemacht hatte, mein bester Freund gewesen: ich hätte das gleiche empfunden, insbesondere, wo sich keine anderen Weißen im Raum befanden.

Als Cicero Hood mein Unbehagen bemerkte, klopfte er mir auf die Schulter. »Entschuldigen Sie, Mr. Bastable. Eine geschmacklose Bemerkung. Als Sohn eines Sklaven fällt es einem allerdings nicht leicht, der Versuchung zu widerstehen, da werden Sie mir sicher recht geben.«

»Ich hätte gedacht, Sir, daß Ihr Erfolg genügte, Sie ein solches Stigma vergessen zu lassen . . .«

»Stigma, Mr. Bastable?« Seine Stimme klang plötzlich härter. »Ich kann Ihnen versichern, daß ich meine Herkunft nicht als Stigma empfinde. Ein Stigma ist es für jene, die mein Volk ursprünglich versklavt haben.«

Es war ein treffendes Argument. »Vielleicht haben Sie recht, Sir«, murmelte ich. Ich war kein ebenbürtiger Partner für seine geistige Beweglichkeit.

Hood wurde sogleich wieder leutselig. »Aber Sie haben recht. In den letzten ein, zwei Jahren bin ich dank des Glücks, das ich gehabt habe, etwas sanftmütiger geworden. Nun habe ich nur noch ein Ziel, wenn das erreicht ist, bin ich zufrieden. Doch dabei handelt es sich um das schwierigste Ziel, das ich mir gesteckt habe, und ich habe so eine Ahnung, daß mir eine gewisse Großmacht, die sich bis jetzt neutral verhielt, massiven Widerstand entgegensetzen wird.«

»Sie meinen die Australisch-Japanische Föderation, Sir?« Feldmarschall Akari, der Mann, den wir zum Sprecher unserer Delegation gewählt hatten, stellte diese Frage. Als distinguiertem Offizier und einem der ältesten Freunde und Unterstützer des Präsidenten hatte Bantustan ihm viel zu verdanken, der häufig in den letzten Jahren als Stellvertreter des Präsidenten gewirkt hatte. »Sie würden vermutlich doch nicht alles aufs Spiel setzen, was sie in den vergangenen Jahren aufgebaut hat? Sie kann sich doch durch Aschanti nicht bedroht fühlen!«

»Das fürchte ich allerdings doch, Feldmarschall«, erklärte Hood im Ton höchsten Bedauerns. »Es sieht so aus, als erachteten die beiden Staaten den Pazifik als ihr Territorium, und sie haben einiges über meine Pläne erfahren – aus denen ich kein Geheimnis gemacht habe – und glauben, wenn meine Schiffe erst einmal »ihren« Ozean befahren, wäre es nur eine Frage der Zeit, daß ich meinen begierigen Blick auf ihre Inseln werfe.«

Mrs. Nzinga, bis vor kurzem Ministerin für Kommunikationswesen in Gandhis Regierung, sagte ruhig: »Dann haben Sie also vor, die Vereinigten Staaten anzugreifen? Wollen Sie das damit andeuten, Sir?«

Hood zuckte die Achseln. »Angreifen ist nicht der Begriff, den ich würde verwenden wollen, Mrs. Nzinga. Meine Absicht ist es, die schwarzen Völker der Vereinigten Staaten zu befreien und ihnen zu helfen, dort eine neue und dauerhafte Kultur aufzubauen. Ich weiß, daß viele mich für einen wahnsinnigen Tyrannen halten – der den irren Kurs des Völkermordes eingeschlagen hat – einen Zermürbungskrieg gegen die Weißen –, aber ich glaube, mein ›Wahnsinn‹ hat Methode. Zu lange haben die sogenannten ›farbigen‹ Völker der Welt sich das Gefühl aufzwingen lassen, minderwertig gegenüber den Weißen zu sein. In vielen Teilen Afrikas herrschte eine fürchterliche, gemütszerstörerische Apathie, ehe ich den von mir Angeführten bewies, daß Weiße weder herausragende Talente, noch außergewöhnliche Intelligenz, noch besondere Rechte hätten, um zu herrschen. Meine Reden gegen die Weißen waren wohl erwogen, ebenso wie mein Nationalismus. Ich wußte, daß nach dem Krieg nur wenig Zeit zur Verfügung stand, um die Siege zu erlangen, die ich brauchte. Ich mußte harte Mittel anwenden, um meine Ressourcen, mein

Reich und das Vertrauen jener zu erwerben, die ich führte. Ich glaube nun einmal, dies mag stimmen oder nicht, es ist jetzt an der Zeit, daß der schwarze Mensch diese Welt anführt. Ich glaube, wenn es ihm gelingt, sich von der Krankheit europäischer Logik zu befreien, wird er in der Lage sein, ein dauerhaftes Utopia zu errichten. Ich bewundere Präsident Gandhi, Mrs. Nzinga, obwohl Sie das vielleicht merkwürdig finden werden bei einem Tyrannen mit ›blutbesudelten Händen‹. Ich habe Bantustan nicht bedroht, da ich seine militärische Stärke fürchte. Ich möchte, daß Bantustan weiterhin existiert, da es für die restliche Welt das Beispiel eines idealen Staates darstellt. Doch Bantustans *Reichtum* – nicht irgendeine besondere Tugend! – hat es zu dem gemacht, was es ist. Die übrige Welt ist nicht so reich; und sollte Gandhi versuchen, seinen Staat, sagen wir, in Indien zu errichten, so würde er feststellen, daß er keine lange Lebensdauer hätte! Zuerst muß die Welt vereinigt werden – und die Weise, sie zu vereinigen, ist der Aufbau großer Reiche – und große Reiche schafft man nun einmal, es tut mir leid, Madam, mit Kriegen und Blutvergießen, mit entschlossener Eroberung.«

»Aber Gewalt wird nur Gewalt hervorbringen«, erklärte Professor Hira, dessen Universitätsprogramm in Bantustan ein so großer Erfolg gewesen war. Ein kleiner, untersetzter Mann, sein glänzendes Gesicht glühte vor Aufregung. »Die von Ihnen Eroberten werden früher oder später versuchen, sich gegen Sie zu erheben. Das ist nun einmal die Natur der Dinge.«

»Erhebungen wie die von Ihnen beschriebenen«, entgegnete General Hood, »können nur erfolgreich verlaufen, wenn die Regierung schwach ist. Tyrannenherrschaften können Jahrhunderte fortdauern, sofern die Verwaltung alles sicher unter ihrer Kontrolle hat. Wenn sie die stoischen Tugenden entwickelt. Wenn sie, nach ihren Begriffen, *gerecht* bleibt. Mein Imperium ist mit dem Roms verglichen worden. Das Römische Reich wurde nicht gestürzt – es zerfiel, als es seinen Sinn verloren hatte. Doch es hat uns eine Hinterlassenschaft an philosophischen Gedanken geschenkt, die uns noch heute beeinflussen.«

»Aber Sie sagten doch, westliches Denken habe uns an den Rand der Weltzerstörung gebracht«, warf ich ein.

»Nur in gewisser Hinsicht. Aber das ist nicht der springende Punkt. Ich beschrieb ein Beispiel. Ich bin überzeugt, daß afrikanisches Denken eine vernünftigere, dauerhaftere Zivilisation hervorbringen wird als das westliche.«

»Dafür haben Sie aber keinerlei Beweise«, sagte ich.

»Nein. Aber eine Theorie muß erst geprüft werden, wenn man sie bestätigen oder widerlegen will. Ich habe vor, die Theorie zu prüfen und dafür zu sorgen, daß die Prüfung hart ist. Das Experiment wird lange über meinen Tod hinaus fortgeführt werden.«

Darauf konnte ich nicht viel entgegnen, ohne mich in Abstraktionen zu verstricken. Also gab ich auf.

»Sie können meine Ambitionen in Amerika als reinen Racheakt betrachten«, fuhr Cicero Hood fort, »aber ich möchte in meinem Heimatland etwas so Starkes wie hier aufbauen. Die Weißen der Vereinigten Staaten sind dekadent – vielleicht sind sie es immer gewesen. Doch unter den Schwarzen läßt sich ein neuer Schwung entfachen. Ich habe vor, die Macht in ihre Hände zu legen. Ich beabsichtige, Amerika zu befreien. Haben Sie nicht gehört, was zur Zeit dort vor sich geht? Nachdem die Weißen keinen richtigen Feind mehr haben, an dem sie sich austoben können, wenden sie sich wie immer gegen die Minderheiten. Sie rotteten die Indianer aus – nun planen sie die Vernichtung der Schwarzen. Es ist der Geist von Salem – der korrumpierende Einfluß des Puritanismus, der seinerseits eine Verkehrung des stoischen Ideals darstellt –, der die Überreste einer Nation infiziert, die der Welt ein Beispiel hätte geben können, wie Bantustan dies heute tut. Diese Denkart muß ein für allemal ausgelöscht werden. Die Weißen werden nicht versklavt werden, wenn die Eroberung erfolgt ist, so wie man uns versklavt hat. Man wird ihnen im Neuen Aschanti-Reich einen neuen Platz zuweisen; man wird ihnen die Chance bieten, sich ihren Weg zu voller Gleichberechtigung zu *verdienen.* Ich werde ihnen ihre Macht nehmen – aber nicht ihre Würde. Diese beiden Elemente wurden viel zu lange verwechselt. Doch das begreift nur ein Schwarzer – denn er hat die jahrhundertelange *Erfahrung* der Ausbeutung durch die Weißen!«

Es war eine noble Rede (auch wenn ich gegenüber ihrer Logik skeptisch war), doch ich konnte letzten Endes nicht widerstehen, eine Bemerkung zu machen, die General Hood aufschlußreich fand.

»Möglicherweise, General Hood«, sagte ich, »können Sie uns von Ihren hohen Zielen und Ihren edlen Motiven überzeugen, aber Sie haben uns selbst gesagt, daß die Australisch-Japanische Föderation nicht davon überzeugt ist. Es bestehen gute Chancen, daß sie in der Lage ist, Ihre Pläne zu vereiteln. Was dann? Dann haben Sie alles aufs Spiel gesetzt und nichts gewonnen. Warum konzentrieren Sie sich nicht darauf, Afrika zu einer einzigen, großen Nation zu machen? Vergessen Sie Ihren Haß gegen die Vereinigten Staaten. Sollen sie doch ihre eigenen Lösungen finden. Die AJF ist vermutlich so mächtig wie das Aschanti-Reich . . .«

»O, jetzt wahrscheinlich sogar mächtiger!« Die klare, liebliche Stimme Una Perssons fiel mir ins Wort. Sie war durch eine Tür hinter Hoods Thron eingetreten. »Ich habe gerade die Bestätigung dessen erhalten, General Hood, was ich befürchtet habe. O'Bean befindet sich in Tokio. Wie es den Anschein hat, hält er sich dort seit Kriegsausbruch auf. Man hat ihn überzeugt, daß Aschanti eine weitere Gefahr für die Welt darstellt. Seit fast zwei Jahren arbeitet er an Plänen für eine neue Flotte. Auf den Werften von Sydney und Melbourne wurden schon zirka zwanzig Schiffe gebaut und liegen bereit zum Auslaufen. Wenn wir nicht sofort mobilisieren, können wir mit einer Niederlage rechnen.«

General Hood reagierte völlig unerwartet. Erst sah er mich an, dann Una Persson, dann warf er den Kopf zurück und lachte lange und herzlich.

»Dann mobilisieren wir eben«, sagte er. »Oh, unbedingt – jetzt wird mobilisiert. Ich gehe nach Hause, Miss Persson. Ich gehe nach Hause!«

ZWEITES BUCH

Die Schlacht um Washington

1

Die beiden Flotten stoßen aufeinander

Im Rückblick kann ich mich wohl glücklich schätzen, daß ich durch eine Reihe merkwürdiger Umstände nicht nur zum Augenzeugen von Hoods Beschluß wurde, alles Erreichte durch eine Invasion Amerikas aufs Spiel zu setzen, sondern auch diese Invasion selbst (und ihre Nachwirkungen) miterlebte. Nicht viele junge Offiziere erhalten solch eine Gelegenheit.

Mein Entschluß, das Gesetz selbst in die Hand zu nehmen, falls ich Hood für »schuldig« befand, stand fest, doch ich begann zu begreifen, daß der Schwarze Attila eine weit subtilere Persönlichkeit war, als ich anfänglich angenommen hatte. Außerdem sollte ich bald erkennen, daß seine Brutalität, sein Ruf, ganze Städte hinzumorden oder zu versklaven, eine Art Märchen war, dem er bewußt Nahrung gab. Es war für ihn von Nutzen, wenn seine Feinde das Märchen für wahr hielten, denn allzu oft führte das zu Eroberungen ohne jedes Blutvergießen. Die Verteidiger wollten dann lieber verhandeln als kämpfen und verlangten häufig Bedingungen, die weit unter dem lagen, was Hood bereit war zuzugestehen! Wenn er dann bessere Konditionen vorschlug als sie erwartet hatten, erwarb er sich damit den Ruf von Freigebigkeit, der völlig unverdient war, die Betroffenen aber dazu anspornte, bereitwillig für ihn zu arbeiten – und wenn es nur aus einem Gefühl der Erleichterung heraus war.

In der folgenden Woche bekam ich weder Hood noch Una Persson viel zu Gesicht. Sie waren viel zu sehr mit ihren Mobilisierungsplänen beschäftigt. Wir von der diplomatischen Mission konnten nur jede erreichbare Information sammeln und nach Bantustan übermitteln. In den ersten Tagen gestattete man uns, alle Arten von Nachrichten unzensiert an unser Land weiterzugeben, bald fürchtete jedoch General Hood, daß gewisse Informationen nach Tokio durchsickern könnten, und führte eine gewisse Zensur ein. Wahrscheinlich hatte er gehört, daß die AJF-Flotte sich auf dem Weg zum Atlantik befand. Der größte Teil der Aschanti-Flotte war in Europa stationiert, wo sie am meisten zu tun hatte, und einige Schiffe mußten zurückgerufen werden, während andere den Befehl erhielten, sich in Hamburg, Kopenhagen, Göteborg und anderen nordeuropäischen Häfen zu sammeln und für die Überfahrt nach Amerika bereit zu machen.

Ich fand heraus, daß Hood sich nicht nur auf seine mächtigen Land-, Luft- und Seestreitkräfte stützte, sondern noch irgendeinen weiteren Trumpf auszuspielen hatte. Aus einer Bemerkung Una Perssons schloß ich, daß ihre Englandreise eine Rolle bei Hoods Entwicklung einer »Geheimwaffe« gespielt hatte, aber davon sollte ich erst später erfahren.

Die nächste Überraschung kam für mich ein, zwei Tage, ehe Hood startbereit war. Una Persson suchte mich in der Gesandtschaft auf, wo ich gerade mit unwichtigen Schreibarbeiten beschäftigt war. Sie entschuldigte sich für die Störung und sagte, daß ich General Hood im Speisezimmer aufsuchen sollte.

Ich ging nur widerwillig. Persönlich war ich überzeugt, daß die mächtige Australisch-Japanische Föderation seinen Eroberungsplänen ein endgültiges Ende bereiten würde und ich nicht länger eine Rolle in dieser Weltgeschichte zu spielen hatte. Ich sehnte mich danach, nach Bantustan zurückzukehren, wenn das Aschanti-Reich zusammenbrach, was für mich völlig feststand.

Hood war bereits mit dem Essen fertig, als ich im Palast ankam. Er saß am Kopfende eines langen Tisches im Kreis seiner Minister und Generäle. Zwischen den Überresten einer einfachen Mahlzeit lagen Karten ausgebreitet, über die sich schwarze Gesichter beugten, die leise und mit dringlichem Tonfall sprachen. Bei meiner Ankunft blickten alle auf, einige runzelten die Stirn und ein paar machten beleidigende Äußerungen, daß ihnen beim Anblick eines weißen Mannes der Appetit vergehe. Ich hatte mich an solche Dinge von Hoods Offizieren bereits gewöhnt (obwohl man fairerweise sagen muß, daß sich nicht alle so schlecht benahmen) und konnte die Kommentare überhören. »Sie haben nach mir geschickt, General?«

Hood wirkte überrascht, mich zu sehen. Einen Augenblick lang blickte er unentschlossen drein, dann schnippte er mit den Fingern, als erinnere er sich, warum er mich hatte holen lassen. »Ach ja, Mr. Bastable. Ich wollte Ihnen nur sagen, daß Sie bis morgen früh Ihre Koffer packen und sich beim Kapitän der *Dingiswayo* melden sollen. Er erwartet Sie. Ich habe mich mit Präsident Gandhi in Verbindung gesetzt, er stimmt meinem Plan zu. Sie sind zu meinem Stab abgestellt. Sie begleiten uns nach Amerika, Mr. Bastable. Meinen Glückwunsch!«

Darauf gab es nichts zu sagen. Ich versuchte, mir eine Ausrede einfallen zu lassen, fand keine und salutierte. »Sehr schön, Sir.« Ob Hood einen triftigen Grund hatte oder ob dies ein weiteres Beispiel für sein überspanntes und wunderliches Verhalten war, wußte ich nicht. Es sah so aus, als sei ich durch meine ursprüngliche Entscheidung nun gezwungen, den Weg bis zu Ende zu gehen.

Und so kam es, daß ich als einziger weißer Offizier die Schwarze Horde begleitete, als sie im Atlantik in Richtung New York mit der unverhüllten Absicht, die weiße Rasse endgültig zu vernichten, in See stach!

Seit meiner ersten, unglücklichen Expedition nach Teku Benga war mein Leben voller Ironien des Schicksals gewesen, doch ich glaube, daß das die wahnwitzigste von allen war.

Hood hatte buchstäblich alles, was er besaß, in die Invasionsflotte gesteckt. Schiffe, Unterwasserfahrzeuge und Luftschiffe aller Bauarten kamen schließlich vor der Küste von Island zusammen – eine Flotte, die den Himmel verdunkelte und das Wasser bedeckte so weit das Auge reichte. An Bord der Schiffe waren Hoods Panzerfahrzeuge geladen und zwischen allen erhob sich ein riesenhaftes, speziell angefertigtes Ungetüm, dessen Funktion mir völlig rätselhaft war; es konnte sich nicht von selbst fortbewegen, sondern mußte von dreißig anderen Schlachtschiffen geschleppt werden. Ich nahm an, daß es sich hierbei um Hoods Geheimwaffe handeln mußte, doch weder ich noch einer der anderen Offiziere an Bord der *Dingiswayo* hatten die geringste Ahnung, um was es sich dabei handelte.

Und ständig erreichten uns Meldungen, wonach die australisch-japanische Flotte auf uns zuhielt.

Hoods Hoffnung bestand darin, daß wir der AJF-Flotte ausmanövrieren und als erste die nordamerikanische Küste erreichen konnten, doch O'Beans Schiffe waren weit schneller als die unsrigen (von ihrer Feuerkapazität hatten wir keinerlei Vorstellung), und ich wußte, daß wir keine Chance hatten. Es gab strategische Überlegungen, nach denen wir unsere Flotte hätten aufteilen sollen, doch Hood war dagegen, weil er glaubte, daß unsere Chance größer war, wenn wir unsere Kräfte konzentrierten. Außerdem war er offensichtlich bereit, fast alles für die riesige Hülle, die wir schleppten (oder vielmehr ihren Inhalt) aufs Spiel zu setzen, und ich hatte den Eindruck, daß er alles opfern würde, wenn nur das verhüllte Ungetüm in New York ankäme.

Es gab kaum ein Schiff in der Flotte, gegen das die Panzerschiffe meiner Zeit nicht wie Zwerge gewirkt hätten. Sie waren mit langläufigen Schiffskanonen ausgerüstet, die einen Geschoßhagel in der gleichen Zeit ausstoßen konnten, in der ein Schiff meiner Zeit einen einzigen Schuß abgab, erreichten eine Geschwindigkeit von 90 Knoten und manövrierten so leicht und schnell wie der leichteste Kreuzer, so daß zwei ausgereicht hätten, um unserer guten, alten britischen Marine die Hölle heiß zu

machen. Hood besaß in seiner Flotte davon allein hundert Einheiten, fünfzig Unterwasser-Schlachtschiffe und fast siebzig riesige Luftkriegsschiffe (die ihrerseits wieder mit leichten Gefechtsluftbooten ausgerüstet waren, die das Mutterschiff verlassen, dem Feind einen schnellen Schlag versetzen und sich über den Wolken wieder in Sicherheit bringen konnten). Abgesehen von dieser massiven Hauptstreitkraft begleiteten uns ein Dutzend kleinerer Schiffe, viele Frachter, die Panzerfahrzeuge und Infanterie, Kanonen- und Torpedoboote beförderten – eigentlich alle übriggebliebenen Kriegsschiffe der verschiedensten Völker, die am Kriege teilgenommen hatten.

Hätte ich an die Sache des Aschanti-Reiches geglaubt, so hätte ich gewiß Stolz empfunden beim Anblick dieser prachtvollen Flotte, die am frühen Morgen des 23. Dezember 1907 von Reykjavik ablegte – ein schwarz-roter Teppich auf dem grauen Feld winterlicher See. Nebelfetzen zogen von Zeit zu Zeit über die Szene, und als ich auf dem Achterdeck der *Dingiswayo* stand und dem Klang der mächtigen Schiffshörner in der Ferne lauschte, überwältigte mich ein Gefühl der Ehrfurcht. Wie, so fragte ich mich, sollte etwas einer solchen Macht standhalten? Und wie konnte ein Gott, falls einer existierte, den Aufbau einer solchen Macht überhaupt zugelassen haben?

In jenem Augenblick kam es mir so vor, als sei ich aus meiner eigenen Welt gerissen worden, um einer Vision von Armageddon beizuwohnen – und merkwürdigerweise empfand ich dies als Privileg.

Ich glaube, damals kam es mir zum erstenmal in den Sinn, daß die Vorsehung mich dazu auserwählt haben mochte, an einer endlosen Reihe alternativer Versionen des Weltuntergangs beizuwohnen – daß ich dazu verdammt war, das Ende der Welt immer und immer wieder mitzuerleben und nach einer Welt zu suchen, in der der Mensch gelernt hatte, jene Triebe zu zügeln, die zu solchen selbstmörderischen Konflikten führten – und sie vielleicht niemals zu finden. Noch immer durchschaue ich meine Motive nicht ganz, aus denen heraus ich meine Erlebnisse aufzeichne, aber es könnte sein, daß ich hoffe, sie könnten, sollten sie jemals gelesen werden, dazu beitragen, der Welt eine Lektion zu erteilen, die es bislang geschafft hat, ihrer eigenen Vernichtung zu entgehen.

Aber wie ich zuvor schon gesagt habe, bin ich weder introvertierter noch grüblerischer Natur, und bald wandten sich meine Gedanken wieder den naheliegenderen Aspekten meiner Lage zu.

Es war etwa 4 Uhr nachmittags am Weihnachtstag des Jahres 1907, als die australisch-japanische Flotte in Sicht kam, die aus Richtung SSW in der Dämmerung rasch auf uns zuhielt und sogleich feuerte.

Bis die Schlacht in vollem Gange war, war die Nacht hereingebrochen. In der Luft hing schwerer Rauch, und Schlachtenlärm hüllte uns ein. Über uns lieferten sich die Luftstreitkräfte einen blutigen Kampf, während ringsumher riesige Kanonen scheinbar blindlings Vernichtung säten; wenn manchmal urplötzlich eine Pause eintrat, ein bis zwei Sekunden Stille und Dunkelheit, überkam mich eine kalte, unglaubliche Angst aus der Überzeugung, daß alles zu Ende sei, daß die Welt selbst vernichtet war und die Sonne nie mehr aufgehen würde.

Über drahtlose Telegraphie war Hood in der Lage, die Schlacht von Bord der *Chaka,* die irgendwo über den Wolken schwebte, zu führen, und ich begriff allmählich, daß er einen Schutzwall um den Inhalt der riesigen, geheimnisvollen Hülle inmitten unseres Verbandes errichtete. Obwohl die *Dingiswayo* sich im Zentrum der Auseinandersetzung befand, wurde sie nicht gleich in die Kämpfe verstrickt, sondern wartete ungeduldig auf Befehle, dem Feind eins überbrennen zu können, schoß gelegentlich, wenn es ihr befohlen wurde, in den Himmel auf eines der australisch-japanischen Luftschiffe, die darauf mit Bomben und konzentriertem Geschütz antworteten, jedoch traf uns kein Schuß direkt und keiner durchschlug unsere superstarke Stahlpanzerung.

Schließlich erhielten wir Order, uns aus dem Verband zu lösen und schoben uns mit voller Kraft auf eine Position an der Steuerbord-Flanke der australisch-japanischen Hauptgruppe, wo unsere Schiffe besonders schwere Verluste verzeichneten.

Erst sah es so aus, als entfernten wir uns vom Kern der Schlacht – fort von den dunkelroten und gelben Blitzen des Mündungsfeuers, fort vom unablässigen Donnern und hinein in völlige Dunkelheit. Da richteten plötzlich zwei Schlachtschiffe, als habe man sie vor uns gewarnt, ihre Suchscheinwerfer auf uns. Starker, weißer Lichtschein blendete uns für einen Augenblick. Ich befand mich noch immer auf dem Achterdeck, denn ich hatte reichlich wenig zu tun, da ich ja nicht der regulären Schiffsbesatzung angehörte. Ich hörte den Kapitän von der Brücke rufen, sah, wie unsere langen Geschützrohre in Position geschwenkt wurden, und spürte das Schlingern der *Dingiswayo,* als sie in scharfem Winkel dem Feind die Breitseite zukehrte und mir so zum ersten Mal den Blick auf zwei lange Reihen von Schlachtschiffen freigab, von denen einige nur als Umrisse in der Dunkelheit oder im Widerschein des Geschützfeuers zu erkennen waren. Dann heulten Granaten durch die Luft, und es ertönte das heiser zischende Geräusch der Geschosse, die vor und hinter uns im Wasser detonierten und glücklicherweise weder unseren Rumpf noch die Aufbauten traf. Dann feuerten alle unsere Kanonen gleichzeitig; die *Dingiswayo* bebte vom Bug bis zum Heck, so daß ich befürchtete, sie könnte auseinanderbrechen. Unsere Geschosse sausten mit einem schrillen Pfeifen – fast einem Triumphschrei – aus den Läufen, und die feindlichen Schiffe waren so dicht zusammengeschart, daß wir sie gar nicht verfehlen konnten. Die Granaten trafen die Schlachtschiffe und explodierten. Dichter Rauch zog zu uns herüber, so daß wir alle gezwungen waren, die Spezialgasmasken anzulegen, um unsere Lungen zu schützen.

Die Luft war kalt gewesen, die Temperatur lag unter dem Nullpunkt, doch nun wurde es wärmer, fast tropisch. Wir nahmen Fahrt auf und suchten wieder die Dunkelheit, denn wir wußten, daß wir nur Glück gehabt hatten und es nicht allein mit einem Dutzend oder mehr Schlachtschiffen aufnehmen konnten.

Eine Weile streiften ihre Suchscheinwerfer über die See, während sie versuchten, uns ausfindig zu machen, doch wir schlichen uns aus ihrer Reichweite und benutzten ihre eigenen Lichtkegel, um uns ein Bild zu machen, wo wir die besten Chancen hatten. Ein Kriegsschiff hatte sich aus dem Hauptverband gelöst und rauschte blindlings auf uns zu, offensichtlich bemerkte es nicht, daß wir uns genau auf seinem Kurs befanden. Das war eine hervorragende Gelegenheit für uns. Ich hörte, wie der Befehl erteilt wurde, Torpedos scharf zu machen. Es ertönte ein schwaches Geräusch wie ein Glockenschlag, und die Torpedos flogen aus den Rohren, und schossen lautlos auf ihre Beute zu, während das feindliche Schiff völlig ahnungslos blieb.

Die Torpedos erzielten direkte Treffer unterhalb der Wasserlinie des Schlachtschiffes. Es bekam fünf Treffer ab und begann zu sinken, bevor man an Bord begriff, was geschehen war. Ich hörte verwirrtes Rufen von den Decks, seine Suchscheinwerfer wurden eingeschaltet, doch das Schiff kenterte bereits und seine Lichtkegel schwenkten langsam zum Himmel wie die Finger einer flehentlich ausgestreckten Hand. Es ging unter, ohne einen einzigen Schuß abgegeben zu haben. Eine Weile sah ich noch ihre elektrischen Anlagen unter der Wasseroberfläche schimmern, dann erloschen sie, und das Wasser wurde wieder schwarz.

Wir hatten nicht die Zeit, Überlebende aufzufischen, selbst wenn wir das gewollt hätten (und die Aschanti hielten nichts davon, gegenüber geschlagenen Feinden Gnade zu zeigen). Wir waren erneut gesichtet worden, und zwei Kriegsschiffe rauschten mit einer Geschwindigkeit auf uns zu, die mir an Land unglaublich erschienen und auf See völlig unmöglich vorgekommen wäre. Wir schafften kaum die Hälfte ihrer Geschwindigkeit, doch erneut gelang es uns, die schützende Dunkelheit zu erreichen.

Ich hatte den Eindruck, daß wir uns vom Hauptgefecht ziemlich weit entfernt hatten. Himmel und See schienen ein einziges Flammenmeer zu sein, erhellten eine weite Fläche und ließen Wrack neben Wrack erkennen. Die ganze See war voller Wrackteile – nicht nur von Schiffen, auch von abgestürzten Luftschiffen – während zwischen den Massen zerschmetterten Metalls, schimmernden Ölpfützen und Holzteilen manchmal die Umrisse von U-Booten zu sehen waren wie eine Meute gigantischer Mörderwale, die sich auf der Jagd nach Beute befanden.

Einmal konnte ich zwei Unterwasser-Zerstörer in mehreren Klaftern Tiefe beim Kampf beobachten, ihre Suchlichter durchdrangen die Dunkelheit, Schüsse zuckten in für mich unheimlicher Stille auf. Dann kenterte eines der Schiffe und tauchte tiefer, das andere folgte ihm und feuerte weiter. Ich sah etwas in der Tiefe aufblitzen, dann sprudelte das Wasser an der Oberfläche plötzlich wie ein riesenhafter Geyser, schleuderte Metallteile und menschliche Leiber hoch in die Luft, und ich wußte, daß es um eines der Schiffe geschehen war.

Dann mußte ich meine Aufmerksamkeit wieder den beiden Schlachtschiffen zuwenden, deren Suchlichter uns aufgestöbert hatten. Plötzlich überflutete Licht unsere Decks, und fast im gleichen Augenblick begannen auch schon die feindlichen Geschütze zu feuern. Diesmal kamen wir nicht so gut davon. Eine Granate traf uns mittschiffs, und ich wurde durch die Wucht der Explosion auf Deck geschleudert. Eine Löschmannschaft rannte an mir vorüber, entrollte hinter sich einen Schlauch, und ich sah das Feuer innerhalb von Sekunden erlöschen. Ich rappelte mich hoch und kletterte die Niedergangstreppe zur Brücke hinauf, wo der Kapitän durch ein Nachtglas blickend über einen elektrischen Lautsprecher Befehle bellte, der seine abgehackte, rauhe Sprechweise verstärkte (es handelte sich um einen Dialekt der Elfenbeinküste, der mir nicht vertraut war). Wieder drehte die *Dingiswayo* ab und versuchte, die Flucht zu ergreifen, wobei all ihre Backbordgeschütze gleichzeitig feuerten und das Schiff, das uns beschädigt hatte, mindestens zweimal trafen. Wir sahen, wie es sich schwer zur Seite neigte, während ein Teil des Rumpfes rot erglühte und von einer Stelle in der Nähe der Aufbauten achtern Funken aufstoben. Wir mußten eine entscheidende Stelle getroffen haben, denn einen Augenblick später erscholl eine fürchterliche Explosion, die mich nach hinten schleuderte und mit dem Rücken gegen die Reling warf, daß mir Hören und Sehen verging. Die Explosion verbreitete öligen, schwarzen Rauch, daß wir nichts mehr sehen konnte, und die *Dingiswayo* wurde gebeutelt, als sei sie von einem plötzlichen Wirbelwind erfaßt worden, dann lichtete sich der Rauch, und von dem anderen Schiff war kaum noch etwas zu sehen, nur der Topmast ragte noch eine Sekunde lang über die Wasserlinie, dann war auch er verschwunden.

Das Schwesterschiff begann nun eine schwere Kanonade; wieder wurden wir, wenn auch nicht schwer, getroffen und konnten so lange das Feuer erwidern, bis der Gegner es für besser hielt, das Gefecht nicht weiter fortzuführen, sondern beidrehte und mit voller Geschwindigkeit in die Dunkelheit davonschoß.

Das vorsichtige Verhalten des gegnerischen Kapitäns hatte beachtliche Auswirkungen auf unsere eigene Kampfmoral, ein gewaltiger Jubelschrei schallte über die Decks, während unsere Bugkanone einen letzten, verächtlichen Schuß auf das Heck des verschwindenden Schiffes abfeuerte.

Es kam mir so vor (und dies erwies sich später als zutreffend), daß die australisch-japanische Marine bei aller Überlegenheit in Tempo und Waffenkapazität wenig Lust zum Kämpfen hatte. Sie besaß keine Erfahrung in der Seekriegsführung, wohingegen die Aschanti nun seit mehreren Jahren im Krieg standen und daran gewohnt waren, ihr Leben fast täglich aufs Spiel zu setzen. Angesichts der schrecklichen Auswirkungen der eigentlichen Schlacht begann unser Feind, die Nerven zu verlieren. Dies galt sowohl über als auch unter Wasser.

Doch als der Morgen dämmerte, wurde immer noch gekämpft. Meilenweit in allen Richtungen feuerten die Kriegsschiffe aufeinander, steuerten durch ein wahres Sargassomeer von Wrackteilen (an vielen Stellen war es tatsächlich unmöglich, überhaupt noch das Wasser zu sehen), die Luft war erfüllt vom Dröhen der Geschütze, dem Pfeifen der Geschosse und, weniger gut zu hören, aber für meine Ohren erschreckender, dem Schreien und Jammern der Verwundeten, Ertrinkenden und Schiffbrüchigen beider Seiten. Stellenweise loderte ein Feuer auf der Wasseroberfläche, und rußiger Rauch stieg in den kalten, grauen Himmel, und die Wolkendecke hing nun so tief, daß man nur selten die Luftschiffe oben manövrieren sah, obwohl wir die Schüsse wie Donner vernahmen und gelegentlich das Aufblitzen von Mündungsfeuern sahen, sowie die Wolkendecke zwischendurch aufriß. Zweimal sah ich eine schimmernde Hülle aus dem grauen, brodelnden Baldachin über uns herniederfallen.

Bald standen wir wieder im Kampf gegen ein Schiff; es trug den Namen *Iwo Shima* und hatte nach seinem Aussehen zu urteilen schon einiges mitgemacht. Ein Teil ihres Bugs oberhalb der Wasserlinie war weggeschossen worden, und in ihren Steuerbord-Speigatten lag ein großer Haufen verschiedensten Schrotts, der dorthin gespült oder geschleudert worden war. Die Brücke war schwer beschädigt, aber die *Iwo Shima* war schneidig und besaß, wie sie bewies, noch beachtliche Feuerkraft. Ich glaube, sie hielt sich ohnehin für verloren und war entschlossen, die *Dingiswayo* mit sich auf Grund zu reißen, denn sie zeigte keinerlei Besorgnis um ihre eigene Sicherheit und dampfte direkt auf uns zu, ganz offensichtlich mit der Absicht, uns voll zu rammen, falls ihre Geschütze uns nicht vorher senken sollten.

In der Ferne waren hundert Schiffe verschiedenster Größe in ähnliche Kämpfe verwickelt, doch ich konnte weder irgendwo die große Hülle entdecken, die wir geschützt hatten, noch die Schiffe, die sie hatten schleppen sollen, so daß ich den Eindruck hatte, daß sie untergegangen war.

Die *Iwo Shima* wich nicht von ihrem Kurs ab, und wir mußten unser möglichstes tun, um ihr auszuweichen und schossen alles, was uns geblieben war, aus unseren Buggeschützen ab, wobei wir zum erstenmal alle hinter der Panzerung eingebauten

Maschinengewehre zum Einsatz brachten. Dieses Manöver führte uns so nahe an den Feind heran, daß wir einander fast berührten und keiner von uns auf eine so kurze Entfernung seine Kanonen benutzen, noch es wagen konnte, Torpedos einzusetzen. Ich konnte die japanischen Seeleute gut erkennen, ihre schmucken und etwas unpraktischen Uniformen waren zerrissen und schmutzig, ihre Gesichter verschmiert mit Blut, Ruß und Schweiß, und sie beobachteten uns finster, während sie an uns vorüberfuhren und schon beidrehten in der Hoffnung, uns auf der Steuerbordseite zu rammen. Aber wir drehten ebenfalls, und wenige Minuten später war das Manöver vorüber. Auf Befehl unseres Kapitäns schossen wir unsere Steuerbordtorpedos in dem Augenblick ab, als wir mit der Breitseite zur *Iwo Shima* lagen und jagten gleichzeitig unsere letzte Munition in sie, wobei alle Geschütze auf Steuerbord gleichzeitig feuerten. Sie war schnell genug, um den meisten unserer Geschosse zu entkommen, doch ihre Geschwindigkeit schadete ihr jetzt nur, denn auch ihre Vergeltungsschüsse verfehlten uns weit, und nur ein einziger traf uns am Bug auf der Steuerbordseite. Es war uns gelungen, ihre meisten Geschütze außer Gefecht zu setzen, doch nun drehte sie erneut, nur viel langsamer als zuvor, denn unsere Torpedos hatten offenbar eine ihrer Schrauben beschädigt. Inzwischen hatten wir unruhige See bekommen, so daß es in der Tat viel schwieriger geworden war zu zielen und den Feind überhaupt zu sehen. Wohin ich auch blickte erhoben sich Wasserberge mit allem möglichen Treibgut – Metall, Holz und Leichen hüpften umher in einem unheimlichen Menuett –, dann sank die See für einen Augenblick, gab den Blick auf die *Iwo Shima* frei, wir feuerten hastig, ehe sie auch wieder verschwand.

Unser eigener Schaden war nicht unbedeutend. Irgendwo unten arbeiteten unsere Pumpen auf vollen Touren, um die überfluteten Schotts wieder freizupumpen. An mehreren Stellen hatten die Aufbauten des Schiffes sich in seltsame, zerklüftete Formen aufgelöst, und Leichen hingen an den beschädigten Stellen der Gefechtsstürme, wo der Sanitätsstab sie nicht hatte bergen können. Wir hatten zwei große Löcher oberhalb der Wasserlinie und ein kleines unterhalb mittschiffs und mindestens dreißig Mann verloren. Unter gewöhnlichen Umständen hätten wir uns nun ehrenvoll zurückziehen können, aber wir wußten alle, daß es in der Schlacht auf Leben und Tod ging, und es gab nichts anderes, als weiterzukämpfen. Nun schoben wir uns an die *Iwo Shima* heran, ließen uns von der See breitseits an das feindliche Panzerschiff herantreiben und manövrierten so, daß wir sie mit etwas Glück mit unseren Backbordgeschossen erwischen konnten, die noch in besserem Zustand und besser ausgerüstet waren, um sie zu erledigen.

Wir wurden auf einer hohen Welle emporgetragen und sahen die *Iwo Shima* unter uns. Sie hatte mehr Wasser an Bord, als ihre Pumpen bewältigen konnten, und begann bereits Schlagseite nach achtern steuerbord zu bekommen. Als die riesige Woge uns hinabtrug, eröffneten wir das Feuer auf sie.

Die *Iwo Shima* sank, ohne einen weiteren Schuß abzugeben. Das Wasser schäumte und zischte; wir sahen ihren Bug noch hartnäckig ein oder zwei Sekunden lang aus dem grau-grünen Ozean ragen, dann war sie verschwunden. Sofort schlugen wir mit voller Kraft die Richtung achteraus ein, um nicht in ihren Sog hineingerissen zu werden, unterhalb der Wasseroberfläche ertönte eine Reihe heftiger, dröhnender Explosionen, sogleich gefolgt von einem aufgischtenden Wasserschwall von mindestens dreißig Metern Höhe, der winzige Metallstückchen auf unsere Decks regnen ließ.

Wieder erscholl Jubel im ganzen Schiff, der jedoch schnell abbrach, als ein riesiger, schwarzer Umriß aus den Wolken auftauchte. Die *Iwo Shima* mußte über Funk ein Luftschiff zur Hilfe geholt haben, ehe sie untergegangen war. Uns blieb kaum noch etwas, mit dem wir uns hätten verteidigen können. Die Maschinengewehrschützen in den Stellungen kurbelten ihre Läufe nach oben und schossen auf den Rumpf des fliegenden Panzerschiffes. Ich konnte das ständige Pingping hören, wenn unsere Kugeln auf Metall trafen, aber sie hatten etwa die gleiche Wirkung wie ein Mückenschwarm auf ein Nashorn. Es war unser Glück, daß dieses Ungeheuer alle seine Bomben abgeworfen und seine schweren Geschütze leergeschossen hatte, denn das Schiff feuerte mit den Dampfmaschinengewehren zurück. Sie bestrichen unsere Decks, wo unsere Leute nun verzweifelt Deckung suchten, und richteten ein schreckliches Blutbad an. Wo eben noch stolze, jubelnde Aschanti gestanden hatten, lagen nun entsetzliche Massen zuckenden, blutigen Fleisches.

Ich konnte den Namenszug auf der dunklen Hülle des Luftschiffs erkennen – es war die R.A.A. *Botany Bay* – und fand ihr Hoheitszeichen. Es versetzte mir einen Schlag in die Magengrube, als ich es sah, denn sie flog unter dem guten alten Union Jack besetzt, mit der roten Chrysantheme des Kaiserlichen Japans! Ein Teil von mir wollte das Schiff jubelnd als Freund begrüßen, während der andere die Gefühle meiner Kameraden an Bord der *Dingiswayo* teilte, die sich verzweifelt, aber aussichtslos wehrten. Nur unser Buggeschütz, eine Art von modernem Long Tom, war noch feuerbereit, und als die *Botany Bay* vorüberzog, gelang es uns, drei oder vier Schuß abzugeben, die ihr achtern, direkt über ihren Hauptpropellern, ein Loch schlugen; mehr konnten wir nicht erreichen. Scheinbar ungeachtet des Schadens, den wir ihr zugefügt hatten, wendete sie graziös in der Luft und ging erneut auf uns los. Diesmal schaffte ich es gerade noch, mich hinter dem Schild eines unserer nutzlosen 18mm-Geschütze in Deckung zu werfen, ehe die Kugeln auf unsere Decks hagelten.

Als ich den Kopf hob, rechnete ich mit dem Ende, doch stattdessen erblickte ich die schwarz-weißen Hoheitsabzeichen eines unserer Luftkreuzer, der herabgeschossen kam, als hätte ihn seine Mannschaft nicht mehr unter Kontrolle, so schnell kam er heran, und graue Rauchwolken stoben an der gesamten Länge seines schlanken Rumpfes auf, als er eine massive Kanonade eröffnete. Ein Geschoß nach dem anderen traf auf das gepanzerte Verdeck der *Botany Bay* und durchschlug es, bis ihre Auftriebstanks völlig durchlöchert waren. Sie schwankte erst zur einen, dann zur anderen Seite, und es war ein ebenso erschreckender wie beeindruckender Anblick, ein solches Ungetüm fast genau über uns schlingern zu sehen! Ich habe den Todeskampf von mehr als einem Luftschiff miterlebt, doch niemals habe ich etwas gesehen, was mit dem Ende der *Botany Bay* vergleichbar wäre. Sie bebte, versuchte ihr Gleichgewicht wiederzufinden, verlor Höhe, sauste dann wieder hinauf bis fast an die Wolken, kippte dann mit der Nase nach vorn, ihre Zuckungen brachen ab, sie stürzte ins Meer, verschwand in den Wogen, tauchte hüpfend und auf der Seite liegend wieder auf, Dampf zischte aus ihren Luken, und sie schwamm an der Wasseroberfläche wie ein sterbender Wal. Nur wenige in ihrem Innern konnten die Erschütterungen überlebt haben, und wir machten uns nicht die Mühe, nach ihnen zu suchen. Unser Flaggschiff senkte zum Gruß die Heckflossen, ehe es wieder in die Wolken stieg.

Als wir ein paar Minuten später durch die Reihen unserer Verwundeten gingen und versuchten, zu retten, wer zu retten war, kam über Funk der Befehl, uns wieder dem Hauptverband anzuschließen, der sich auf einer Position nur wenige Meilen von der Küste Neufundlands entfernt befand. Die Atlantikschlacht war zu Ende, die feindliche Flotte hatte sich zurückgezogen, doch die Schlacht um Amerika hatte noch nicht einmal begonnen.

2

Der Land-Leviathan

Die Überreste unserer Flotte versammelten sich am nächsten Morgen. Wenn wir der australisch-japanischen Flotte auch eine Niederlage zugefügt hatten, so hatten wir vermutlich die größeren Verluste hinnehmen müssen. Es verblieben kaum noch ein Dutzend Luftschiffe, vielleicht noch fünf manövrierfähige Unterwasserschiffe, und von der übrigen Flotte war die Hälfte aller Einheiten versenkt worden, während die fünfzig restlichen alle beschädigt und zum Teil schrottreif waren. Die *Dingiswayo,* deren Pumpen auf vollen Touren liefen, befand sich vielleicht in besserem Zustand als die meisten ihrer Schwesterschiffe, und die einzigen, die nur minimal beschädigt worden waren, waren jene, die im Schutze der Dunkelheit die riesige, schwimmende Hülle aus der Gefahrenzone geschleppt hatten. Ich sah Hoods *Chaka* über uns hinwegfliegen, die uns inspizierte, wie wir in der mäßig unruhigen See auf- und niederschaukelten. Dunstiger Nieselregen fiel und steigerte die düstere Stimmung, die die gesamte Flotte befallen hatte. Irgendwie wirkten die stolzen, schwarz-roten Löwenbanner, unter denen wir fuhren, im winterlichen Licht des Nordatlantiks nicht so prächtig wie unter den strahlenden Himmeln Afrikas. In dicken Pullovern und schweren Mänteln, die Mützen zum Schutz gegen die Witterung tief ins Gesicht gezogen, standen wir frierend, erschöpft und in pessimistischer Stimmung auf den Decks. Die *Chaka* übermittelte anerkennende Funksprüche, doch auch sie konnten unsere Stimmung nicht heben. Viele Afrikaner erlebten zum erstenmal richtige Kälte, jene Art von Kälte, die einem durch Mark und Bein geht, daß einem das Blut in den Adern zu gefrieren scheint, und selbst großzügig bemessene Mengen heißen Grogs schienen gegen das Wetter nicht anzukommen.

Ich stand auf der Brücke und unterhielt mich mit Kapitän Ombuto über die klimatischen Bedingungen, der gerade voller Unbehagen zur Kenntnis nahm, daß die Temperaturen mir für die Jahreszeit noch reichlich hoch vorkamen, als eine Nachricht von der *Chaka* eintraf, die mich direkt anging. Der Kapitän las die Meldung, hob die Augenbrauen und reichte mir das Blatt. Ein anständiger Typ wie er war, hatte Kapitän Ombuto mich keines der Vorurteile spüren lassen, wie einige seiner Offiziere sie mir gegenüber gezeigt hatten. Er sprach Englisch mit starkem französischen Akzent (er hatte vor dem Krieg einige Jahre bei der arabischen Marine gedient). »Die hohen Tiere scheinen sich um Ihre Sicherheit zu sorgen, Bastable.«

Die Nachricht war nur mit dem Namen des Flaggschiffs unterzeichnet und besagte: »Erbitten dringend Details über gefallene und verwundete Offiziere. Wie geht es Bastable? Unverzüglich antworten.« Die Nachricht war in Englisch abgefaßt, obwohl Französisch als *lingua franca* bei den Aschanti gesprochen wurde.

Kapitän Ombuto wartete, bis er eine vollständige Liste seiner Toten und Verwundeten hatte, ehe er die Einzelheiten dem Flaggschiff durchgab und am Ende seiner Antwort »Bastable unversehrt« hinzufügte. Kurz darauf kam eine zweite Nachricht: »Bitte übermitteln Sie mein Mitgefühl an die Mannschaft, die so viele ihrer Kameraden verloren hat. Sie haben gut und ehrenvoll gekämpft. Schicken Sie Bastable aufs Flaggschiff. Boot ist unterwegs.« Der Text war einfach mit »Hood« unterzeichnet. Ombuto las mir die Botschaft laut vor, zuckte die Achseln, zog seine Mütze und kratzte sich seinen wolligen Schädel. »Bislang war Miss Persson die einzige Angehörige Ihrer Rasse, die Zugang zum Flaggschiff hatte. Sie steigen auf, Bastable.« Er streckte den Daumen in die Höhe. »Und zwar buchstäblich.«

Kurze Zeit später landete das Luftboot auf dem ramponierten Deck der *Dingiswayo*. Ich kletterte hinein und erwiderte den Gruß des fröstelnden Offiziers der Löwengarde, der es befehligte. Der arme Mann wirkte völlig durchgefroren, und ich dachte, daß der beste Ansporn, den Hood seinen Leuten geben konnte, wenn er mit ihnen durch Amerika in die Südstaaten ziehen wollte, das Versprechen für wärmeres Wetter war.

Zwanzig Minuten später war das Luftboot durch die gewaltigen Heckschleusen der *Chaka* geflogen und hatte in einem Spezialhangar im untersten Deck festgemacht. Ein elektrischer Lift trug uns ins Innere des riesigen Schiffes, und bald stand ich auf dem weichen, scharlachroten Velourteppichboden des Kontrollraums. Der Raum war ringsum mit Fenstern ausgestattet, doch man konnte durch sie nicht nach draußen sondern ins Schiffsinnere schauen. Sie gaben den Blick frei auf das Hauptkampfdeck, wo schwere Geschützrohre durch die Pforten ragten, auf die Bombenschächte (die nun zumeist leer waren) und die erschöpften Offiziere und Mannschaftsmitglieder, die auf ihren Posten standen. General Hood hatte nach seinem Aussehen zu schließen noch weniger geschlafen als ich, doch Una Persson wirkte außergewöhnlich frisch. Sie begrüßte mich als erste.

»Guten Morgen, Mr. Bastable. Meinen Glückwunsch, daß Sie die Schlacht überlebt haben!«

General Hood sagte mit Stolz: »Es war vermutlich die erbittertste und größte Seeschlacht in der Weltgeschichte. Und wir haben sie gewonnen, Mr. Bastable. Was halten Sie nun von uns? Sind wir immer noch nur die Barbaren, die sich auf die Schwachen und Unschuldigen, die Verwundeten und Wehrlosen stürzen?«

»Ihre Leute und Schiffe haben sich mit großer Tapferkeit und beachtlichem Geschick geschlagen«, gab ich zu. »Und in diesem Falle, möchte ich sagen, haben Sie allen Grund zum Stolz – denn die australisch-japanische Flotte hat uns angegriffen, ohne sich auch nur die Mühe von Verhandlungen zu machen.«

»Uns?« Hood war schnell dabei, das Wort aufzugreifen. »Also identifizieren Sie sich mit unserer Sache.«

»Ich habe mich mit meinem Schiff identifiziert«, erklärte ich, »wenn ich auch verdammt wenig an Bord zu tun hatte. Doch ich schätze, ich war wohl als Beobachter und nicht als Teilnehmer dabei.«

»Das können Sie sehen, wie es Ihnen beliebt, Mr. Bastable«, gab Hood zurück und fuhr sich mit der Hand durch das ergrauende Haar. »Ich habe Ihnen nur die Gelegenheit gegeben,

Ihre eigene Wahl zu treffen. Wir wollten gerade essen. Möchten Sie uns nicht Gesellschaft leisten?«

Ich machte eine steife Verbeugung. »Danke, gern«, antwortete ich.

»Dann kommen Sie!« Er schob seinen Arm unter den meinen und dirigierte mich aus dem Kontrollraum zu seinem Privatquartier, das mit der Brücke durch eine kurze Niedergangstreppe verbunden war, welche direkt in seine Kabine führte. Hier war bereits das Essen aufgetragen worden – eine köstliche Auswahl kalter Speisen, denen ich nicht widerstehen konnte. Ein feiner, weißer Rheinwein wurde angeboten, und ich ließ mir gerne ein Glas geben.

»Die Lebensumstände an Bord von Luftschiffen kommen mir erheblich besser als auf den Seeschiffen vor«, sagte ich. »Dort unten ist es eisig kalt, und es ist fast unmöglich, sich aufzuwärmen, es sei denn im Kesselraum. Die alten, kohlebetriebenen Panzerschiffe wurden wenigstens unter fast allen Klimaverhältnissen warm!«

»Nun, morgen werden wir ja an Land gehen«, tat Hood das Thema ab, während er aß. »Aber wenn es an Bord der *Chaka* für Sie bequemer ist, so würde ich mich freuen, Sie hier als Gast aufzunehmen.«

Ich wollte seine Einladung schon ablehnen, als Una Persson, die in einem langen, einfachen, braunen Samtgewand neben mir saß, eine Hand auf meinen Arm legte. »Bitte bleiben Sie, Mr. Bastable. So könnten Sie die Invasion von New York besser beobachten.«

»*Muß* New York denn überhaupt noch erobert werden? Ich habe gehört, daß dort kaum noch jemand leben soll.«

»Ein paar Tausend«, erklärte Hood leichthin. »Und etwa ein Drittel davon wird sich uns bei unserer Ankunft zweifellos anschließen.«

»Wie können Sie das wissen?« fragte ich.

»Meine Agenten sind sehr aktiv gewesen, Mr. Bastable. Sie vergessen, daß ich Kontakte in den gesamten Vereinigten Staaten unterhalten habe – schließlich ist das ja mein Heimatland ...«

Hatte ich jemals Zweifel an Hoods Fähigkeit gehegt, die Stadt New York anzugreifen und einzunehmen, so waren die bei unserer Ankunft im Hafen, der einstmals zu den größten und reichsten der Welt gehörte, schnell zerstreut. New York hatte noch schlimmere Bombardierungen als London hinter sich. Die Stadt war einmal berühmt gewesen für ihre hohen Bauwerke, die in tausend bunten Farben erstrahlten; nun standen nur noch zwei oder drei dieser Türme, verwittert, von Explosionen beschädigt, und drohten in den Schutt hinabzustürzen, der jegliches Anzeichen unter sich begrub, wo einst die breiten Prachtstraßen, die schattigen Alleen und die vielen Parks gewesen waren. Ein kalter Wind pfiff durch die Ruinen, als wir vor Anker gingen, und unsere Luftwaffe formierte sich, um nach eventuellen Anzeichen von Widerstand Ausschau zu halten. Die *Chaka* überflog mehrmals New York und ging dabei manchmal bis auf eine Höhe von fünfzig Fuß herab. Es war ganz offensichtlich, daß diese Ruinen bewohnt waren. Feuer brannten in den von umgestürzten Betonwänden gebildeten Hohlräumen. Gruppen in Fetzen gekleideter Männer und Frauen rannten, um in Deckung zu gehen, sobald der Schatten unseres großen Schiffes über sie hinwegstrich, andere blieben nur stehen und gafften.

An anderen Stellen hatte ich den Eindruck, daß eine Art von Ordnung herrschte. Ich glaubte, schmutzige, weiße Uniformen erkennen zu können – Soldaten mit Kopfbedeckungen, bei denen es sich um eine Art Kapuzen handelte, die auch ihre Gesichter bedeckten. Es wurden jedoch keinerlei Schüsse von den kleinen Gruppen abgegeben, die schnell den Schatten aufsuchten, wenn wir uns näherten.

Die Szene wirkte noch trostloser durch große Schneewehen, die schmutzig und halb geschmolzen waren.

»Ich kann kaum einen Sinn darin erkennen, sich die Mühe zu machen, die Stadt zu erobern«, sagte ich zu General Hood.

Darauf runzelte er die Stirn. »Es geht darum, die Moral der möglichen Verteidiger zu erschüttern – hier und in anderen Teilen des Landes.« Eine fast fanatische Gespanntheit war auf seine schwarzen Züge getreten, und er ließ kein Auge von den Ruinen. Von Zeit zu Zeit sagte er dann mit einer Mischung aus Wehmut und Befriedigung, daß er hier sein erstes Apartment in New York gehabt, dort als Student einen Sommer lang gearbeitet hatte, daß der Haufen rostiger Träger und bröckelnder Steine einmal irgendein berühmtes Museum oder Amtsgebäude gewesen war. Es war unerfreulich, ihn so zu hören – eine Art Litanei höhnischen Triumphs. Leicht angewidert wandte ich mich vom Aussichtsfenster ab und sah Una Persson hinter uns stehen, ihr Gesichtsausdruck verriet eine erstaunte und doch zärtliche Melancholie, als bedauere auch sie auf ihre Weise, Cicero Hoods morbid-fröhliche Bemerkungen mit anhören zu müssen.

»In drei Stunden wird es dunkel sein«, sagte sie. »Vielleicht wäre es das Beste, mit der Landung bis morgen früh zu warten?«

Hood drehte sich fast verärgert um. »Nein! Wir landen jetzt. Ich werde den Befehl erteilen. Sollen sie meine Macht kennenlernen!« Er griff nach einem Sprechrohr und bellte seine Befehle hinein. »Fertigmachen zur Landung! Jeglichem Widerstand gnadenlos begegnen! Heute Nacht ist ein Fest für die Aschanti. Laßt sie alles zur Beute nehmen, was sie finden können. Nehmt Kontakt mit unseren Freunden auf. Bringt mir die Anführer, sobald sie sich zu erkennen gegeben haben. Morgen fliegen wir weiter nach Washington!«

Voller Mitleid wandte ich nun meine Aufmerksamkeit wieder den Ruinen zu. »Können Sie sie denn nicht schonen?« fragte ich ihn. »Haben sie nicht schon genug gelitten?«

»Nicht durch mich, Mr. Bastable.« Seine Stimme klang hart. »Nicht durch mich!«

Er lehnte jedes weitere Gespräch ab und schickte Miss Persson und mich mit einer Handbewegung hinaus. »Wenn Sie mein Vergnügen schon nicht teilen können, so verderben Sie es mir um Himmels willen auch nicht! Gehen Sie, alle beide! Ich will jetzt keine Weißen um mich haben!«

Miss Persson war ganz offensichtlich verletzt, widersprach jedoch nicht. Wir verließen den Raum gemeinsam und gingen zusammen zu einem anderen Aussichtsdeck weiter vorn, wo wir die Landung wahrscheinlich besser beobachten konnten.

Zuerst kam die Infanterie, die in Booten an Land gebracht wurde und sich in ordentlichen Reihen auf den Überresten der Kais aufstellte. Als nächstes fuhren die Schiffe riesige Rampen aus und aus ihren Bugräumen begannen große, gepanzerte »Land-Panzerschiffe« zu poltern. Es kam einem ganz unmöglich vor, daß selbst eine so große Flotte so viele der schwerfälligen Maschinen transportiert haben konnte. Sie überrollten jedes Hindernis, nahmen keilförmige Formation an und bewegten sich in Richtung des Landesinneren; ihre oberen Türme wurden herumgeschwenkt, um New York mit ihren langen Geschützläufen zu bedrohen, die unteren Türme rotierten langsam, während die Besatzungen überprüften, ob alles noch einwandfrei funktionierte. Obwohl die Aschanti ihre halbe Streitmacht während der Atlantikschlacht eingebüßt hatten, konnten sie noch eine große Armee ins Feld führen, und es war zweifelhaft, ob die Vereinigten Staaten, aufgerieben im schrecklichen Krieg zwischen den Nationen, noch etwas auch nur entfernt Gleichwertiges aufzubieten in der Lage waren, um ihren zu widerstehen. Die USA hingen nun von der Unterstützung der Australisch-Japanischen Föderation ab (und wir waren alle überzeugt, daß diese einen weiteren Versuch unternehmen würde, General Hood aufzuhalten).

Aber nun sollte ich endlich zu sehen bekommen, wer sich unter der gigantischen Hülle verbarg, die wir den ganzen Weg von Afrika hierhergeschleppt hatten. Und Spannung trat auf Una Perssons Gesicht, als das Ungetüm am Dock vertäut wurde.

»Das ist das Ergebnis meiner Entdeckungen in England, Mr. Bastable«, murmelte sie aufgeregt. »Eine Erfindung O'Beans, die man für zu schrecklich gehalten hatte, um sie überhaupt in Produktion zu geben, sogar auf dem Höhepunkt des Krieges. Sehen Sie!«

Es dämmerte schon, während ich die Vorgänge beobachtete. Irgendwo im Innern der Hülle wurden Bolzen gelöst, so daß die eine Seitenwand ins Meer, die andere nach vorne auf den Kai fiel. Ein Teil der Hülle nach dem anderen wurde abmontiert, bis der Inhalt freilag. Es war ein riesiges stählernes Fahrzeug, neben dem die bereits gelandeten Maschinen zwergenhaft wirkten. Es strotzte von Geschützen, die alles, was wir auf der *Dingiswayo* gehabt hatten, in den Schatten stellten. Auf dem obersten Deck dieser Metallpyramide waren vier langläufige Kanonen montiert, auf dem zweiten darunter sechs dieser Kanonen, auf dem dritten zwölf, und dem vierten achtzehn. Auf dem fünften waren ganze Batterien kleinerer Geschütze, etwa ein Drittel so groß wie die anderen, die für den Beschuß aus nächster Nähe bestimmt waren. Auf der sechsten Stufe befanden sich etwa fünfzig derartige Geschütze, während die siebte und unterste Stufe mit hundert modernsten Dampf-Maschinengewehren ausgerüstet war, von denen jedes 150 Schuß pro Minute abfeuern konnte. Außerdem waren überall in der Panzerung bis obenhin Schießscharten für Scharfschützen angebracht. Auf jeder Stufe befanden sich vergitterte Beobachtungsluken, und jedes Geschützdeck konnte unabhängig von den anderen geschwenkt werden, wie auch jedes einzelne Geschütz innerhalb des Turmes einen weiten Schwenkbereich hatte. Das Ganze war auf stabile Räder montiert, wovon das kleinste mindestens viermal so groß war wie ein Mensch, und auf mehrere Rahmen mit jeweils zehn Rädern, so daß die riesige Maschine sich vor, zurück und *seitwärts* bewegen konnte, wenn es nötig wurde. Darüber hinaus konnte sie bei der Größe der Räder und ihrem Gewicht fast jedes Hindernis niederwalzen.

Dies war General Hoods Geheimwaffe. Ihr Bau mußte den halben Reichtum Afrikas und Europas zusammen verschlungen haben. Niemals zuvor hatte es auf der Welt einen so großen, beweglichen Gegenstand gegeben (und auch sehr wenige unbewegliche dieser Größe!). Damit, so war ich überzeugt, war der

Schwarze Attila unbesiegbar. Kein Wunder, daß er bereit gewesen war, den Rest seiner Invasionsarmee zu opfern, nur um sie zu retten.

Dies stellte wirklich ein Symbol des Endkrieges dar, des Armageddon. Ein ans Land geworfener Leviathan – ein Ungeheuer, das alles zerstören konnte, was ihm im Wege stand – ein stahlgepanzerter, riesenhafter Drache, der allen, die ihm Widerstand leisteten, brüllend den Tod brachte. Seine schimmernde, blaugraue Panzerung wies auf vier Seiten jedes Geschützdecks den roten Kreis mit dem schwarzen, aufgerichteten Löwen von Aschanti auf, Symbol eines mächtigen, rachsüchtigen Afrika – eines Afrika, das sich der Millionen schwarzen Sklaven erinnert, die man in den stinkenden, verseuchten Schiffsbäuchen zusammengepfercht hatte, um den Traum der Weißen zu erfüllen – eines Afrika, das auf den rechten Augenblick gewartet hatte, um diese unversehrbare Kreatur auf die Nachkommenschaft jener loszulassen, die seine Völker gequält, beleidigt, sie in Angst und Schrecken versetzt, jahrhundertelang ausgeplündert und getötet hatten.

Wenn dies Gerechtigkeit war, so sollte es tatsächlich eine furchterregende und spektakuläre Gerechtigkeit werden!

Als ich zusah, wie der Land-Leviathan so leicht durch Beton und Stahl rollte, wie unsereins Gras unter den Füßen zertritt, dachte ich nicht nur an das Schicksal, das Amerika bevorstand, sondern daran, was aus dem Rest der Welt und insbesondere Bantustan werden könnte, wenn Hood seine Pläne hier in die Wirklichkeit umsetzte.

Nachdem er ein solches Untier geschaffen hatte, so erschien es mir, würde er es weiter zum Einsatz bringen müssen. Letztendlich würde es selbst zum Herren und Meister werden, den Herrscher beherrschen, bis nichts auf der Welt mehr überlebte.

Gewiß war das bislang die Logik dieser Welt gewesen, und ich sah weit und breit nichts – bis vielleicht auf die Idealvorstellung, welche Bantustan verkörperte –, was diese Logik widerlegt hätte.

Dann dachte ich, daß es meine moralische Pflicht war, mein

möglichstes zu tun, um Hoods schrecklichen Eroberungsplan zu vereiteln, doch die Ermordung eines Menschen erschien mir nicht mehr als angemessene Antwort. In diesem Dilemma kehrte ich der Szene den Rücken, während die Nacht hereinbrach und die starken Scheinwerfer des Land-Leviathans die Dunkelheit durchdrangen wie furchtsame Augen.

Miss Persson sagte etwas zu mir, doch ich hörte sie nicht. Ich stolperte völlig verwirrt vom Aussichtsdeck und war überzeugt, daß sie und ich innerhalb kürzester Zeit die einzigen Überlebenden unserer Rasse darstellen würden.

3

Der Deserteur

Der Land-Leviathan brauchte nur fünf Stunden, um New York niederzuwalzen. Und »Niederwalzen« ist hier wörtlich zu nehmen. Hoods monströse Maschine rollte ungehindert durch die Ruinen, stürzte die wenigen verbliebenen Hochhäuser um und warf schnelles, alles vernichtendes Sperrfeuer in die Positionen derer, die Widerstand leisteten. Alle Farbigen in New York, die bereits vor unserer Ankunft gegen die Weißen gekämpft hatten, scharten sich sogleich unter Hoods rotschwarzes Banner, und gegen Mittag wurden die wenigen überlebenden Verteidiger zusammengetrieben und verhört, um Informationen über weitere Widerstandsnester im Lande zu erhalten.

Hood lud mich ein, einem dieser Verhöre beizuwohnen, und ich nahm an, in der Hoffnung, ein Wort für die armen Teufel einlegen zu können, die den Aschantis in die Hände gefallen waren.

Hood trug nun eine prächtige Militäruniform – ebenfalls in Scharlachrot und Schwarz, aber mit einer beachtlichen Menge Gold- und Silberlitzen und einem Dreispitz, geschmückt mit den gleichen Straußenfedern wie die Helme der »Löwengarde«. Hood hatte mir anvertraut, daß solche Protzerei völlig gegen seine Natur sei, doch sowohl seine Feinde wie auch seine Anhänger erwarteten diesen Stil. Er hielt fast unablässig ein Krummschwert in seiner Rechten, und in seinem Gürtel steckten zwei große, langläufige Pistolen. Die Gefangenen wurden in den Überresten eines Kellers von einem Haus am Washington Square verhört. Sie waren verwundet, halb verhungert, schmutzig und halb erfroren. Ihre weißen Kapuzen (es hatte sich ein Aberglaube entwickelt, daß diese Kapuzen vor Seuchen schützten) waren ihnen von den Köpfen gerissen worden, und ihre unbeholfen aus Sackleinen gefertigten Uniformen waren zerrissen und blutbeschmiert. Ich muß gestehen, daß ich nicht gerade stolz war auf diese Vertreter meiner Rasse. Welche Bedingungen auch in New York geherrscht hätten, diese Typen wären immer Kanalratten gewesen, und wahrscheinlich hatten sie auch deshalb mit der Brutalität und Zähigkeit ihrer Art überleben können. Sie schrien, spuckten und kreischten ihre Aschanti-Eroberer an, und ihre Sprache war die gemeinste, die ich je gehört hatte. Miss Persson stand daneben, und ich hätte alles in der Welt gegeben, wenn sie nicht so abscheulichen Flüchen und Beschimpfungen ausgesetzt worden wäre.

Der Mann, der der Anführer der Gruppe zu sein schien (er hatte sich selbst den Titel eines »Gouverneurs« verliehen) hatte den Beinamen Hoover, und seine Mitkämpfer nannten ihn »Speed«. Er war ein typisches Beispiel dieses New Yorker Gezüchts von Schmalspur-Gaunern, die zu jeder Art von Verbrechen bereit sind, solange die Wahrscheinlichkeit, erwischt zu werden, gering ist. Dies stand in seinem gemeinen, häßlichen, haßerfüllten Gesicht geschrieben. Zweifellos hatte er sich, bevor er sich zum »Gouverneur« aufgeschwungen hatte, damit zufrieden gegeben, die Schwachen und Wehrlosen zu berauben, Kinder und alte Leute zu überfallen und Botengänge für größere, erfolgreichere Bandenchefs der Stadt zu machen. Und doch empfand ich ein gewissen Mitleid mit ihm, als er da tobte und raste und schließlich mir seine Aufmerksamkeit zuwandte.

»Was dich angeht, du Niggerliebling, du bist nichts als ein dreckiger Verräter!« Das war die einzige widerholbare Stellungnahme dieser Art, die er abgab. Er spie mich an, dann drehte er sich um zu dem Leutnant mit dem sanftmütigen Gesicht (ich gaube, er hieß Azuma), der ihn verhört hatte. »Wir wußten, daß ihr Nigger kommen würdet – wir hatten schon vor Monaten davon gehört –, und sie haben sich darauf vorbereitet. Sie haben Pläne – sie werden euch wirklich prima aufhalten!« Er kicherte. »Ihr habt die Kanonen – aber der Verstand dazu fehlt euch. Ihr werdet bald das Handtuch werfen. Es braucht schon etwas mehr, als *ihr* mitbekommen habt, um die Weißen zu schlagen!«

Doch seine Drohungen blieben vage, und bald war Leutnant Azuma klar, daß es wenig Sinn hatte, das Verhör fortzuführen.

Ich hatte mich nicht eben gerne von diesem Gesindel einen dreckigen Verräter schimpfen lassen, und doch lag in dem, was er gesagt hatte, ein wahrer Kern. Ich hatte bislang kein Wort gesagt, geschweige denn einen Finger gerührt, um zu versuchen, Hood aufzuhalten.

Nun sagte ich: »Ich muß Sie bitten, General Hood, das Leben dieser Menschen zu schonen. Schließlich sind sie Kriegsgefangene.«

Hood wechselte einen grausam-belustigten Blick mit Leutnant Azuma. »Aber sie sind es gewiß nicht wert, daß man sie schont, Mr. Bastable«, antwortete er. »Welchen Nutzen brächten die jeglicher Art von Gesellschaft?«

»Sie haben ein Recht zu leben«, erwiderte ich.

»Sie würden Ihnen kaum zustimmen, falls Sie Ihr Wort für *mich* einlegen würden«, sagte Cicero Hood nun kalt. »Sie haben Hoovers Bemerkung über ›Nigger‹ gehört. Wenn die Situation umgekehrt wäre, glauben Sie, Ihre Bitten würden dann erhört?«

»Nein«, sagte ich. »Aber wenn Sie beweisen wollen, daß Sie besser sind als Hoover, dann müssen Sie ein Beispiel geben.«

»Das ist typisch europäische Ethik«, meinte Hood. Dann lachte er humorlos. »Aber wir hatten nicht die Absicht, sie umzubringen. Wir lassen sie in der Obhut unserer Freunde. Sie werden mithelfen, Neu Benin, wie diese Stadt von nun an heißen wird, aufzubauen.«

Mit diesen Worten schritt er aus dem Keller und lachte immer noch dieses eigentümliche, furchterregende Lachen.

Und so rollte Hoods Landstreitmacht aus New York heraus, ich war nun Passagier in einem der kleineren Kampffahrzeuge. Unser nächstes Ziel war Philadelphia, wo Hood, nach seinen Worten, die Schwarzen befreien wollte. Die Lage eines Schwarzen in Amerika war in diesen Tagen, wie ich zugeben muß, äußerst jämmerlich. Die Weißen hatten sich auf der Suche nach einem Sündenbock für ihre Zwangslage wieder einmal auf die Schwarzen fixiert. Der andere Aberglaube, um dessentwillen so viele von ihnen jene merkwürdigen Kapuzen trugen, besagte, die Neger seien irgendwie »schmutziger« als die Weißen und verantwortlich für die Ausbreitung jener Seuchen der Nachkriegszeit, wie sie auch in England aufgetreten waren. In vielen Teilen der Vereinigten Staaten wurden Schwarze wie Tiere gejagt und bei lebendigem Leibe verbrannt, wenn man sie zu fassen bekam – die Begründung für dieses verabscheuungswürdige Vorgehen war, daß man nur so einer weiteren Ausbreitung der Seuchen vorbeugen könnte. Aus irgendeinem Grunde waren die Schwarzen nicht so empfindlich gegenüber den Bakterien aus den Bomben gewesen, und in der verqueren Logik der Weißen war es dann ein kleiner Schritt gewesen, die Schwarzen als »Überträger« solcher Krankheiten anzusehen. Seit über zwei Jahren hatten sich Gruppen von Schwarzen zusammengeschlossen und sich unter der Anleitung von Hoods Agenten organisiert, um den Tag der Aschanti-Invasion zu erwarten. Hoods Behauptung, die Schwarzen zu »befreien«, entbehrte zugegebenermaßen nicht jeder Grundlage.

Trotzdem war ich der Auffassung, daß all dies Hood nicht rechtfertigen konnte.

Unter der Führung des Land-Leviathans plünderte und brandschatzte sich die Invasionsarmee ihren Weg durch die Staaten New York, New Jersey und Pennsylvania, wo immer sie Halt machte, setzte sie ihr schwarz-rotes Banner und ließ Gruppen einheimischer Schwarzer zur Verwaltung der eroberten Territorien zurück.

Während des Kampfes, bei dem ganz Philadelphia zerstört und fast alle weißen Männer, Frauen und Kinder durch die donnernden Geschütze des Land-Leviathans getötet wurden, fand ich endlich die Gelegenheit, von der Schwarzen Horde zu »desertieren«, indem ich erst den Konvoi, dem mein Panzerwagen angehörte, weiterziehen ließ und dann das Glück hatte, ein herrrenloses Pferd einzufangen.

Meine Absicht war es, den Weg nach Washington einzuschlagen, um die Verteidiger dort vor dem zu warnen, was ihnen bevorstand. Außerdem wollte ich, wenn möglich, Methoden besprechen, durch die der Land-Leviathan zu beschädigen war. Mein einziger Plan bestand darin, das Ungetüm nahe an einen Abhang zu locken, damit es hinabstürzte und sich selbst zerschmetterte. Ich hatte allerdings nicht die geringste Vorstellung, wie man das vollbringen konnte.

Mein Ritt von Philadelphia nach Wilmington stellte vermutlich eine Art Rekord dar. Auf dem Lande schlugen sich Gruppen schwarzer »Soldaten« mit Weißen. In meiner Aschanti-Uniform wurde ich von beiden gejagt, und ich hätte in den Händen der Weißen, die mich als Verräter erachteten, sicher Schlimmeres erfahren als bei den Schwarzen, falls man mich erwischt hätte. Aber glücklicherweise entging ich der Gefangenschaft, bis ich in Wilmington einritt, das kaum Bombardierungen erlebt hatte und lediglich den verlassenen, verwilderten Eindruck wie die vielen amerikanischen »Geisterstädte« machte. Am Stadtrand zog ich meine schwarze Uniformjacke aus und warf sie fort (obwohl es noch sehr kalt war), stieg nur mit Trikothemd und Reithosen bekleidet von meinem Pferd und suchte nach dem ortsansässigen Anführer der Weißen.

Sie entdeckten mich zuerst. Ich ging vorsichtig durch eine der Hauptstraßen, als sie plötzlich von allen Seiten her auftauchten. Sie trugen die unheimlichen weißen Kapuzen, die an die alten Ritter des Südens, den Ku-Klux-Klan, erinnerten, deren ich mich aus Abenteuerromanen erinnerte, die mich als Junge fasziniert hatten. Sie fragten mich, wer und was ich sei und was ich in Wilmington wollte. Ich sagte ihnen, daß ich dringend ihren Führer sprechen müßte und schreckliche Neuigkeiten vom Schwarzen Attila brächte.

Kurz darauf befand ich mich in einem großen städtischen Gebäude, das ein Mann namens »Bomber« Kennedy als Hauptquartier benutzte. Seinen Spitznamen verdankte er, wie ich später erfuhr, seiner Fähigkeit, aus den verschiedensten Materialien Sprengkörper herzustellen. Kennedy hatte von mir gehört und konnte sich nur mit der größten Selbstbeherrschung zurückhal-

ten, mich nicht an Ort und Stelle zu erschießen – doch er hörte mich an, lauschte aufmerksam und schien schließlich davon überzeugt, daß ich die Wahrheit sprach. Er informierte mich, daß er bereits geplant hatte, seine kleine »Armee« nach Washington zu führen, um die wachsende Zahl der Verteidiger zu stärken. Es könnte nichts schaden, sagte er, wenn ich mitkäme, doch er warnte mich, daß ich genauso sterben würde wie die Neger in diesen Gegenden, falls es jemals so aussehen sollte, als würde ich für Hood spionieren. Ich fand niemals heraus, was er damit meinte, und der einzige Hinweis, den ich erhielt, war der Satz, den mir einer von Kennedys Armee auf meine Frage hin genüßlich grinsend zitierte: »Noch nie was vom ›burn or cut‹ in England gehört, Junge? Entweder du wirst angezündet oder man zieht dir das Messer durch die Kehle.«

Den Weißen war es gelungen, ihr altes Eisenbahnnetz wieder aufzubauen, denn die meisten Strecken hatten den Krieg überstanden und die Lokomotiven funktionierten noch, wenn sie auch nun mit Holz anstatt mit Kohle betrieben wurden. Kennedys Plan bestand darin, mit seiner Armee per Bahn nach Washington zu fahren (denn es gab eine direkte Verbindung), und am nächsten Tag stiegen wir in den großen, altmodischen Zug; Kennedy und ich stellten uns auf die Plattform zum Lokführer und zum Heizer, denn wie Kennedy zu mir sagte: »Ich will es nicht riskieren, Sie nicht ständig im Auge zu behalten.«

Bald hatte die Lok genügend Dampf, und der Zug rollte aus Wilmington; in Baltimore hielt er zum ersten Mal, weil Kennedy hoffte, dort einen größeren Trupp Männer mitnehmen zu können.

Während wir durch das verwüstete Land fuhren, vertraute mir Kennedy einiges aus seinem Leben an. Er behauptete, vor dem Zusammenbruch ein sehr reicher Mann, ein Millionär, gewesen zu sein. Seine Familie stammte ursprünglich aus Irland, und er hatte eine Abneigung gegen die Engländer, die für ihn gleich nach den »Niggern« kamen und die er für ziemlich alle Übel in der Welt verantwortlich machte. Mir fiel der Widersinn auf, daß

Kennedy sich gefühlsmäßig für eine unterdrückte Minderheit engagierte, für eine andere jedoch nur Abscheu empfand.

Kennedy erzählte mir außerdem, daß man in Washington bereits Pläne machte, wie man sich gegen den Schwarzen Attila zur Wehr setzen wollte. »Die haben noch ein As im Ärmel, daß *ihm* das Handwerk legen wird«, sagte er blasiert grinsend, doch er wollte seine Bemerkung nicht näher erläutern, und ich hatte den Eindruck, daß er den genauen Plan selbst nicht so recht kannte.

Kennedy hatte außerdem von der Chance gehört, daß die Washington-»Armee« Unterstützung durch die australisch-japanische Flotte erhielt, die, wie er aus zuverlässiger Quelle erfahren hatte, bereits vor der Chesapeake Bay vor Anker gegangen war. Ich äußerte meine Zweifel, daß irgend etwas dem Land-Leviathan des Schwarzen Attila widerstehen konnte, doch Kennedy ließ sich nicht beeindrucken. Er rieb sich die Nase und erklärte mir, daß es »mehr als eine Art und Weise gäbe, einem Nigger das Fell über die Ohren zu ziehen«.

Zweimal mußte der Zug halten, um neues Holz zuzuladen, wir kamen näher und näher an Baltimore, und die Stadt lag keine Stunde mehr entfernt, als vor uns eine Schwadron Panzerfahrzeuge auftauchte und den Zug beschoß. Die Fahrzeuge trugen das Löwenbanner von Aschanti und mußten sich weit vor der Hauptarmee befinden (vielleicht hatten sie in Erfahrung gebracht, daß weiße Truppentransporte auf dem Weg nach Washington waren). Ich sah die langen Läufe in ihren Haupttürmen rote Flammen und weißen Rauch spucken, und eine Anzahl von Granaten schlug rings um uns her ein. Der Zugführer sprach sich dafür aus, eine Bremsung zu machen und sich zu ergeben, da er der Ansicht war, daß wir keine Chance hatten, aber Kennedy war, so grausam, dumm und ungebildet er auch gewesen sein mochte, alles andere als ein Feigling. Er gab Befehl, daß jeder mit dem größtmöglichen Kaliber aus dem Zug feuern sollte, und befahl dem Lokführer, soviel Geschwindigkeit wie möglich zuzulegen und geradewegs auf die schwankenden Kriegsmaschinen zuzuhalten, die nun zu beiden Seiten der Schienenspur an den steilen Hängen Position bezogen hatten, daß sie auf uns herabfeuern konnten, wenn wir vorbeifuhren.

Ich mußte an einen alten Druck denken, den ich einmal gesehen hatte – ich glaube, es handelte sich um ein Plakat von Bufallo Bills Wildwest-Show – auf dem Indianer einen Zug angriffen. Die Panzerfahrzeuge konnten mit unserer Geschwindigkeit durchaus Schritt halten (denn der Zug führte eine große Zahl Waggons mit), und ihre Türme ließen sich schnell schwenken, um uns aus jedem Winkel zu beschießen. Geschoß um Geschoß wurde in den Zug geschleudert, doch er fuhr weiter und raste auf den Schutz eines langen Tunnels zu, in welchen die Panzer uns nicht folgen konnten.

Wir waren sehr erleichtert, als wir den Tunnel erreichten, und der Lokführer sprach sich dafür aus, die Geschwindigkeit zu drosseln und in der Mitte des Tunnels anzuhalten, in der Hoffnung, daß die feindlichen Maschinen die Verfolgung aufgeben würden, aber Kennedy hielt das für einen dummen Plan.

»Sie werden sich von beiden Seiten auf uns stürzen, Mann!« sagte er. »Sie werden sich von oben her durchbuddeln – sie haben doch diese ›Maulwurf‹-Apparate, die sich durch alles hindurchfressen können. Wenn wir hierbleiben, säßen wir in der Falle wie Kaninchen.«

Ich meine, daß seine Argumente ganz vernünftig klangen, allerdings waren die Chancen im Freien kaum besser. Und so raste der Zug unter seinem Befehl weiter und gelangte wieder ans Tageslicht – wo ihn ein halbes Dutzend Panzerwagen erwartete, die ihre Kanonenrohre auf die Tunnelmündung gerichtet hielten. Ich werde niemals begreifen, wie die Lokomotive dieser Kanonade entronnen ist, aber sie schaffte es, wenn ihr auch ein Teil des Daches und ein Schornstein abgeschossen wurden und das Holz im Tender in hellen Flammen stand, weil es von einer Brandgranate getroffen worden war.

Der Rest des Zuges kam allerdings nicht so gut davon.

Eine Granate traf die Kupplung, die uns mit dem Zug verband, und wir sausten nach einem halsbrecherischen Ruck mit einer

Geschwindigkeit davon, die uns aus den Gleisen zu tragen drohte. Ohne die Last der restlichen Waggons konnten wir die Panzerfahrzeuge bald abhängen. Ich schaute zurück, um zu sehen, wie die gestrandete Armee gegen die gepanzerten Landschlachtschiffe kämpfte. Sie wurde völlig zerschlagen.

Dann fuhren wir durch eine Kurve und ließen die Szenerie hinter uns. Kennedy wirkte einen Augenblick lang niedergeschlagen, dann zuckte er die Achseln. Er hatte nicht viel tun können.

»Na, gut«, sagte er. »Dann halten wir eben nicht mehr in Baltimore.«

4

Der Triumph der Bestie

Washington hatte überraschenderweise nicht annähernd die Schäden wie die anderen großen Städte erlitten. Die Regierung und all ihre Ministerien waren aus der Hauptstadt geflohen, ehe der Krieg richtig angefangen hatte, und hatten sich in ein Untergrundversteck irgendwo in den Appalachen zurückgezogen. Da Washington daraufhin von geringer strategischer Bedeutung war, standen die meisten berühmten Gebäude und Monumente noch. Diese übersteigerten neo-klassizistischen, neo-georgianischen Tribute an den großmächtigen, schlechten Geschmack waren schon aus der Ferne zu sehen, als wir in die Randbezirke der Stadt dampften, um schließlich bald durch Sperren aufgehalten zu werden. Diese Sperren existierten seit höchstens einer Woche, doch ich war überrascht, wie stabil sie waren. Sie bestanden aus Ziegeln, Stein und Beton, waren durch sauber aufgestapelte Sandsäcke verstärkt und zogen sich meiner Schätzung nach um die gesamte Innenstadt. Kennedys Papiere waren in Ordnung – drei der Wachen erkannten ihn und begrüßten ihn wie eine Art Held – und man gestattete uns, unseren Weg bis zum Hauptbahnhof fortzusetzen, wo wir unsere Lokomotive den Behörden übergaben. Man geleitete uns durch die breiten, ziemlich nichtssagenden Straßen (die berühmten Bäume waren alle zum Bau der Sperren oder als Heizmaterial gefällt worden) zum Weißen Haus, wo nun »Präsident« Penfield residierte, ein Mann, der einmal als vornehmer Diplomat im Dienste seines Landes gegolten, jedoch schnell von der Nachkriegshysterie profitiert hatte – angeblich sollte er der erste gewesen sein, der die »weiße Kapuze« angelegt hatte.

Man führte uns in ein Arbeitszimmer voller schöner Möbel im alten »Kolonial«-Stil, das den Eindruck erweckte, als habe sich seit der alten Zeit nichts verändert. Der einzige Unterschied bestand in dem Geruch und dem Mann, der in dem hohen Lehnstuhl am Schreibtisch in der Nähe des Fensters lümmelte. Der Gestank hätte selbst in einer unserer East-End-Kneipen als widerlich gegolten – eine Mischung aus Alkohol, Tabakqualm und menschlichem Schweiß. Penfield war unförmig dick, und sein rotes Gesicht trug alle Anzeichen der Ausschweifung. Bekleidet mit einer kompletten Generalsuniform, deren Knöpfe die Uniformjacke nur mit Mühe über seinem riesigen Wanst geschlossen halten konnten, winkte er uns mit der einen Hand, in der er eine Zigarre hielt, einen Gruß zu und lud uns mit der anderen, in der er ein Glas hatte, zum Sitzen ein. »Ich freue mich, daß du durchgekommen bist, Joe«, sagte er zu Kennedy, mit dem er gut bekannt schien. »Bedien dich selbst!« Mich ignorierte er.

Kennedy trat ans Sideboard und goß sich einen großen Bourbon ein. »Tut mir leid, daß ich dir keine Männer bringen konnte«, sagte er. »Du hast doch sicher davon gehört, nicht wahr, Fred? Wir wurden von einer gewaltigen Truppe dieser Nigger-Panzerfahrzeuge beschossen. Wir hatten Glück, daß wir überhaupt durchgekommen sind.«

»Ich hab's gehört.« Penfield richtete seine kleinen, kalten Äuglein auf mich. »Und das ist hier der Verräter, wie?«

»Ich sollte Ihnen nun wohl besser erzählen«, sagte ich, obwohl es mir plötzlich zuwider war, mich zu rechtfertigen, »daß ich mich Cicero Hoods Umgebung in der dezidierten Absicht anschloß, seinem Tun ein Ende zu bereiten.«

»Und wie hatten Sie sich das vorgestellt, Mr. Bastable?« fragte Penfield, während er sich nach vorne beugte und Kennedy zublinzelte.

»Mein ursprünglicher Plan bestand darin, ihn umzubringen«, sagte ich frei heraus.

»Aber das haben Sie nicht getan.«

»Nachdem der Land-Leviathan seinen Auftritt hatte, wurde mir klar, daß es sinnlos war, Hood zu töten. Er ist der einzige, der die Schwarze Horde in der Gewalt hat. Ihn umzubringen hätte bedeutet, die Sache für Sie und alle anderen Weißen nur noch schlimmer zu machen.«

Penfield schnüffelte skeptisch, nippte an seinem Glas und fügte hinzu: »Und welchen Beweis haben wir für all das? Welchen Beweis gibt es, daß Sie nicht immer noch für Hood arbeiten und beabsichtigen, *mich* umzubringen?«

»Keinen«, erklärte ich. »Aber ich will mit Ihnen Möglichkeiten erörtern, den Land-Leviathan auszuschalten. Die Mauern, die Sie errichtet haben, halten das Ungeheuer genauso wenig auf, als wären sie aus Papier. Wenn wir eine Art tiefen Graben ausheben – wie eine Falle für ein riesiges Tier – könnten wir ihn vielleicht zumindest für eine Weile außer Gefecht setzen . . .«

Aber Präsident Penfield feixte und schüttelte den Kopf.

»Wir sind Ihnen voraus, Mr. Bastable. Wissen Sie, es steht mehr als nur eine Mauer. Sie haben nur das gesehen, was Sie unsere vorderste Verteidigungslinie nennen könnten.«

»Es gibt nichts, das stark genug wäre, den Land-Leviathan aufzuhalten«, betonte ich noch einmal.

»Na, ich weiß nicht.« Penfield warf Kennedy wieder einen seiner verstohlenen Blicke zu. »Willst du ihn nicht mal herumführen, Joe? Ich glaube, wir können ihm trauen. Er ist einer der Unsrigen.«

Kennedy war nicht so überzeugt. »Nun, wenn du meinst . . .«

»Gewiß. Ich habe meinen Riecher. Er ist in Ordnung. Ein wenig irregeleitet, ein bißchen phantasielos – eben ein bißchen Engländer, wie? Aber ein anständiger Typ. Willkommen in Washington, Mrs. Bastable. Nun werden Sie sehen, wie wir den schwarzen Abschaum bekämpfen.«

Eine Weile später verließen wir das Weiße Haus mit einem Pferdewagen, den man uns zur Verfügung gestellt hatte. Kennedy erklärte mir mit einigem Stolz, wie man das Weiße Haus in ein gut geschütztes Waffenarsenal verwandelt hatte und wie jedes dieser neo-klassizistischen Gebäude mit buchstäblich allen großen Geschützen ausgerüstet worden war, die es in den Vereinigten Staaten noch gab.

Doch es waren nicht die Architektur oder die Einzelheiten des Verteidigungssystems, die meinen Blick auf sich zogen – es war das, was sich mir in den Straßen bot, während wir vorüberfuhren. Washington hatte stets einen großen schwarzen Bevölkerungsanteil gehabt, und nun wurde diese Bevölkerung von den Weißen für ihre Zwecke benutzt. Ich sah Gruppen erschöpfter, halb verhungerter Männer, Frauen und Kinder, die mit Ketten um den Hals, Arm- und Fußgelenke aneinandergefesselt waren und riesige Lasten von Backsteinen und Sandsäcken zu den Barrikaden schleppten. Es war eine Szene aus der Vergangenheit – schwitzende, ausgemergelte, dem Tode geweihte schwarze Sklaven, die sich unter der Aufsicht brutaler Weißer mit langen Rinderpeitschen, die sie bereitwillig mit offensichtlichem Genuß einsetzten, buchstäblich zu Tode arbeiteten. Es war eine Szene, die im 20. Jahrhundert zu erleben ich niemals erwartet hätte! Ich war entsetzt, bemühte mich aber, meine Gefühle Kennedy gegenüber nicht zu zeigen, der die Vorgänge gar nicht zu bemerken schien.

Mehr als einmal zuckte ich zusammen und kämpfte gegen die Übelkeit an, wenn ich irgendeine arme, fast nackte Frau zu Boden stürzen sah und miterlebte, wie man sie mißhandelte, trat und auspeitschte, bis sie sich wieder hochrappelte oder von ihren Leidensgenossen emporgezerrt wurde. Einmal sah ich einen halbwüchsigen Jungen zusammenbrechen, und es war ganz offenkundig, daß er tot war, doch seine Mitsklaven mußten ihn in den Ketten, die ihre Gelenke mit den seinen verbanden, bei der Arbeit mitschleppen.

Ich versuchte meinen Abscheu zu beherrschen und sagte so kühl wie ich konnte: »Ich verstehe nun, wie es Ihnen gelingen konnte, diese Mauern so rasch zu errichten. Sie haben die Sklaverei wieder eingeführt.«

»Nun, so könnte man das wohl nennen, wie?« Kennedy grinste. »Die Schwarzen verrichten öffentliche Dienste wie wir anderen auch, um einen Beitrag zum Wiederaufbau des Landes zu leisten. Abgesehen davon . . .« – und hierbei wurde sein Gesicht ernst – »können sie solche Arbeiten immer noch am besten. Den meisten von ihnen ist das am liebsten. Sie denken und fühlen nicht wie wir, Bastable. Es ist wie bei den Arbeitern – halt einen vom Arbeiten ab, und er wird mürrisch und unglücklich. Letztlich stirbt er. Bei den Schwarzen ist es genau dasselbe.«

»Aber ihr endgültiges Schicksal ist doch so oder so das gleiche«, bemerkte ich.

»Klar, aber auf diese Art tun sie wenigstens etwas Nützliches.«

Ich muß mehrere Tausend Farbige gesehen haben, während wir durch die Straßen von Washington fuhren. Ein paar waren offensichtlich als Privatdiener angestellt und befanden sich in etwas besserer Lage als ihre Leidensgenossen, doch die meisten waren zu Gruppen aneinandergekettet und schweißbedeckt, so frostig das Wetter auch war. In ihren Gesichtern stand Hoffnungslosigkeit, und ich hatte bei ihrem Anblick keinen Anlaß, Stolz auf meine Rasse zu empfinden; unwillkürlich erinnerte ich mich an die Würde, ja die Arroganz, wie einige sagen würden, im Erscheinen von Hoods Aschanti-Soldaten.

Ich verdängte den Gedanken in diesem Augenblick, doch er kehrte immer mächtiger zurück. Es war ungerecht, andere Menschen zu versklaven, und grausam, sie auf solche Weise zu behandeln, von welcher Seite die Ungerechtigkeit auch begangen werden mochte. Und doch kam es mir so vor, als läge in Hoods Politik ein Körnchen mehr Gerechtigkeit – denn er zahlte eine Schuld zurück, wohingegen Männer wie Penfield und Kennedy aus den brutalsten Motiven heraus handelten.

Vorsichtig sagte ich: »Aber ist es nicht wirtschaftlich unklug, sie so hart arbeiten zu lassen? Sie stellten einen größeren Wert dar, wenn sie ein wenig besser behandelt würden.«

»Diese Logik führte zum Bürgerkrieg, Mr. Bastable«, erklärte Kennedy, als spräche er mit einem Kind. »Wenn Sie erst einmal anfangen, so zu denken, dann werden sie früher oder später auf die Idee kommen, sie verdienten es, wie Weiße behandelt zu werden, und dann wiederholen sich bald die alten gesellschaftlichen Übel. Außerdem . . .«, er grinste breit, »hat es nicht viel Zweck, sich allzu große Sorgen um die Lebenserwartung der Washingtoner Nigger zu machen, wie Sie bald sehen werden.«

Nun kamen wir ganz in die Nähe einer der Mauern. Hier wurden wie überall große Gruppen von Negern dazu gezwungen, mit unmenschlicher Geschwindigkeit zu schuften. Es war nun keinerlei Geheimnis mehr, wie Washington in so kurzer Zeit seine Verteidigungslinien hatte errichten können. Ich versuchte mich an die Gerüchte zu erinnern, was Hood den Weißen in Skandinavien angetan hatte, doch selbst diese übertriebenen und von Hood zur Verstärkung seines Images noch geförderten Lügengeschichten verblaßten im Vergleich zur Wirklichkeit des aktuellen Washington!

Als wir an den Mauern vorüberfuhren, bemerkte ich große Käfige in der Art, wie sie zum Transport von Zirkustieren benutzt werden oben auf den Mauern. Ich deutete darauf und fragte Kennedy, was sie zu bedeuten hatten.

Er feixte, während er sich zurücklehnte und eine Zigarre anzündete. »*Sie,* Mr. Bastable, stellen unsere Geheimwaffe dar.«

Ich bat ihn erst gar nicht, seine Bemerkung näher zu erläutern. Das Schicksal der Schwarzen hatte mich mit zu großer Trauer erfüllt. Ich sagte zu Kennedy, daß ich müde wäre und mich gerne ausruhen würde. Das Fahrzeug wendete und brachte mich zu einem Hotel in nächster Nähe des Kapitols, wo ich ein Zimmer mit Ausblick auf einen Streifen Parklandschaft bekam.

Aber selbst von hier aus erhielt ich ständig Beweise für die Brutalität der Weißen. Keine hundert Meter entfernt hatte man eine Kalkgrube angelegt, und von Zeit zu Zeit kamen Karren und kippten Leichen und Sterbende hinein.

Ich dachte bis dahin, ich hätte in Südengland die Hölle erlebt, doch nun erkannte ich, daß ich nur den Vorhof der Hölle gesehen hatte. Hier, wo man einst einen Glaubensartikel proklamiert hatte, nach dem alle Menschen gleich geschaffen waren, und wo es möglich erschienen war, die Ideale des 18. Jahrhunderts zu verwirklichen, hier war nun wirklich der tiefste Pfuhl der Hölle!

Und diese Hölle war im Namen meiner Rasse geschaffen worden, um deren Überleben willen ich mich gegen Hood und seine Schwarzen Horden gestellt hatte.

Ich schlief schlecht in jenem Hotel und versuchte am nächsten Morgen, zu einer Unterredung mit »Präsident« Penfield im Weißen Haus vorgelassen zu werden. Man erteilte mir die Auskunft, er sei zu beschäftigt, um mich zu empfangen. Ich schlenderte durch die Straßen, doch dort gab es zu vieles, das mir den Magen umdrehte. Zorn stieg in mir auf. Ich fühlte mich frustriert. Ich wollte bei Penfield protestieren, ihn bitten, den Schwarzen Gnade zu erweisen, für seine Anhänger in den weißen Kapuzen ein Exempel an Toleranz und Großherzigkeit zu statuieren. Gandhi hatte recht gehabt. Es gab nur eine Möglichkeit, sich richtig zu verhalten, auch wenn diese kurzfristig den eigenen Interessen zu widersprechen schien. Gewiß lag es langfristig im eigenen Interesse, Großmut, Menschlichkeit, Freundlichkeit und einen Sinn für Gerechtigkeit gegenüber seinen Mitmenschen zu entwickeln. Es war die Menschenverachtung, wie Penfield sie verkörperte, die letztendlich zur drohenden Ausrottung der gesamten menschlichen Rasse führte. So etwas wie einen »gerechten« Krieg konnte es nicht geben, denn Krieg war von Natur aus ein Akt der Ungerechtigkeit gegen den Einzelmenschen, wohl aber gab es »ungerechte« Kriege – böse Kriege, welche moralisch und geistig völlig korrumpierte Menschen anzettelten. Ich war allmählich zu der Überzeugung gelangt, daß es eine Definition jener war, die Kriege führten, daß es ungeachtet der Motive, die sie anführten, der Ideale, die sie vertraten, der »Bedrohung«, auf welche sie sich beriefen, keine Entschuldigung für sie geben konnte, denn wie ihre Taten erwiesen, mußten sie einen entarteten und verderbten Charakter haben.

Gandhi hatte gesagt, daß Gewalt Gewalt erzeugt. Nun, es kam mir so vor, als sollte ich für diese Anschauung eine Lektion am eigenen Leibe erteilt bekommen. Ich begriff, wir kurz davor ich gewesen war, selbst brutales und menschenverachtendes Verhalten zu entwickeln, als ich Hoods Ermordung in Betracht gezogen hatte.

Und wieder einmal und zum denkbar schlechtesten Zeitpunkt fühlte ich mich hin- und hergerissen, ich war durcheinander und empfand belastend die Unmöglichkeit, meinerseits etwas zu unternehmen.

Ich hatte die Hauptstraßen Washingtons hinter mir gelassen und ging durch ein Wohnviertel voll jener schöner, mit Terrassen ausgestatteten Häuser, die mich an unsere eigenen Plätze und Straßen der Regence-Zeit erinnerten. Doch die Häuser waren sehr heruntergekommen. Meistens waren die Fensterscheiben eingeschlagen und viele Türen wiesen Anzeichen auf, daß man sie gewaltsam geöffnet hatte. Ich nahm an, daß hier Kämpfe stattgefunden hatten, nicht mit einer Invasionsarmee, sondern zwischen Schwarzen und Weißen.

Wieder sann ich über den Zweck der Tierkäfige auf den Stadtmauern nach, als ich um eine Ecke bog und vor einer langen Reihe schwarzer Arbeiter stand, die, an den Fußgelenken zusammengekettet, sich in der Straßenmitte entlangschleppten und einen großen Räderkarren zogen, auf den man einen schwankenden Berg Sandsäcke gehäuft hatte. Unter den Leuten befand sich kaum einer, der nicht unter den Peitschenhieben blutete, die die bewaffneten Aufseher schwangen. Viele schienen kaum noch in der Lage, einen Fuß vor den anderen zu setzen. Sie schienen sehr bald für die Kalkgruben reif zu sein – und doch sangen sie. Sie sangen, wie die christlichen Märtyrer auf dem Weg zu den römischen Arenen gesungen haben sollen. Sie sangen ein Klagelied, dessen Text zuerst schwer zu verstehen war. Die weißen Männer, mit weißen Kapuzen bekleidet, brüllten ihnen zu, sie sollten aufhören. Ihre Stimmen klangen gedämpft, doch ihre Peitschen sprachen eine deutliche Sprache. Doch die Neger sangen weiter, und nun konnte ich auch einige Worte verstehen.

»Er kommt bald – *seine Ankunft ist nah* –
Aus dem Herzen von Afrika – *seine Ankunft ist nah* –
Er reitet das wilde Tier – *seine Ankunft ist nah* –
Er wird uns befrei'n – *seine Ankunft ist nah* –
Und verleiht uns Würde – *seine Ankunft ist nah* –

Es bestand natürlich keinerlei Zweifel, daß sich das Lied auf Hood bezog, und daß es absichtlich angestimmt wurde, um die Weißen in Rage zu bringen. Den Refrain sang ein großer, hübscher junger Mann, der es irgendwie schaffte, den Kopf zu heben und die Schultern gestrafft zu halten, wieviel heftige Schläge auch auf ihn niederprasseln mochten. Seine Würde und sein Mut standen in so krassem Gegensatz zu dem hysterischen und feigen Verhalten der Weißen, daß man unmöglich etwas anderes als Bewunderung für ihn empfinden konnte.

Doch ich glaube, daß die Sklavengruppe dem Untergang geweiht war. Sie wollten nicht aufhören zu singen, und nun senkten die Weißen mit ihren Kapuzen unheildrohend ihre Peitschen und nahmen ihre Gewehre von den Schultern.

Der Zug blieb stehen.

Der Gesang verstummte.

Der erste Weiße riß seine Kapuze herunter und entblößte ein haßerfülltes Gesicht, das kaum mehr als siebzehn Sommer erlebt haben konnte. Er hob seine Waffe an die Schulter und grinste.

»Also – wollt ihr nun weitersingen?«

Der große Schwarze holte Luft, im Bewußtsein, daß es zum letztenmal war, und setzte zum ersten Wort des Liedes an.

In diesem Augenblick stürzte ich mich impulsiv auf den Jungen und warf mein ganzes Gewicht gegen ihn, daß sein Schuß in die Luft ging. Und während ich auf ihn fiel, hatte ich sein Gewehr ergriffen. Ich vernahm verwirrte Rufe und hörte dann einen weiteren Gewehrschuß. Ich sah, wie die Kugel den Jungen traf, und benutzte seinen Leichnam als Deckung, um auf die anderen Weißen zu schießen.

Natürlich hätte ich nicht lange durchgehalten, hätte der große Farbige nicht einen fast fröhlichen Schrei ausgestoßen und seine Leidensgenossen gegen die Weißen angeführt, die den Schwarzen den Rücken zukehrten, während sie sich auf mich konzentrierten.

Einen Augenblick lang sah ich weiße Kapuzen in einem Meer schwarzer, schwieliger Körper wogen. Ich hörte, wie ein paar

Schüsse abgegeben wurden, dann war alles vorüber. Die Weißen lagen tot auf dem Pflaster, und die Schwarzen benutzten ihre Gewehre, um sich aus den Ketten um ihre Füße freizuschießen. Ich war nicht sicher, wie man mir begegnen würde, und stand vorsichtig auf, bereit, falls notwendig, davonzulaufen.

Doch da grinste mich der schwarze Jugendliche an. »Danke, Mister. Warum tragen Sie denn Ihre Kapuze nicht?«

»Ich habe noch niemals eine getragen«, erklärte ich ihm. »Ich bin Engländer.«

Das muß wohl etwas großsprecherisch geklungen haben, denn daraufhin lachte der Junge laut auf, ehe er sagte: »Wir sehen wohl besser zu, daß wir schnell von der Straße wegkommen.«

Er machte sich daran, seine Leute in die nächststehenden Häuser zu schicken, die sich als unbewohnt erwiesen. Der Räderkarren und die Leichen der Weißen, denen man ihre Waffen und aus irgendeinem Grund auch ihre Kapuzen abgenommen hatte, wurden liegengelassen.

Der Junge führte uns durch die Hinterhöfe der Häuser, wobei wir von Gebäude zu Gebäude huschten, bis er an eines kam, das er kannte. Er ging hinein und brachte uns in die Kellerräume, wo wir erst einmal wieder zu Atem kommen mußten.

»Die zu krank sind, um weiterzugehen, bleiben erst einmal hier, die Kinder auch«, sagte er. Er grinste mich an. »Wie steht's mit Ihnen, Mister? Wenn Sie wollen, können Sie uns das Gewehr dalassen und gehen. Es gibt keine Zeugen. Sie werden niemals erfahren, daß ein Weißer in den Zwischenfall verwickelt war.«

»Ich meine, sie sollten es ruhig erfahren«, hörte ich mich sagen. »Mein Name ist Bastable. Bis vor kurzem war ich als Beobachter zu General Hoods Stab abkommandiert. Vor wenigen Tagen bin ich desertiert und zu den Weißen übergelaufen. Jetzt habe ich mich aber entschlossen, mich nur noch in den Dienst der Menschlichkeit zu stellen. Ich bleibe bei Ihnen, Mr. . . .«

»Nennen Sie mich Paul, Mr. Bastable. Nun, Sir, das war eine feine Rede, wenn auch, wie ich vielleicht sagen würde, ein bißchen geschraubt. Aber Sie haben sich bewährt. Sie haben Mumm, und genau das brauchen wir in diesen unruhigen Zeiten. Gehen wir!«

Er schob zwei Packkisten zur Seite und legte so ein Loch in der Wand frei. Hier hinein, von wo aus ein Korridor zu einer ganzen Reihe Häuser führte, geleitete er uns und redete beim Gehen mit mir über die Schulter hinweg. »Wissen Sie, ob sie schon angefangen haben, die Käfige zu füllen?«

»Ich habe keine Ahnung von den Käfigen«, erklärte ich ihm. »Ich habe mich schon gefragt, wozu sie dienen sollen. Jemand sagte, sie wären Washingtons ›Geheimwaffe‹ gegen General Hood, aber das sagt mir nichts.«

»Nun, es könnte durchaus funktionieren«, meinte Paul, »obwohl ich überzeugt bin, daß die meisten unserer Leute lieber sterben würden.«

»Aber was wollen sie denn in die Käfige stecken? Wilde Tiere?«

Paul warf mir einen belustigten Blick zu. »Einige würden es sicher so nennen, Mister. Sie wollen *uns* in die Käfige stecken. Wenn Hood dann die Mauern beschießt, bringt er die Menschen um, die er retten will. Er kann Washington nicht befreien, ohne alle schwarzen Männer, Frauen und Kinder dieser Stadt zu töten!«

Wenn mich die Weißen hier bislang schon anekelten, so brachte mich diese Information völlig aus der Fassung. Es erinnerte mich an die barbarischsten Praktiken der Geschichte, von denen ich jemals gelesen hatte. Wie konnten die Weißen glauben, besser als Hood zu sein, wenn sie Methoden gegen ihn anwenden wollten, die er niemals in Betracht gezogen hätte, wie groß sein Haß gegen die weiße Rasse auch sein mochte?

Washington sollte durch einen Wall lebendigen Fleisches geschützt werden!

»Aber alles, was sie damit erreichen können, ist Hood vorübergehend aufzuhalten«, meinte ich. »Es sei denn, sie drohen, all Ihre Leute umzubringen, um Hoods Rückzug zu erzwingen.«

»Das werden sie vermutlich auch tun«, klärte Paul mich auf. Wir quetschten uns nun durch ein schmales Tunnel, und ich hörte in der Ferne Wasser rauschen. »Aber sie haben Nachrichten von den Austro-japsen. Wenn sie Washington 24 Stunden halten können, kommt eine Landstreitmacht zu ihrer Unterstützung. Selbst die großen Schiffe Hoods, von denen man uns erzählt hat, können nicht schießen, ohne ihre eigenen Leute zu töten. Hood wird eine Entscheidung fällen müssen, und wie immer er sich entschließt, wird er einen Verlust hinnehmen müssen.«

»Es sind Bestien«, sagte ich. »Es ist einfach unmöglich, sie überhaupt als menschliche Wesen zu betrachten.«

»Ich war einer von Hoods Spezialagenten, ehe man mich gefaßt hat«, erzählte Paul. »Ich hoffte, ein System zu entwickeln, um ihm von innen her zu helfen, aber dann haben sie alle Schwarzen der Stadt zusammengetrieben. Unsere einzige Chance besteht nun darin, uns heute nacht irgendwie ins Hauptlager zu schleichen, so viele wie möglich zu bewaffnen und einen Durchbruch zu versuchen.«

»Meinen Sie denn, daß es gelingt?« fragte ich.

Paul schüttelte den Kopf. »Nein, Mister, das glaube ich nicht. Aber ein Haufen toter Nigger wird ihnen nicht mehr viel nützen, wenn Hood kommt, nicht wahr?«

Ein ekelhafter Gestank stieg mir in die Nase, und nun begriff ich, woher das Rauschen kam – von den Abwasserkanälen. Wir mußten durch manchmal hüfthohes, fauliges Wasser waten und gelangten schließlich in einen großen unterirdischen Raum, wo sich bereits etwa zwanzig Farbige befanden. Das waren alle, die übrig geblieben waren von jenen, die sich zu Hoods Unterstützung hatten erheben wollen, wenn der Augenblick gekommen wäre. Sie hatten ein ansehnliches Waffenarsenal bei sich, aber es war ganz klar, daß sie nun kaum mehr tun konnten, als tapfer zu sterben. Den ganzen Tag über besprachen wir unsere Pläne, und als der Abend hereinbrach, krochen wir nach oben und zogen durch die unbeleuchteten Straßen in den Norden der Stadt, wo das Hauptsklavenlager lag.

Viele Neger arbeiteten noch im flackernden Lampenschein, und nach allem, was wir hörten, standen Hoods Truppen bereits vor der Stadt.

Mit geschulterten Gewehren marschierten wir ganz ungeniert in Richtung Norden. Jeder, der uns sah, hätte uns für eine Abteilung besonders disziplinierter Soldaten gehalten. Und wir wurden kein einziges Mal aufgehalten, weil alle die Kapuzen trugen, die sie am Morgen den toten Weißen abgenommen hatten. (Um die schwarzen Hände hatten sie sich Stoffetzen gewickelt.)

Der krankhafte Irrsinn der Weißen wurde so zum erstenmal gegen sie gekehrt. Die Kapuzen, welche sie als Symbol ihrer Furcht und ihres Hasses gegenüber der schwarzen Rasse trugen, halfen nun deren Angehörigen, unbehelligt unter ihren Augen durchzuschlüpfen.

Hinter uns, um die Fußknöchel Fesseln, die sofort gelöst werden konnten, so wie der Augenblick gekommen war, befand sich der Rest unserer Gruppe. Er zog einen riesigen, mit einer Last aus Ziegelsteinen getarnten Karren, in dem sich unsere restlichen Gewehre befanden.

Mehr als einmal hatten wir das Gefühl, gleich entdeckt zu werden, doch schließlich erreichten wir das Tor des Lagers. Mein Akzent wäre sofort aufgefallen, also sprach Paul für uns. Seine Stimme klang sehr gebieterisch.

»Liefern diese Nigger ab und holen uns eine neue Gruppe«, erklärte er den Wachen.

Die Wachen in ihren weißen Kapuzen wurden nicht mißtrauisch. Zu viele kamen und gingen an diesem Abend, so daß mehr Wirrwarr herrschte als gewöhnlich.

»Warum geht ihr denn alle rein?« wollte einer wissen, als wir passierten.

»Hast du denn nicht gehört?« fragte ihn Paul. »Es hat einen Ausbruch gegeben. Die Nigger haben zehn oder zwanzig unserer Leute umgebracht.«

»Ich hab' sowas gehört«, gab der Wachtposten zu, doch inzwischen waren wir drinnen. Das Lager war nicht überdacht – ledig-

lich ein großes Grundstück, wo die schwarzen Sklaven in ihren Ketten schliefen, bis sie zur Arbeit angefordert wurden. Ein riesiger Trog Schweinefutter mitten auf dem Lagergelände war das einzige Essen, das sie erhielten. Die noch stark genug waren, krochen zu dem Trog, die anderen waren entweder auf ihre Freunde angewiesen oder verhungerten. Den Weißen war das gleichgültig, denn die Schwarzen hatten nun fast alle ihre Funktionen erfüllt.

Wir gingen durch bis zum dunkelsten Teil des Lagers und brüllten die Leute an, aufzustehen, daß wir sie inspizieren konnten. Heimlich begannen wir, die Waffen auszuteilen.

Doch inzwischen hatten wir die Aufmerksamkeit von zwei Wachen erregt, die langsam auf uns zukamen.

Ich muß zu meiner Schande gestehen, daß ich den ersten Schuß abgab. Ich tat es ohne jede Reue und tötete den Gardisten auf der Stelle mit einer Kugel ins Herz. Die anderen eröffneten das Feuer und liefen zum Tor zurück, doch nun hatte sich unser Glück gewendet. Alarmiert durch die Schüsse kam ein altmodischer, provisorisch gepanzerter und mit zwei Maschinengewehren ausgestatteter Dampftraktor aufs Lager zugefahren und versperrte den Ausgang, ehe wir am Tor waren.

Es trat eine kurze Pause ein, als die Mannschaft dieses primitiven Panzerfahrzeugs angesichts unserer Kapuzen zögerte, doch die Wachen brüllten ihnen zu, das Feuer zu eröffnen.

Schnell duckten wir uns in den Schatten – unsere einzige Dekkung – als ein Kugelhagel über das Lager peitschte und wahllosen Tod säte. Viele von denen, die noch in Ketten lagen, wurden auf der Stelle getötet, und wir mußten ihre Leichname als Dekkung benutzen, als wir verzweifelt das Feuer erwiderten, während ein Teil unserer Gruppe an den Mauern entlangrannte, um nach Fluchtmöglichkeiten Ausschau zu halten.

Doch die Mauern waren hoch. Sie waren ausbruchsicher gebaut. Wir saßen wie Ratten in der Falle und konnten nun nichts mehr tun als weiterzukämpfen.

Langsam rollte die Zugmaschine ins Lager und schoß ununterbrochen. Unsere Kugeln prallten an ihrer Panzerung ab, so hastig sie auch gefertigt worden war.

Paul, der neben mir lag, legte mir die Hand auf den Arm. »Na, Mr. Bastable, wenigstens können Sie sich damit trösten, daß Sie auf der richtigen Seite gekämpft haben, ehe Sie starben.«

»Das ist kein großer Trost«, sagte ich.

Dann erbebte plötzlich der Boden vor uns, warf Wellen wie das Meer, dann tauchte etwas Metallisches, Wohlvertrautes auf und schob sich unter wütendem Heulen seiner Spiralschraubennase direkt der Zugmaschine in den Weg. Das Geratter der Maschinengewehre verstummte, wurde abgelöst durch das dumpfe *Bumm–bumm* einer elektrischen Kanone.

Nun brachen zwei weitere Metall-»Maulwürfe« aus der Erdoberfläche und eröffneten das Feuer. Innerhalb von Sekunden blieb von der Zugmaschine nur noch ein Haufen verbogener Schrott, die Maulwürfe schoben sich weiter nach vorn und schossen gewaltige Löcher in die Mauern des Lagers.

Ich glaube, wir jubelten laut, während wir hinter den eigentümlichen Maschinen herliefen. Ich bin sicher, O'Bean hatte sich niemals ausgemalt, daß sie auf solche Weise eingesetzt werden könnten! Jede weiße Kapuze, die wir erblickten (wir hatten unsere inzwischen abgelegt) wurde zur Zielscheibe unseres Feuers.

Wahrscheinlich war es naiv von mir gewesen anzunehmen, ein so kluger Stratege wie General Hood hätte sich nicht die Mühe gemacht, in Erfahrung zu bringen, was die Verteidiger von Washington geplant hatten – und nicht Schritte unternommen, um diese Pläne zu durchkreuzen. Wir strömten aus dem Lager in Richtung des Parkgeländes, wo noch einige Sträucher standen, die uns Schutz geben konnten.

Und nun vernahm ich ein Geräusch in der Ferne, das mich am ehesten an jenes erinnert, das beim Teppichklopfen entsteht. Doch ich wußte, was dieses Geräusch zu bedeuten hatte.

Sekunden später prasselten Sprenggranaten auf Washington nieder.

Der Land-Leviathan rückte an.

Wir scharten uns so gut es ging wieder zusammen, benutzten die bewaffneten Maulwürfe als Deckung, blieben jedoch so weit wie möglich auf freiem Gelände. Über die ganze Stadt verteilt flackerten nun Lichtpunkte auf, wo der Land-Leviathan die Gebäude mit Phosphorgranaten beschoß.

Meine eigene Sicht der Schlacht um Washington war außerordentlich einseitig, denn ich durchschaute die Strategie nicht. Hood hatte gehört, daß AJF-Nachschub unterwegs war, und war schnell angerückt, um die Stadt zu beschießen und einzunehmen, ehe ihre Verbündeten eintreffen konnten. Außerdem wußte er, daß keiner mit einem nächtlichen Angriff rechnete, doch für ihn war die Tageszeit unwesentlich, da die Lichter des Land-Leviathan ein Ziel in fast jeder Entfernung erhellen konnte.

Während wir unseren kleinen Guerillakrieg in den Straßen führten, sah ich die großen Lichtkegel der Suchscheinwerfer des Ungetüms aus der Dunkelheit auftauchen, ein Gebäude anstrahlen und es der Zerstörung anheimgeben. Sogleich ertönte dann ein Donnerschlag, gefolgt von einem schrillen Pfeifen, ehe beim Aufprall der Granate die Explosion erfolgte.

Nicht daß Washington wehrlos gewesen wäre. Seine Geschütze, insbesondere die vom Kapitol, erwiderten hartnäckig das Feuer, und ich glaube, eine normale Panzerdivision der Schwarzen Horde hätte kaum eine Chance gehabt, die Stadt einzunehmen.

Irgendwie war ich vom Rest meiner Gruppe getrennt worden, als in unserer Nähe eine Granate einschlug und wir auseinandergelaufen waren. Als der Rauch sich lichtete, waren die Stahlmaulwürfe weitergezogen und die kleine Armee früherer Sklaven mit ihnen. Ich fühlte mich einsam und äußerst verletzlich und begann, nach meinen Kameraden zu suchen, doch zweimal mußte ich eine andere Richtung einschlagen, als ein Trupp Soldaten mit weißen Kapuzen mich entdeckte und zu schießen begann.

Eine Stunde lang hielt ich mich versteckt, schoß aus dem Hinterhalt, wenn mir ein Feind über den Weg lief und rannte dann weiter. Mein Instinkt sagte mir, nach einem Gebäude zu suchen und auf das Dach zu klettern, von wo aus ich die Weißen sehen konnte, ohne selbst entdeckt zu werden. Aber ich wußte, daß das keine gute Idee war, denn rings um mich her wurden Gebäude unter dem anhaltenden Bombardement der vielen Geschütze des Land-Leviathans zerschmettert.

Vorsichtig pirschte ich mich zum Zentrum durch und stellte fest, daß die meisten gegnerischen Soldaten zu den Mauern abgestellt worden waren. Plötzlich herrschte in der Nähe des Kapitols relative Stille bis auf das Donnern der Kanonen aus dem Innern des Gebäudes. Ich kauerte mich hinter einen Busch, um meine Gedanken zu ordnen und mein Vorgehen zu überlegen, als ich plötzlich Pferdegalopp auf mich zudröhnen hörte. Es kam rasch näher. Ich spähte hinter meinem Strauch hervor und sah eine große Zahl Reiter von der Mauer fortpreschen, als sei der Teufel hinter ihnen her. Die Reiter hatten ihre Kapuzen abgezogen, ihre Gesichter waren finster und voller Angst, und sie trieben ihre Pferde an, noch schneller zu laufen. Ihnen folgte mit wildem Geschrei in einem leichten, offenen Wagen »Präsident« Penfield. Dann kamen weitere Männer angerannt. Viele hatten ihre Gewehre fortgeworfen und waren ganz offensichtlich in Panik. Ich lag in meiner Deckung, hätte mich aber vor diesen Fliehenden nicht fürchten müssen. Sie waren viel zu entsetzt, um anzuhalten und sich mit mir zu befassen.

Dann bemerkte ich, wie die Erde neben mir erbebte. Hatte Gott sich endlich entschlossen, uns alle für unser Tun zu bestrafen? Hatte er ein Erdbeben geschickt, um Washington zu vernichten?

Ein Dröhnen schwoll an, und ich starrte in die Finsternis, ehe ich allmählich begriff, was vor sich ging.

Lichter strahlten gleißend aus der Nacht. Lichter, deren Quelle sich weit über unseren Köpfen befand, so daß es wohl nur die Lichter von Luftschiffen sein konnten. Doch es handelte sich nicht um Lichter von Luftschiffen – Hoods gesamte Luftflotte wurde, wie sich später herausstellte, konzentriert gegen die australisch-japanischen Landstreitkräfte eingesetzt, die auf dem Wege nach Washington waren. Es waren die blitzenden »Augen« des Land-Leviathan selbst.

Und er rückte näher, walzte alles nieder, das ihm im Weg stand, bahnte sich seinen Weg durch Gebäude, Geschützstellungen und Monumente. Die Luft war erfüllt von einem unheimlichen Knirschen, dem Schnauben der Abgase seiner zwölf riesigen Motoren, dem eigenartigen Ächzen, das er von sich gab, wann immer die Räder eine leicht veränderte Richtung einschlugen.

Diese gewaltige, wandernde Stahlpyramide der Vernichtung war es, welche Penfield und seine Leute in Panik versetzt hatte. Zuerst hatte sie ihre Geschosse in die Stadt gepumpt, dann hatte sie sich in Bewegung gesetzt und die Mauern dort durchbrochen, wo man sie für am stärksten gehalten hatte. Unbesiegbar und unerbittlich rollte sie auf das Kapitol zu.

Nun war ich an der Reihe, die Beine unter den Arm zu nehmen und konnte mich gerade noch retten, während sie sich weiterschob, erneut ächzte und dann stehenblieb, um das Kapitol mit, wie es mir vorkam, herausfordernder Gebärde anzustarren.

Fast hysterisch schwenkten die Geschütze des Kapitols herum und begannen zu feuern, und ich hatte den Eindruck, während ich mir das ganze unter Lebensgefahr ansah, daß zwei primitive Geschöpfe aus einer weit zurückliegenden Vergangenheit der Erde miteinander kämpften.

Die Geschosse vom Kapitol kamen Schlag um Schlag, prallten jedoch wirkungslos an den Flanken des Land-Leviathans ab, der erst gar nicht reagierte.

Dann setzten sich die beiden obersten Türme in Bewegung, bis ihre Geschütze auf die große, weiße Kuppel gerichtet waren, auf welcher sich der Feuerschein der brennenden Gebäude ringsum spiegelte.

Zweimal donnerten die Kanonen des Land-Leviathans in schneller Folge. Die erste Salve blies das ganze Dach fort. Die zweite brachte die Mauern zum Einsturz, und das Kapitol schwieg. Erneut begann das riesige Metallungeheuer nach vorne zu rumpeln, seine Suchscheinwerfer streiften dahin und dorthin, als halte es Ausschau nach möglichen weiteren Gegnern, die es wagen mochten, es mit ihm aufzunehmen.

Schließlich rollte der Land-Leviathan hinauf auf die brennenden Ruinen, in denen die Schreie jener widerhallten, die unter seinen großen Rädern zermalmt oder unter seinem Leib zerquetscht wurden. Er rollte mitten in die Ruine und blieb dann stehen, wie um sich auf die Knochen seiner Beute niederzuhokken. Dann gingen seine Lichter aus, eins nach dem anderen, während hinter ihm der Tag dämmerte.

Nun war der Land-Leviathan tatsächlich die triumphierende Bestie.

5
Loyalitätsfragen

Witzigerweise war es ausgerechnet Miss Persson gewesen, welche die Gruppe der »Maulwürfe« befehligt hatte, die uns aus dem Lager befreiten. Als ich den Land-Leviathan anstarrte und alles andere darüber vergaß, hörte ich hinter mir jemanden rufen. Und da war sie, hatte sich gerade halb aus der Vorderluke gequetscht und winkte mir zu.

»Guten Morgen, Mr. Bastable. Ich dachte schon, wir hätten Sie verloren.«

Ich drehte mich zu ihr um; ich fühlte mich nun sehr erschöpft. »Ist es vorbei?«

»Sehr wahrscheinlich. Wir haben Funksprüche erhalten, nach denen die australisch-japanische Flotte wieder einmal Reißaus genommen hat. Sie hatten über ihre eigenen Anlagen mitbekommen, daß Washington in unserer Hand ist. Ich nehme an, daß sie nun bereit sind, einen Friedensvertrag mit uns auszuhandeln. In einer Woche brechen wir in Richtung Süden auf. In einem Monat müßten die gesamten Vereinigten Staaten befreit sein.«

Zum erstenmal reagierte ich nicht voller Sarkasmus auf diese Redensart. Nachdem ich Zeuge der Brutalität der Weißen geworden war, glaubte ich tatsächlich, daß dies eine Befreiung für die Schwarzen bedeutete.

»Danke, daß Sie mir das Leben gerettet haben«, sagte ich.

Sie lächelte mich an und machte eine kleine Verbeugung. »Es war ja an der Zeit, daß ich meine Schulden bei Ihnen beglich.« Sie sah hinauf in einen klaren, kalten Himmel. »Glauben Sie, daß es schneien wird, Mr. Bastable?«

Ich zuckte die Achseln und schleppte mich zu dem Metallmaulwurf. »Nehmen Sie mich ein Stück mit, Miss Persson?«

»Aber gerne, Mr. Bastable.«

Tja, Moorcock, das ist so ziemlich das Ende der Geschichte, die ich Ihnen zu erzählen hatte. Ich blieb in Hoods Diensten während des ganzen ersten Jahres, das er in den Vereinigten Staaten verbrachte. Es kam noch zu einigen recht blutigen Auseinandersetzungen, insbesondere, wie wir erwartet hatten, im Süden (obwohl es auch dort Gegenden gab, wo wir Weiße und Schwarze fanden, die in völliger Harmonie zusammenlebten), und nicht alle von Hoods Methoden waren erfreulich. Andererseits war er im Umgang mit den Besiegten niemals ungerecht und kam in keiner Weise an die Gemeinheit und Brutalität heran, wie wir sie in Washington erlebt hatten. Hood war kein freundlicher Eroberer, und an seinen Händen klebte das Blut vieler, doch er war auf seine Weise gerecht. Ich mußte ursprünglich unwillkürlich an Wilhelm den Eroberer und die Aufrichtigkeit denken, mit welcher er die Befriedung Englands im 11. Jahrhundert durchgeführt hatte.

Unter anderem hatte ich an der öffentlichen Hinrichtung durch den Strang von »Präsident« Penfield (man hatte ihn in den gleichen Abwasserkanälen entdeckt, wo wir uns vor ihm versteckt hatten) und vieler seiner Anhänger, einschließlich Joe »Bomber« Kennedy, teilgenommen. Das war kein angenehmer Anblick gewesen, insbesondere, da Penfield und mehrere andere in einer Weise starben, die keineswegs mannhaft zu nennen war.

Doch kaum hatte Hood seine Herrschaft etabliert, als er seine Kriegsmaschinen auch schon für friedliche Zwecke einsetzte. Man richtete riesige Pflüge so her, daß sie von den Panzerwagen gezogen werden konnten, wodurch ein ganzes Feld innerhalb von Minuten zur Saat fertig gemacht wurde. Die Luftschiffe beförderten überall hin Vorräte, wo sie benötigt wurden, einzig und allein der Land-Leviathan fand keinen Einsatz. Er blieb, wo er sich am Morgen nach der Schlacht befunden hatte, als Symbol für Hoods Sieg. Später würde das Ungetüm wenn nötig schon genutzt werden, doch Hood hielt es politisch für richtig, es eine Weile da zu belassen, wo es war, und damit hatte er wohl auch recht.

In der Zwischenzeit fanden Verhandlungen mit der Australisch-Japanischen Föderation statt, und ein Waffenstillstand wurde vereinbart. Insgeheim war Hood überzeugt, daß es sich nur um eine zeitweilige Waffenruhe handelte und daß die Australisch-Japanische Föderation, nachdem sie nun einmal ihre Politik der Isolation aufgegeben hatte, in Zukunft wieder versucht sein könnte, einen Überfall zu wagen. Dies war ein weiterer Grund dafür, daß er während der Gespräche, die in Washington stattfanden, den Land-Leviathan an seinem Standort beließ und dieser auf uns herabblickte, während wir verhandelten. Meine eigenen Auffassungen deckten sich nicht ganz mit denen Hoods. Ich hätte es für besser gehalten, unseren Verhandlungspartnern zu zeigen, daß wir keine Bedrohung ihrer Sicherheit darstellten, denn schließlich arbeitete O'Bean noch immer für sie, doch Hood erklärte, in der Zukunft wäre Zeit genug, guten Willen zu demonstrieren, und wir dürften sie nun nicht glauben lassen, sie könnten ein zweitesmal zuschlagen, während wir nicht damit rechneten. Präsident Gandhi hätte das nicht unterstützt, aber ich fügte mich schließlich seiner Logik.

Im Lauf jenes Jahres stattete ich Bantustan einen Besuch ab, um Lebensmittel- und Arzneilieferungen anzufordern, denn es würde einige Zeit dauern, ehe Amerika sich völlig selbst versorgen konnte. Es war eine eigentümliche Allianz zwischen Gandhi, dem Mann des Friedens, und Hood, dem Schwarzen Attila und Inbegriff des Kriegsherrn, doch es schien ein funktionstüchtiges Bündnis zu sein, denn beide Männer hatten große Achtung voreinander. In meiner Freizeit verfaßte ich diese »Memoiren« – hauptsächlich für Sie, Mr. Moorcock, denn ich habe das Gefühl, Ihnen etwas schuldig zu sein. Wenn Sie es veröffentlichen können – falls Sie es je zu Gesicht bekommen – um so besser. Geben Sie es einfach als Roman aus.

Ich verbrachte viel Zeit in der Gesellschaft von Miss Persson, doch sie blieb für mich eine höchst mysteriöse Frau. Ich versuchte, sie in ein Gespräch über meine früheren Abenteuer in einer zukünftigen Epoche zu verstricken, sie hörte mich höflich an, ließ sich jedoch nicht mitreißen. Trotzdem gelangte ich, ob nun zu recht oder zu unrecht, zu der Auffassung, daß sie ebenso wie ich durch die Zeit und verschiedene »alternative« Welten gereist war, und ich hoffe inbrünstig, daß sie es eines Tages zugeben und mir helfen wird, in meine eigene Welt zurückzukehren. So aber habe ich ihr das Manuskript ausgehändigt und ihr von Ihnen und vom Tal der Morgendämmerung erzählt und wie wichtig es für mich ist, daß sie es zu lesen bekommen. Alles weitere muß ich ihr überlassen. Es ist durchaus möglich, daß meine Einschätzung von ihr völlig irrig ist, aber ich glaube es nicht. Ich frage mich sogar, in welchem Umfang sie für Hoods Erfolg verantwortlich war.

Das Schwarze Amerika ist nun ein vollwertiger Partner des Aschanti-Reiches. Sein Wohlstand entwickelt sich wieder, und Schwarze regieren das Land. Die verbliebenen Weißen befinden sich in unteren Positionen, was das Gros betrifft, und werden es einige Zeitlang bleiben. Hood erzählte mir, er wolle »eine Generation für die Verbrechen ihrer Vorväter bestrafen.« In dem Maße, wie die ältere Generation ausstirbt, will er seinen Fuß vom Nacken der weißen Rasse nehmen. Ich nehme an, daß das tatsächlich eine Form der Gerechtigkeit ist, obwohl ich sie innerlich nicht befürworten kann.

Una Persson und ich werden natürlich von der Mehrheit der Weißen in Amerika gehaßt. Wir werden als Verräter und Schlimmeres erachtet. Doch Miss Persson scheint von der Meinung anderer ungerührt zu sein, und mir ist das höchstens peinlich.

Doch ich bin ein Geschöpf meiner Epoche, und ein Jahr war das Maximum, das ich in Hoods Amerika ertragen konnte. Viele seiner Leute waren so freundlich, mir zu versichern, daß sie mich überhaupt nicht als Weißen sahen, und verfuhren mit mir wie mit jedem Schwarzen. Ich wußte ihre Gefühle zu schätzen, aber das konnte keineswegs den schlecht verhohlenen Abscheu aufwiegen, der mir von vielen Leuten, mit denen ich an Hoods »Hof« zu tun hatte, entgegengebracht wurde. So bat ich schließlich den Schwarzen Attila um Erlaubnis, in den Dienst Bantustans zurückkehren zu dürfen. Morgen gehe ich an Bord eines Luftschiffs, das mich nach Kapstadt bringt. Dort werde ich dann entscheiden, was ich weiter vorhabe.

Sie werden sich erinnern, daß ich einmal Spekulationen über mein Schicksal angestellt habe – ob ich dazu verdammt bin, durch verschiedene Zeitalter und Welten, die sich leicht von der meinen unterscheiden, zu wandern, um die vielen Möglichkeiten mitzuerleben, auf welche sich der Mensch vernichten oder zu einem besseren Wesen entwickeln kann. Nun, diese Frage stelle ich mir immer noch, doch ich habe den Eindruck, daß mir meine Rolle nicht gefällt. Eines Tages werde ich vermutlich nach Teku Benga zurückkehren und wieder den Tunnel betreten in der Hoffnung, daß er mich diesmal in eine Welt führt, wo man mich kennt, wo meine Verwandten mich erkennen und ich sie, wo das gute, alte Britische Empire seine ruhige, saubere Herrschaft weiterführt und die Gefahr eines größeren Krieges sehr gering ist. Das ist doch keine allzu hochgesteckte Hoffnung, oder, Mr. Moorcock?

Und doch beginne ich, so wie ich Ihnen gegenüber eine besondere Art von Loyalität empfinde und Ihnen diese Geschichte irgendwie zukommen lassen möchte, ein Treuegefühl zu entwickeln, das aber nicht einem Mann wie Hood oder Gandhi, nicht einer Nation, einer Welt und nicht einmal einer Epoche gilt. Meine Loyalität gilt gleichzeitig mir selbst und der gesamten Menschheit. Es fällt mir schwer, das zu erklären, denn ich bin kein großer Denker, vermutlich ist das alles sehr unbeholfen geschrieben, aber ich hoffe, daß Sie es verstehen werden.

Ich glaube kaum, Mr. Moorcock, daß ich Sie jemals wiedersehen werde, aber man kann ja nie wissen. Ich könnte eines Tages auf Ihrer Türschwelle stehen und ein anderes »Märchen« für Sie parat haben. Aber wenn ich auftauche, sollten Sie sich vielleicht Sorgen machen, denn es könnte bedeuten, daß ein neuer Krieg bevorsteht.

Viel Glück, mein Lieber!

Ihr *Oswald Bastable*

Nachwort

Es wurde Abend, bis ich die letzten Seiten von Bastables Manuskript gelesen hatte, dann nahm ich wieder seine Notiz zur Hand, die offenbar später geschrieben worden war, als er weit deprimierter war:

> Ich will mein Glück noch einmal versuchen. Sollte es mir nicht gelingen, so bezweifle ich, daß ich die Kraft habe, mein Leben (falls es *überhaupt* das meine ist) fortzuführen.

Ich seufzte, drehte und wendete den Zettel in der Hand, war verwirrt und glaubte, daß ich diesmal bestimmt träumte.

Miss Persson war verschwunden – ins Nichts verschwunden mit ihren Banditen und ihren Gewehren besonderer Bauart und Feuerkraft (gewiß ein Beweis für Bastables eigene Geschichte und seine Theorie in bezug auf sie!). Alles, was mir blieb, war das Pferd, das mich, sollte ich Glück haben, nicht von Banditen abgeschlachtet werden und nicht die Orientierung verlieren, nach Shanghai zurückbringen konnte. Ich hatte das meiste meines Gepäcks verloren, eine beachtliche Summe Geldes und Zeit vertan, und alles, was ich vorweisen konnte, war ein geheimnisvolles Manuskript! Außerdem war Miss Persson für mich zu einem ebensolchen Rätsel wie Bastable geworden. Ich stand in bezug auf meinen eigenen Seelenfrieden kaum besser da als bei Antritt meiner Reise.

Schließlich erhob ich mich, ging in mein Zimmer und schlief sofort ein. Am Morgen war ich fast überrascht, das Manuskript noch neben mir liegen und bei einem Blick aus dem Fenster das Pferd noch friedlich in dem mageren Gras weiden zu sehen.

Ich fand ein Stück Papier und kritzelte ein paar Zeilen für Miss (oder *doch* Mrs.?) Persson, worin ich mich für ihre Gastfreundschaft und das Manuskript bedankte. Dann notierte ich mehr zum Spaß und doch halb im Ernst meine Adresse in London und lud sie ein, doch bei mir vorbeizuschauen, »falls Sie sich jemals wieder in meinem Teil des 20. Jahrhunderts befinden sollten.«

Einen Monat später kam ich abgemagert und erschöpft in Shanghai an. Ich blieb nur noch so lange in China, bis ich eine Überfahrt nach Hause bekam.

Und nun sitze ich hier am Schreibtisch meines kleinen Arbeitszimmers mit Blick auf die ewigen, wogenden Hügel des West Riding, lese Bastables Manuskript zum weiß Gott wievielsten Mal und versuche die Implikationen seiner Abenteuer zu begreifen, doch es will mir nicht gelingen.

Sollte jemand anders *jemals* diesen Text lesen, so kann dieser vielleicht mehr damit anfangen als ich.

Anmerkung des Herausgebers

Bastable war ratlos, mein Großvater war ratlos, und ich muß gestehen, daß auch ich ratlos bin, obwohl derartige Spekulationen mein Arbeitsmaterial sein sollen. Ich habe einige der Ideen, die ich in dem Buch, das ich *The Warlord of the Air (Der Herr der Lüfte)* nannte, gefunden habe, in meinen eigenen Romanen ganz schamlos benutzt und sogar ein oder zwei Personen (besonders Una Persson, die in *The English Assassin* erscheint) »entführt«. Vielleicht stößt Miss Persson eines Tages auf eins dieser Bücher. Wenn ja, so hoffe ich sehr, daß sie mir einen Besuch abstatten wird – und mir vielleicht die Lösung des Rätsels von Oswald Bastable liefert. Ich kann Ihnen versichern, daß ich die Neuigkeit dann augenblicklich weitergeben werde!

Michael Moorcock
Irgendwo im 20. Jahrhundert